军旅边塞卷

明月出天山

周啸天 主编

历代诗词分类鉴赏

天地出版社
TIANDI PRESS

图书在版编目（CIP）数据

明月出天山 / 周啸天主编. —成都：天地出版社，
2025.6
（历代诗词分类鉴赏）
ISBN 978-7-5455-7529-3

Ⅰ.①明… Ⅱ.①周… Ⅲ.①诗词—诗歌欣赏—中国
Ⅳ.①I207.2

中国版本图书馆CIP数据核字（2022）第250310号

MINGYUE CHU TIANSHAN

明月出天山

出品人	杨　政
主　编	周啸天
责任编辑	杨　露
责任校对	曾孝莉
封面设计	叶　茂
版式设计	张迪茗
内文排版	成都新和平文化传播有限公司
责任印制	王学锋

出版发行　天地出版社
（成都市锦江区三色路238号　邮政编码：610023）
（北京市方庄芳群园3区3号　邮政编码：100078）
网　　址　http://www.tiandiph.com
电子邮箱　tianditg@163.com
经　　销　新华文轩出版传媒股份有限公司

印　　刷　北京天宇万达印刷有限公司
版　　次　2025年6月第1版
印　　次　2025年6月第1次印刷
成品尺寸　710mm×1000mm　1/16
印　　张　21
字　　数　271千
定　　价　98.00元
书　　号　ISBN 978-7-5455-7529-3

人类企求和平，历史充斥战争——有人说，和平是两次战争的间歇。

似乎又存在这样的二律背反：太平时代的人多见自私计较，逸乐过度；共度时艰的人多见坦荡无畏，英雄辈出。

岂曰无衣，与子同仇！烽火照西京，心中自不平！少小虽非投笔吏，论功还欲请长缨！起来，不愿做奴隶的人们，把我们的血肉筑成我们新的长城！——孟子曰：生于忧患，死于安乐。

捍卫边疆，抗敌御侮的战争，能展示一个民族的刚烈血性。那匍匐华夏大地的万里长城，从嘉峪关到山海关，从居庸关到玉门关，上演过多少感天动地的大片，产生了多少不朽的歌吟。

听吧，那穿越时空的羌笛，或许能引你拂拭那一段段尘封的历史，感受那一颗颗激荡的心，你兴许会得到灵魂之洗礼。

目
次

●《诗经》，我国最早的诗歌总集，本称《诗》，儒家列为经典，汉时独尊儒术，始称《诗经》。共收西周初年至春秋中叶的民歌和朝庙乐章歌辞305篇，另有笙诗6篇有目无诗。全书按音乐分风、雅、颂三类（一说分风、小雅、大雅、颂四体）。汉代传诗者有齐、鲁、韩、毛四家，今传《诗经》为"毛诗"

◇秦风·无衣

岂曰无衣？与子同袍。王于兴师，修我戈矛。与子同仇！
岂曰无衣？与子同泽。王于兴师，修我矛戟。与子偕作！
岂曰无衣？与子同裳。王于兴师，修我甲兵。与子偕行！

这是一首军歌。"美用兵勤王也。秦地迫近西戎，修习战备，高上气力，故《秦风》有《车邻》《驷驖》《小戎》之篇及'王于兴师，修我甲兵，与子偕行'之事。"（清·魏源《诗古微》）

军歌可以协调步伐、振作士气，素为善于用兵之道者所重视。现当代史上的抗日战争、抗美援朝战争中，《义勇军进行曲》和《中国人民志愿军军歌》所起的作用，非枪炮所能代替，听到军乐队奏起它们的曲子，战士就会热血沸腾，抱定今天就死在战场上的决心，去同敌人顽强拼搏。因此，对《无衣》这首最早的军歌，理当刮目相看。

"与子同袍"，通常的解释是"同穿一条战袍"，解释者甚至说，对于来自人民的战士，"无衣"未尝不是真实情况，遭到外族侵略的时候，流血牺牲都不怕，无衣又岂在话下！其说虽振振有词，但并不符合事实。军队要有战斗力，着装不是一件小事，古装片和小人书中的古代军队的服装都是整齐的，这并非没有依据，只要看看秦始皇陵兵马俑的阵容就清楚了。

"岂曰无衣"在当时是一句熟语，《唐风》同名诗的开篇是："岂曰无衣？七兮。"衣服都七件了，还说无衣，是为了从反面引起与衣服有关的话。所以"与子同袍"的翻译应是"同穿一样战袍"。这两句是名言，后人称战友关系为"袍泽之谊"，本此。

"王于兴师，修我戈矛"，国家要出兵了，快修整好手中的刀枪，奔向战场。"王"在诗中是国家的代号，表现的是很强的国家民族意识，很强的责任感。它基于一个简单的事实：没有国哪有家，没有家哪有我，没有家哪有你。最后推出一个奇句："与子同仇！"强调的是一个共同的目标，强调的是团结友爱，强调的是铁哥们儿。团结就是信心，就是力量，就是胜利的保证。

语言越是单纯明快，就越有力，越容易被迅速接受，越能立竿见影产生效果，这正是军歌的本色。

（周啸天）

◇豳风·东山

我徂东山，慆慆不归。我来自东，零雨其蒙。我东曰归，我心西悲。制彼裳衣，勿士行（háng）枚。蜎（yuān）蜎者蠋（zhú），烝（zhēng）在桑野.敦（duī）彼独宿，亦在车下。

　　我徂东山，慆慆不归。我来自东，零雨其蒙。果臝（luǒ）之实，亦施（yì）于宇。伊威在室，蟏蛸在户。町畽鹿场，熠耀宵行（xíng）。不可畏也，伊可怀也!

　　我徂东山，慆慆不归。我来自东，零雨其蒙。鹳鸣于垤（dié），妇叹于室。洒扫穹窒，我征聿（yù）至。有敦（duī）瓜苦（hù），烝在栗薪。自我不见，于今三年!

　　我徂东山，慆慆不归。我来自东，零雨其蒙。仓庚于飞，熠耀其羽。之子于归，皇驳其马。亲结其缡（lí），九十其仪。其新孔嘉，其旧如之何?

东山在今山东境内，为周公伐奄驻军之地。

旧说多认为本篇是周公东征武庚、管叔，三年平叛之后，凯旋时慰劳将士之作。然“此诗毫无称美周公一语，其非大夫所作显然。然亦非周公劳归士之词。乃归士自叙其离合之情耳”（清·崔述《读风偶识》）。今人多认为这是一首征人解甲还乡途中抒发思乡之情的诗，事或与周公东征相关，却不必是周公所作。

诗四章，各章首四句叠咏，写征夫在归来的途中，遇到淫雨天气，倍增其忧伤。盖行人思家，唯雨雪之际最难为怀，“我来自东，零雨其蒙”，就为以下几句的叙事准备了一幅颇富感染力的背景。它放在各章开头，反复歌唱，具有很强的抒情性。

各章后八句写征夫归途况味及其在途中的回忆和想象。首章写归途况味，“‘蜎蜎者蠋，烝在桑野’，感物撼情，悲凉凄恻。‘敦彼独宿，亦在车下’，‘落日照大旗，中天悬日月’，百万军中，以此孤寂之情，圣人、文人乃能超万物而别以怀抱"（王闿运《湘绮楼说诗》八）。

次章想象经历战乱，家园残破，倍增怀思之情。三章由自己对家中的思念，写到家中妻子对自己的思念。末章因而追忆三年前新婚，言及新婚之别，意在重逢之喜。"'仓庚于飞，熠耀其羽。之子于归，皇驳其马'，凯歌别调，所谓'兵器销为日月光'。"（同前）

这首诗也许是《国风》中想象力最为丰富的一首诗。诗中写征夫对新婚的回忆，是再现、追忆式的想象；诗中对家园残破的想象，则是幻想、推理式的想象。

（周啸天）

◇小雅·采薇

采薇采薇，薇亦作止。曰归曰归，岁亦莫止。靡室靡家，猃（xiǎn）狁（yǔn）之故。不遑启居，猃狁之故！

采薇采薇，薇亦柔止。曰归曰归，心亦忧止。忧心烈烈，载饥载渴。我戍未定，靡使归聘。

采薇采薇，薇亦刚止。曰归曰归，岁亦阳止。王事靡盬（gǔ），不遑启处。忧心孔疚，我行不来。

彼尔维何？维常之华。彼路斯何？君子之车。戎车既驾，四牡业业。岂敢定居，一月三捷。

驾彼四牡，四牡骙（kuí）骙。君子所依，小人所腓（féi）。四牡翼翼，象弭（mǐ）鱼服。岂不日戒，猃狁孔棘。

　　昔我往矣，杨柳依依。今我来思，雨雪霏霏。行道迟迟，
载渴载饥。我心伤悲，莫知我哀。

　　这是一首早期的边塞诗。全诗共六章，每章八句，比较完整地展现
了征人久戍不归及归时痛定思痛的感情历程。从结构上看，这首诗可以
分成三个部分：前三章主要表现久戍思归之情；继二章写军旅生活；末
章是全诗结穴所在，写戍卒在得归时转觉感伤。

　　前三章采用叠咏的形式，写战争间歇时，戍卒难以遏止的思乡情
绪。各章首二句叠咏，"采薇"即采集野豌豆苗，在粮草不续时，士兵
只好以此充饥。这样，全诗一开篇就展示出一幅凄凉的戍边生活画面。
三章在叠咏的同时，情景亦有递进。薇由作而柔而刚，时序也经历了从
春到秋的变化，一年将尽，仍然是君问归期未有期。第一章说年关将
近，还回不了家；是猃狁害得他们有家难回，不得安宁。第二章进而说
到归思难收，忧心似焚，而且饥渴难忍。军队驻地不固定，连捎个家信
也不可能。第三章写眼见小阳春（阳月即十月）了，回家还没个指望，
戍卒积忧成疾。通过反复咏唱，抒情渐次深入。

　　四、五两章衔接，写战斗激烈时，戍卒没有工夫想家。"彼尔维
何"二句起兴，写将军乘坐的战车之威风，两章多次出现"四牡"的形
象，写得雄赳赳气昂昂的，于中可见军容严整及将士忠勇报国的豪情。
客观上也表现出乘坐战车的将军与徒步奔驰的战士，到底还有苦乐的差
别。战马随时在辕（既驾），战士则是弓箭随时在身（鱼服是绘有鱼纹
的箭袋），他们一个月中就有多次接仗（三捷），所以无法定居。战士
须随时加强警戒，因为他们面对的是凶顽的猃狁，军情十分紧急（孔
棘）。在战斗紧张的时刻，在战车后奔跑的时刻，靠着车厢躲避飞矢的
时刻，是没有工夫去想家的。然而，枕戈待旦时，则一定会祈愿和平的

实现和与亲人的团聚。

末章写戍卒终于生还，一路上悲喜交集的情态。朝思暮想、梦寐以求的回乡的愿望终于实现，照说应该感到高兴才是。然而诗人却偏写归途遇上风雪交加的天气和一路上又饥又渴的情景，还让他回忆起从军时那个春天一路杨柳依依的景色以及由此产生的感伤，这就很耐人寻味了。首先，从军是在春天，而且是从南方出发的，自然会看到"杨柳依依"的情景；还乡则遇上冬天，而且是从北方出发的，自然就遇上"雨雪霏霏"的天气。这里有季节的差异，也有地理的差异。这种差异无疑将引起对故乡殷切的思念，即归心似箭的心情。从军时虽一路"杨柳依依"，然而却是远离故乡，死生未卜；眼前虽然"雨雪霏霏"，又饥又渴又冻，毕竟是绝处逢生，所以戍卒还是感到幸运的。

王夫之评这四句是"以乐景写哀，以哀景写乐，一倍增其哀乐"，也就是说，杨柳依依中的悲哀，更见其悲哀；雨雪纷纷中的欣喜，更见其欣喜。这是反衬修辞的妙用。同时这里不只是欣喜，还包含有感伤情绪，也就是通常所谓"痛定思痛"的情绪。多年的出生入死，同伴的凋零，够生还者一路上回味。再说，家中的情况还是一个未知数。汉乐府："十五从军征，八十始得归。道逢乡里人，家中有阿谁？"唐诗《河湟旧卒》："少年随将讨河湟，头白时清返故乡。十万汉军零落尽，独吹边曲向残阳。"诗中戍卒的明天难保不是这个样子。总之，诗中人庆幸之余，心里也在打鼓。

此诗写法与《氓》相近，前五章出以归途的回忆，有助于表现痛定思痛的心情。读罢此诗，读者仿佛看见诗中主人公慢腾腾地走向画面深处，走向雨雪浓重的远方，只留下一个孤独的背影，一声幽幽的叹息。

（周啸天）

●屈原（约前340—约前278），名平，战国楚人。怀王时曾任左徒、三闾大夫，主张联齐抗秦。于怀王、顷襄王时两遭佞臣进谗，而被放逐汉北、江南。因国事不堪，而自沉汨罗江。他根据楚声楚歌而创制楚辞，著有《离骚》《天问》《九歌》《九章》等。

◇九歌·国殇

操吴戈兮披犀甲，车错毂（gǔ）兮短兵接。旌蔽日兮敌若云，矢交坠兮士争先。凌余阵兮躐（liè）余行，左骖殪（yì）兮右刃伤。霾（mái）两轮兮絷四马，援玉枹兮击鸣鼓。天时怼（duì）兮威灵怒，严杀尽兮弃原野。

出不入兮往不反，平原忽兮路超远。带长剑兮挟秦弓，首身离兮心不惩。诚既勇兮又以武，终刚强兮不可凌。身既死兮神以灵，魂魄毅兮为鬼雄。

本篇在《九歌》中地位相当特别。他篇所吟颂者皆天地神祇，此篇独为人鬼。"殇"本指未满二十岁而死的人，"国殇"则特指为国捐躯的将士。刘永济说本篇"通体皆写卫国战争，皆招卫国战死者之魂而祭之之词"。诗中敌强我弱，有其特定历史背景。

战国的秦楚争雄战争，从楚怀王后期开始，屡次以楚方失利告终。《史记·楚世家》记载："（怀王）十七年春，与秦战丹阳，秦大败我军，斩甲士八万，虏我大将屈匄、裨将军逢侯丑等七十余人，遂取汉中之郡。楚怀王大怒，乃悉国兵复袭秦，战于蓝田，大败楚军。""二十八年，秦与齐、韩、魏共攻楚，杀楚将唐昧，取我重丘而去。""二十九年，秦复攻楚，大破楚，楚军死者二万，杀我将军景缺。""三十年，秦复伐楚，取八城。（顷襄元年，秦攻楚），大败楚军，斩首五万。"由此可见楚国在抗秦战争中伤亡的惨重。屈原这篇追悼阵亡将士的祭歌，就反映了楚国将士同仇敌忾和忠勇的爱国激情。

全诗可分两段。第一段从"操吴戈兮披犀甲"到"严杀尽兮弃原野"，描绘严酷壮烈的战争场面。诗一开始就用开门见山、放笔直干的写法：战士们披坚执锐，白刃拼杀。古时战车，作用有如坦克，双方轮毂交错，"短兵接"。诗从战斗最激烈处写起，极为简劲。在这个"近景"描写后，诗中展开了一个战场的"全景"：旌旗遮天蔽日，秦军阵容强大。敌若云，箭如雨。处于劣势的楚国将士却并没被危险与敌威所压倒，他们争先恐后，奋不顾身，其勇猛有逾于困兽，但终因寡不敌众，被敌方冲乱了行列与阵脚，楚军陷入被动。

诗人用了"特写"式笔触着力刻画楚方主将：他高踞战车之上，身先士卒，临难不苟。他的左右骖乘一死一伤，车轮如陷泥淖，驷马彼此牵绊，进退不得，却继续援槌击鼓，指挥冲杀，直到流尽最后一滴血，直到全军覆没。

"严杀尽兮弃原野"，是一个"定格"的画面：喊杀声停止了，战场上尸横狼藉，笼罩着一片死样的沉寂。楚国将士身首离异，然而还佩着长剑，挟持"秦弓"——这"秦弓"是夺到手的武器。敌人胜利了，但是"杀人三千，自损八百"，这是一场令其思之胆寒的胜利。楚军失败了，这是一场令人肃然起敬的悲壮的失败。诗人通过有限的画面，表现了意味极为丰富的内容。诗中主将的遭遇，容易使人想到项羽《垓下歌》的前两句："力拔山兮气盖世，时不利兮骓不逝。"然而《垓下歌》的结尾是软弱无力的，远不能与《国殇》的结尾相提并论。任何的徒呼奈何，泣血流泪，都是愧对烈士英灵的。

诗的后段，用了一种义薄云天的慷慨之音，对死国者做了热烈赞颂。"出不入兮往不反"二句，与荆轲《易水歌》同致，"壮士一去兮不复还"，是以身许国者共有的豪言壮语。烈士们用鲜血实践了他们的誓言。他们死不倒威，死而不悔，可杀而不可侮。他们生命终结而精神不朽，到了另一个世界，也仍是出类拔萃的"鬼雄"！与诗发端的开门见山相应，结尾是斩钉截铁，令人振奋的。"鬼雄"也因而成为一个现成的诗歌用语，宋代李清照《绝句》就有"生当作人杰，死亦为鬼雄"的名句。

《诗经》中以战争为题材或背景的作品，除《大雅·常武》外，一般只写出征的一方，如《秦风·无衣》仅言"王于兴师，修我戈矛，与子同仇"，《小雅·车攻》仅言"我车既攻，我马既同""之子于征，有闻无声"，都未言及正面的接仗。而《国殇》中却大写秦人狂风骤雨的凭凌，楚军浴血奋战与抵抗，两军短兵相接的激战。作者旨在歌颂阵亡将士的勇武，却没有简单地丑化敌人，相反地对敌方力量的强大做了夸张的描写，"疾风知劲草"，这样写对阵亡者的大无畏精神恰恰起到了有力的衬托作用。在战争诗的创作上谱写了全新的一页。

《国殇》紧凑而凝练，具有较强的艺术概括力。作者一扫诗人习用的香草美人和比兴手法，通篇直赋其事，造成一种刚健朴质的风格，在《九歌》中独树一帜。诗中所宣扬的轻身报国的精神，曾激起过世代爱国志士的共鸣。有人认为诗中的战将非泛写，是指战败于丹阳之战的屈匄。其实诗人所祭颂的乃楚国历来之"国殇"，并不限于一战。诗人用了艺术概括的手法，集中描写了一个浴血奋战的场面，在刻画中运用了"蒙太奇"式的语言，形象鲜明突出，篇幅短小精悍。

（周啸天）

●汉乐府，汉时乐府官署所采制的诗歌。汉代乐府官署大规模搜集歌辞始自武帝时，采诗的目的一是考察民情，二是丰富乐章，以供宫廷各种典礼以至娱乐之用。汉乐府歌辞多感于哀乐，缘事而发，现存作品多为东汉人所作。宋人郭茂倩所编《乐府诗集》是收罗汉迄五代乐府最为完备的一部诗集。

◇战城南

战城南，死郭北，野死不葬乌可食。为我谓乌："且为客嚎！野死谅不葬，腐肉安能去子逃！"水深激激，蒲苇冥冥。枭骑战斗死，驽马徘徊鸣。梁筑室，何以南，何以北！禾黍不获君何食？愿为忠臣安可得！思子良臣，良臣诚可思：朝行出攻，暮不夜归。

本篇通过对凄惨荒凉的战场的描写，揭露战争的残酷和穷兵黩武的罪恶。

"战城南，死郭北"两句互文见义，是说城南在打仗、在死人，城北也在打仗、在死人。"为我谓乌：'且为客嚎'"，乃诗人的致辞。古人对新死的人要举行一种招魂的典礼，一边哭一边叫死者的名字，所以诗人请求乌鸦先不要忙啄食死尸，说反正死尸也是逃不过你们的口腹的。这就间接刻画出一场恶战之后，战场上尸横遍野、群鸦乱噪、无人吊唁、甚可悲悯的情景。

"水深激激，蒲苇冥冥（幽暗状）"突作兴语，更加深了悲凉的感觉。"枭骑战斗死"二句，意谓牺牲了的都是最骁腾的马，苟活下来的偏偏平庸，这里也有比兴。"梁筑室"三句中，"梁"指桥梁，桥梁上所筑之"室"，不是别的什么室，而是工事。桥梁本以通南北，今筑工事于其上，则何以通南，何以通北乎？不是倒行逆施是什么？

"禾黍不获君何食"二句讲，壮丁都被抓走了，没人种地又吃什么呢？愿为忠臣又怎么可能？"愿为忠臣安可得"一句，令人联想到梁山好汉中相当一部分人，如林冲、鲁达、宋公明，这些人的初衷何尝不是"愿为忠臣"？所以这句话是对统治者的警告。"思子良臣"四句，是说想想那些战死者吧，他们不都堪称良臣吗？然而，早上出战，晚上再也没能回来。

前文说战死的马乃"枭骑"，这里写战死的人乃良臣，更引人惋惜，从而生出"彼苍者天，歼我良人。若可赎兮，人百其身"那样的心情。要之，诗中对"良臣"之死，并非赞美着歌颂着，而是伤悼着惋惜着，诗中渲染的是战争的残酷和恐怖，诗人的倾向是反战的。

唐代诗人李白亦作《战城南》云："去年战，桑乾源。今年战，葱河道。洗兵条支海上波，放马天山雪中草。万里长征战，三军尽衰老。匈奴以杀戮为耕作，古来唯见白骨黄沙田。秦家筑城备胡处，汉家还有烽火燃。烽火燃不息，征战无已时。野战格斗死，败马号鸣向天悲（此即'枭骑战斗死，驽马徘徊鸣'）。乌鸢啄人肠，衔飞上挂枯树枝（即'野死不葬乌可食'）。士卒涂草莽，将军空尔为。乃知兵者是凶器，圣人不得已而用之。"李白《战城南》较古辞具有更大的概括性，而在语言艺术上也更加圆熟，所以是青出于蓝而胜于蓝。

（周啸天）

●曹操（155—220），字孟德，小字阿瞒，东汉沛国谯县（今安徽亳州）人。汉末举孝廉，任洛阳北部尉、顿丘令；后拜骑都尉，攻打黄巾军。初平元年（190）参与讨伐董卓之战，实力得以扩充。建安元年（196）奉迎汉献帝定都许昌，拜司空，封武平侯。次第击败袁绍等割据势力，统一中国北方。后失利于赤壁之战。晚年进封魏王。其子曹丕代汉称帝后，追之为魏武帝。其诗慷慨悲凉，全用乐府诗体，对后世影响深远。有明辑本《魏武帝集》。

◇苦寒行

北上太行山，艰哉何巍巍！羊肠坂诘屈，车轮为之摧。树木何萧瑟，北风声正悲。熊罴对我蹲，虎豹夹路啼。溪谷少人民，雪落何霏霏！延颈长叹息，远行多所怀。我心何怫郁，思欲一东归。水深桥梁绝，中路正徘徊。迷惑失故路，薄暮无宿栖。行行日已远，人马同时饥。担囊行取薪，斧冰持作糜。悲彼东山诗，悠悠令我哀。

建安十一年，并州刺史高干叛乱。干乃袁绍之甥，初降曹操，复叛之，"执上党太守，举兵守壶关口（今山西长治东南）"。曹操即于次年春正月，从邺城（今河北临漳西）出兵北征高干。当大军翻越太行山时，曹操写下了这首五言古诗。作为一个军事统帅，诗人并不强作英豪之态，而是老老实实写下了士卒的苦寒和他自己内心的波动，表现了对不得已而用兵的深沉感喟。全诗就以这种真诚的倾诉打动了千古读者的心弦，称得上是古直悲凉的典型之作。

太行山横亘于晋、冀、豫三省边境，形势极为险峻，古人即有"太行，牛之难也"（《尸子》）之叹。"北上太行山"四句，使人想到一队队荷戟行军的士卒，正翻越盘曲入云的山坂。那嶙峋的山石，简直要把辚辚滚动的车轮颠散了架——这就是从沁阳通往晋城的那段令人谈之色变的"羊肠坂"。以下就用极为沉重的笔墨，勾勒太行山凛冽萧条的冬景和途中令人鼻酸的见闻。在天寒地冻之时，山中的野兽为饥饿所驱，居然夹路蹲伺行军的战士；而山中绝无人烟，"雪落在中国的土地上，寒冷在封锁着中国呀"（艾青《雪落在中国的土地上》），字里行间流露出诗人对艰难时世人口锐减、民生凋敝这一严重社会问题的关注。

"延颈长叹息，远行多所怀"，浮想联翩中忽作归思，如箭在弦上，不得不发。连上共四句，立足士卒而为之辞，写出了曹公的平常心。修辞立其诚，全是肺腑中流出的话，不是一个军阀附庸风雅之作，是仁者之真诗。曹公早年并无争锋天下的野心，当初的愿望不过是"欲为一郡守，好作政教建立名誉"；即使在逐鹿中原之际，也时有回归乡里，"秋夏读书，冬春狩猎"的念头。（俱见《让县自明本志令》）如今面对大雪弥漫的太行山区，这种怀思不知不觉又涌向心头，终于化为"我心何怫郁，思欲一东归"的深长叹息。

以下加快节奏，历历如画地展现军旅生活的各个侧面。"水深桥梁绝，中路正徘徊"二句写行军中意外受阻，少不得逢山开路，遇水搭桥；"迷惑失故路，薄暮无宿栖"二句写军行有时迷路，少不得要找老乡作向导，有时则找不到宿营之地，难免挨饿受冻；"行行日已（益）远"以下四句，写行军途中人困马乏，担囊取薪，斧冰化水，以举炊餐种种情事，非亲身经历闻见不能道此。这种写法，与诗经《豳风·东山》写艰苦行役生活相仿佛。"悲彼东山诗，悠悠令我哀"，句下也有隐以周公自命的壮怀。所谓古直悲凉在此，所谓气韵沉雄亦在此。

（周啸天）

●刘琨（270—318），字越石，西晋中山魏昌（今河北定州东南）人。初任司隶从事，为"二十四友"之一。累官司徒左长史，封广武侯。晋怀帝立，出任并州刺史，与匈奴刘渊、羯人石勒等抗争数年。晋愍帝立，拜大将军。后败于石勒，为鲜卑人段匹磾所害。有明辑本《刘越石集》。

◇扶风歌

朝发广莫门，暮宿丹水山。左手弯繁弱，右手挥龙渊。顾瞻望宫阙，俯仰御飞轩。据鞍长叹息，泪下如流泉。系马长松下，发鞍高岳头。烈烈悲风起，泠泠涧水流。挥手长相谢，哽咽不能言。浮云为我结，归鸟为我旋。去家日已远，安知存与亡？慷慨穷林中，抱膝独摧藏。麋鹿游我前，猿猴戏我侧。资粮既乏尽，薇蕨安可食？揽辔命徒侣，吟啸绝岩中。君子道微矣，夫子故有穷。惟昔李骞期，寄在匈奴庭。忠信反获罪，汉武不见明。我欲竟此曲，此曲悲且长。弃置勿重陈，重陈令心伤。

本篇作于晋怀帝永嘉元年（307），当时作者受任并州刺史，九月末自京城洛阳前往并州治所晋阳（今山西太原西南）。据《晋书》本传刘琨自叙九月底出发，道险山峻，胡寇塞路，人民困乏，流移四散，十不存二；一路招募流亡，以少击众，冒险而进，转斗至晋阳。诗即述途中所见所感和对时局的忧危忠愤的心情。

"扶风"，郡名，治所在今陕西泾阳，《扶风歌》属乐府杂歌谣辞。《文选》李善注："集云：'《扶风歌》九首。'然以两韵为一首。"《乐府诗集》亦云。说九首并不确切，实际上是九解，两韵为一解。

一解写登程。"广莫门"为洛城北门，盖并州在北边，故出此门；"丹水山"是丹水发源处，已入并州之境。诗中的"朝发""暮宿"，系袭用"朝发轫于苍梧兮，夕余至乎县圃"（《离骚》句式，亦同后来《木兰辞》）、"旦辞爷娘去，暮宿黄河边"、"旦辞黄河去，暮至黑山头"，均不可泥解为一日行程，乃是诗歌叙写行程的一种程式，兼有行色匆匆之意。途中一手弯弓，一手挥剑，表现胡寇塞路，一路披荆斩棘的情形。

二解写恋阙。作者曾经过西晋初期的安定时代，并在洛阳有一段诗酒从容的优游生活。然而自从乱起，国将不国，此时任重道远，而前景不容乐观，思前想后，且恋恋，且怅怅，情不自禁，至于涕零。

三解、四解写小憩。诗人系马解鞍在荒寂的高山头，入耳是萧萧松风和泠泠涧水的声响，再一次想起辞别亲故的场面，泣不成声，浮云为之凝定不流，飞鸟为之回旋不去，如助人之悲哀——读者须体会诗中两个"为我"表达的强烈主观感受。

五解写恋家。去家日远，存亡未卜；荒山老林，倍感孤独。当时刘琨虽以少击众，却并非孤身一人以行，但当时朝廷软弱无力，琨部难得后援，这里的抱膝孤独形象，为孤臣独木难支的心情传神写照。

六解写困厄。由于粮草乏绝，马饥人困，诗人一行陷在荒山老林中，山中麋鹿、猿猴以野草山果为食，何等自在悠游，相形之下，做人又有什么好处（薇蕨安可食）？此处又用了两个"我"字，强调的是人不如兽，与四解两言"为我"映带，亦是直抒胸臆之语。

七解写排解。"命徒侣"三字点明了统兵的身份，出现了集体的形象。作为带兵者，诗人不敢用自己的消沉去加重部下悲观的情绪，只能想尽办法调动他们的积极性。所以指挥部从登程，在山道上拉歌以振奋情绪，歌声使人想起孔子的精神。《论语·卫灵公》载："（孔子）在陈绝粮，从者病，莫能兴。子路愠见曰：'君子亦有穷乎？'孔子曰：'君子固穷（安于贫困），小人穷斯滥矣。'"

八解写隐忧。诗情再转低沉。盖诗人当时系与匈奴人周旋，处境又相当困窘，只有许国之决心，却没有必胜之信念。这种处境心情使他对汉代的李陵产生同情。据《史记·李将军列传》附李陵传载，李陵当日以五千人对匈奴八万之众，被困乏绝而救兵不到，被迫投降，本来忠信，却反而获罪。汉武帝不但不给以原谅，反而杀了他的全家。"骞期"即"愆期"，指李陵出征匈奴逾期未归。诗人言下之意，盖恐旷日持久，讨贼不效，区区孤忠，反不见谅于朝廷，故深怀后顾之忧。

九解是尾声。相当于楚辞的乱辞，也是乐府常见的结束形式。两用接字即顶真的修辞：一曰忧从中来，情不可尽；二曰感伤太甚，不宜重陈，故以不尽尽之。

这是一首以天下为己任、持危扶颠的壮士之诗，本来也可以写得豪情满纸、激昂慷慨，然而诗人却采取了一种低调的写法，突出的是行军中种种凄凉感伤而忧惧的心情，展示的是普通的人情，大约诗人本来就不是为了写给别人看的，所以诗中没有半点客气假象，有的是一片赤子之真诚，与曹公《苦寒行》十分相近。

"唯大英雄能本色"，诗就好在写出了英雄本色的一面。不唱高调，反能感人至深。此诗略于叙事而详于抒情，抒情采用的是纯意识流的写法，即将沿途复杂的思想感情，择要一一写来，叙事看似拉杂，抒情实有脉络。沈德潜说："越石英雄失路，万绪悲凉，故其诗随笔倾吐，哀音无次，读者乌得于语句间求之。"（《古诗源》）

全诗九解蝉联而下，逐解换韵，采用复叠、接字等手法，造成既一气贯注又千回百折的回肠荡气的感觉，是其激动人心的又一原因。

（周啸天）

●庾信（513—581），字子山，南阳新野（今河南新野）人。庾肩吾之子。梁时任湘东王萧绎国常侍、安南参军。萧绎称帝（即梁元帝），任右卫将军，封武康县侯，加散骑常侍，出使西魏。值西魏攻陷江陵，杀梁元帝，因羁留长安，被迫历仕西魏、北周。北周时官至骠骑大将军、开府仪同三司，也称庾开府，卒于隋初。有明辑本《庾开府集》。

◇拟咏怀二十七首（录一）

榆关断音信，汉使绝经过。胡笳落泪曲，羌笛断肠歌。纤腰减束素，别泪损横波。恨心终不歇，红颜无复多。枯木期填海，青山望断河。

《拟咏怀二十七首》组诗是庾信后期创作的代表作，本篇是其中一首，因魏阮籍有《咏怀》诗，所以题作"拟"。人们以他四十二岁由梁出使西魏为界，大致将其作品分为两个时期。其早期风格是绮丽妩媚，富辞采之美，后期因境遇之变故而变得苍凉。杜甫所说的"庾信文章更老成，凌云健笔意纵横"（《戏为六绝句》）即是评价他的后期创作。

庾信是整个南北朝最杰出的文学家之一，可谓是南北朝文学的集大成者，但命运多舛，是一个悲剧性人物。他生逢南北朝乱世，历经梁、西魏、北周三朝，由南入北，虽官至高位，但远离故土，羁留异国，深有怀念故国之思与淹留他乡之痛，更有屈身仕敌之恨。《拟咏怀》抒情组诗即是这些情绪的宣泄。

据史载，北周代魏后，庾信迁为骠骑大将军，且封侯，与诸王结交，显贵之极；时陈朝与北周通好，流寓人士可归还故土，唯有庾信与王褒不得回南方。庾信虽受北周皇帝如此礼遇，但有生之年想回故土却是万万不能。所以，诗一开头便是沉甸甸的两句绝望之词，"断""绝"二字奠定了全诗沉痛而无奈的基调。这种情绪在结尾达到高潮。诗人用精卫填海与巨灵断河的神话传说表达了无比执着的思念故国之情，南归的希望犹如枯木填平大海、青山阻断河流一样不可能成为现实，但这无望之想仍然扎根在诗人心中，无法割舍。南方的山水依旧，梁朝却早已湮没于历史长河之中。

和文字相比，音乐往往更能够直接震颤人的心灵。羌笛和胡笳是西北少数民族特有的乐器，作者耳之所闻皆是具有鲜明地域和民族特色的歌曲，更勾起作者对故乡的怀念。纳兰性德的《长相思》中"风一更，雪一更，聒碎乡心梦不成，故园无此声"表达的也是同样的感受。在关山阻断、音信渺茫的环境下，周遭盈耳的只有异乡的音乐，会愈发让人觉得寂寞。

善于用典，贴切自然，是本诗的一大特色，而且语言凝练，对仗工稳，体现出庾信高超的诗歌造诣。以美人来象征高洁之士是从《离骚》就开始的传统。"束素"，指纤腰，语出宋玉《登徒子好色赋》之"腰如束素"；"横波"指优美的眼神如水波流动，语出傅毅《舞赋》之"目流睇而横波"。衣带渐宽，泪水不歇，红颜已老而此心不渝。这里作者以美人自况，把深沉的怀乡情愫写得哀切感人，令人读之亦断肠。

（郭扬波）

●北朝乐府，北朝民歌多半是北魏以后的作品，陆续传到南方，由梁代的乐府机关保存。与南朝乐府相比，北朝民歌口头创作居多，以谣体为主，数量较南朝民歌为少，而内容较为开阔，艺术表现则较为质朴刚健。

◇陇头歌辞三首

陇头流水，流离山下。念吾一身，飘然旷野。

朝发欣城，暮宿陇头。寒不能语，舌卷入喉。

陇头流水，鸣声幽咽。遥望秦川，心肝断绝。

陇头即陇山，在今陕西陇县西北，古时为出征士卒经行之地。《后汉书·郡国志·凉州》李贤等注引《三秦记》曰："其坂九回（曲折），不知高几许，欲上者七日乃越。高处可容百余家，清水四注下。"《乐府诗集》中凡以"陇头""陇上""陇西"为题者，皆写征战、征夫情事。故此三诗当是度陇赴边的征夫吟唱的歌谣。

第一首以"陇头流水"兴起。陇头流水据《三秦记》说是由泉水溢出，无固定沟壑，故四面淋漓而下，没有一定的归向。诗以水流的无定，引起流浪人漂泊天涯之感。此诗重在视觉形象联想。

第二首"朝发""暮宿"概言经过，然后形容陇头严寒，突发奇语，所谓舌卷入喉，也就是说话舌头不灵活、搅不转的意思，诗人有《陇头水》道"雪冻弓弦断"，也算善于形容，然未如此这般语及切肤之痛，非亲身经历而善于形容者不能道。此诗重在自体感觉的表述。

第三首说隆冬不畅的水流声像人的哭声，字字沉痛。此诗重在听觉形象的联想。

三诗各极其妙，第二首尤具艺术张力。

（周啸天）

◇敕勒歌

敕勒川，阴山下，天似穹庐，笼盖四野。天苍苍，野茫茫，风吹草低见牛羊。

这是敕勒人的草原赞歌。敕勒是古代中国北部的少数民族部落，他们的后裔融入了今天的维吾尔族。但北朝时敕勒人活动的地域不在新疆，而在内蒙古大草原上。这首诗是当时敕勒人所唱的牧歌。

"敕勒川"不知是指当时哪条河，或者只是泛指敕勒人聚居地区的河川吧。阴山，又名大青山，坐落在内蒙古高原上，西起河套，东接大兴安岭，绵亘千里。歌唱敕勒川时，以这样一座气势磅礴的大山为背景，立刻便有了开阔的气象。大草原的自然景观是单纯的，不似江南山水的细腻和曲折，一抬头就看见天边，一开口就是粗豪的调子，其间充满自豪感——游牧民族没有土地私有的观念，哪里有水草，哪里就是家。敕勒人共同拥有茫茫无际的草原，而辽阔的天宇恰似一个其大无比的蒙古包，圆圆的，从四面八方笼罩下来，这就是敕勒人引以为傲的家乡。

在现代歌曲中，与此诗情调最为接近的是《草原上升起不落的太阳》："蓝蓝的天上白云飘，白云下面马儿跑。挥动鞭儿响四方，百鸟齐飞翔。要是有人来问我，这是什么地方？我就骄傲地告诉他，这是我们的家乡……"

"天苍苍，野茫茫"是紧承"天似穹庐，笼盖四野"，对"天""野"的烘托，这无意于工、自然天成的骈语，是必要的点染，先画远景，以便后画近景。"风吹草低见牛羊"画龙点睛，画面开阔无比，而又充满动感，弥漫着活力。不直接写满地牛羊，而让人于"风吹草低"处见之，则水草丰茂处该隐藏着多少牛羊，令人无限神往。这就是所谓"景愈藏，境愈大"——这是对草原自然环境的赞美，也是对勤劳勇敢的敕勒人的赞美。"见"，人多读作"现"，其实两读皆可。不过，读作"见"，乃有我之境；读作"现"，乃无我之境。按王国维《人间词话》的意见，作无我之境更佳。

在文明发展的过程中，人不断得到新的东西，也不断失去原有的东西。就像成年人经常回顾童年的欢乐，生活在发达的文明中的人们，常常也会羡慕原始文明和异国情调。《敕勒歌》正好唤起我们对遥远的过去、陌生地域的神往。

据史书记载，此歌辞是由鲜卑语译成汉语的。公元546年，东魏、西魏两个政权之间爆发了一场大战，东魏丧师数万，军心涣散，主帅高欢为了安定军心，在宴会上命大将斛律金唱此歌。而斛律金就是敕勒人，他也许就是《敕勒歌》的鲜卑语译者。这首歌辞经过了两重翻译，而在事实上成为一首汉语诗歌的上乘之作。原文不传，恐怕也算不得怎样的遗憾吧。元好问《论诗绝句》："慷慨歌谣绝不传，穹庐一曲本天然；中州万古英雄气，也到阴山敕勒川。"所谓"中州万古英雄气"，即指中原汉诗中充实质朴、豪迈刚健的诗风，向来只知建安有此，左思有此，何意北歌亦有此。

（周啸天）

●李世民（599—649），即唐太宗，唐高祖李渊次子，公元626—649年在位。《全唐诗》存其诗一卷。

◇经破薛举战地

昔年怀壮气，提戈初仗节。心随朗日高，志与秋霜洁。移锋惊电起，转战长河决。营碎落星沉，阵卷横云裂。一挥氛沴（lì）静，再举鲸鲵灭。于兹俯旧原，属目驻华轩。沉沙无故迹，减灶有残痕。浪霞穿水净，峰雾抱莲昏。世途亟流易，人事殊今昔。长想眺前踪，抚躬聊自适。

这首诗题下作者原有小注："义宁元年，击举于扶风，败之。"则此诗当作于陕西扶风，所谓"战地"即指此。又据《新唐书·礼乐志》："太宗生于武功之庆善宫，贞观六年幸之，宴从臣，赏赐闾里。"扶风离武功很近，此诗很可能作于幸武功的同时或稍后。这位雄才大略的军事家、政治家，当他重经战地，提笔回顾过去金戈铁马的征战生涯时，诗中自然激荡着豪雄飞纵的气势，同时也寄寓着一种人生易逝的感喟，在气吞山河的激情里透露出深沉的诗思。

隋朝末年，天下大乱，群雄趁机角逐。隋大业十三年（617）夏天，李渊与十八岁的儿子李世民从晋阳（今山西太原西南）起兵，迅速南下、西进，于十一月占领隋朝首都长安，控制了渭水流域。当时，敌对的割据势力薛举（河东汾阴人，隋末为金城校尉）、薛仁杲父子占据甘肃，称秦帝，先都兰州，后迁天水，有兵号称三十万。薛举趁李渊初进长安、立足未稳之机，即派薛仁杲率兵攻打长安西路要塞扶风。当此之际，英雄少年李世民毅然请缨杀敌，扶风一仗，使薛仁杲望风披靡。第二年（618）薛举病死，李世民继续进攻，在今甘肃泾川东北大破薛军，薛仁杲投降，甘肃并入唐境。这次与薛举之战，是新兴的唐政权铲除割据势力、统一天下的最初的重要战役，这一战的胜利，为以后扫平占据山西北部的刘武周、割据河南的王世充、占有两湖的萧铣等军阀，奠定了坚实的基础。

这首诗就是在天下太平之后，作者重经殊死决战之地，对具有深远意义的重大战役的追忆和对眼前景物的感慨。全诗二十句，分两大段，前十句为第一大段，后十句为第二大段。

第一大段描写作者当年的英姿豪气和与薛军激战的情形。前四句："昔年怀壮气，提戈初仗节。心随朗日高，志与秋霜洁。""仗节"即持节，节就是符节，古代出征者所持，以作凭证。二十字中，以简约的笔墨，从外形到内心，为读者刻画了一位少年英雄的生动形象：在秋霜晴日里，作者怀着统一天下的雄心壮志，提戈仗节，意气风发，英勇赴敌。这一形象，不仅一开始就给读者留下了深刻的印象，也为战争的胜利做了有力的暗示。后六句："移锋惊电起，转战长河决。营碎落星沉，阵卷横云裂。一挥氛沴静，再举鲸鲵灭。"作者用一连串新奇的意象来作比喻：唐军在转战之时，其锋芒所向，有如闪电骤来，其势如长江大河的奔泻，不可阻挡。在这样快速而威猛的打击下，薛军的营垒如同天外星陨，顷刻损碎沉落，而兵阵亦如风卷横云，顿时分裂消散。这样，一次沉重打击，使得妖氛收敛（沴，因气不和而产生的灾害），再次战斗，终于将凶暴的敌人（鲸鲵，古人认为是凶猛的大鱼，雄者为鲸，雌者为鲵）彻底消灭。在这六句中作者略去了战争的细节，用高度概括的形象，作高屋建瓴般的描写，一气直下，势如破竹，具有雷霆万钧之力。

第二大段描写重来战地的所见所感。前两句："于兹俯旧原，属目驻华轩。""于兹"即于此，二字转接自然。作者来到扶风战场，停下有帷帐的华美的车子，俯视着旧日激战的川原。他看到了什么呢？"沉沙无故迹，减灶有残痕。浪霞穿水净，峰雾抱莲昏。"当年双方激战的情形，好像被沉沙掩埋，看不出什么迹象了，只有军灶还依稀地残留着一点痕迹。"减灶"，见《史记·孙子吴起列传》，齐将孙膑用增兵减灶的计谋，以示兵力虚弱，诱魏将庞涓进入包围圈，将其歼灭。这里的"减灶"，实指军灶，同时也补足了上一段对战争的描写：不仅有战场上力的明争，而且有帷幄中智的暗斗。然而这一切，似乎都成为历史的陈迹了。那川原上的水浪在晚霞的照射下，多么明净；远处的峰峦有如莲花，在薄雾的笼罩中，显得有些昏暗。这哪里还有当年战争的影子呢？于是，作者从内心发出了感慨："世途歘流易，人事殊今昔。长想眺前踪，抚躬聊自适。"世道真如孔子慨叹的"逝者如斯"的流水，变化很快；而人间万事，今昔对比，多么悬殊啊！不过，想到终于平定了天下，实现了统一的愿望，而且，国家今后还将不断发展，作者又从内心感到了慰藉和欣喜。这结尾处积极乐观的精神，与篇首的少年英雄形象正相照应，中间虽有深沉的感叹，但笼罩全诗的，还是一种昂奋向上的激情，这正是作者的英雄性格的体现，也是本诗的可贵之处。

这首诗在表现手法上颇具特色。为了表达"世途歘流易，人事殊今昔"的感叹，作者在前后两大段中采用了对比的手法。首先是人物形象的对比：篇首，作者提戈仗节，生龙活虎，是雄姿英发的少年，而篇末感喟世途流易，人事沧桑，则显然已渐入老成。其次是环境的对比：当初激战时有如电起河决，星沉云裂，一派剧烈动荡之势，而驻轩瞩目时，却是故迹沉沙，水净莲昏，一片安谧宁静气氛了，动静之间，对比十分强烈。最后是由此而引出了情绪上的对比：前一段意气昂扬，雄伟奔放，真有不可一世的壮志豪情，而后一段则显得雍容稳健，深沉凝重，在胜利的自豪中，掺和着一种感于时光易逝的淡淡的哀愁。这些前后不同的变化和对比，使人物形象更为丰满，也使得诗思更为深厚，耐人寻味。这首诗在形式上也自有其特点。它在语言的工整和词性的对偶上，继承了齐梁诗的特点，为唐诗逐步向排律发展，起了首开风气的作用，是一种创造中的探索。

（管遗瑞）

●陈子昂（659—700），字伯玉，梓州射洪（今属四川）人。睿宗文明元年（684）进士及第，任麟台正字。武后代唐，任右拾遗，曾两度从军至北方边塞。圣历元年（698）因父老解官回乡，为县令段简构陷下狱而死。有《陈伯玉文集》。

◇送魏大从军

匈奴犹未灭，魏绛复从戎。
怅别三河道，言追六郡雄。
雁山横代北，狐塞接云中。
勿使燕然上，惟留汉将功。

作为初唐诗坛代表人物的陈子昂出身豪富，少任侠，性情豪迈，其诗歌创作标举"汉魏风骨"，俨然开创了盛唐人物、盛唐诗歌的先声。这首气魄恢宏、别具一格的送别诗正体现了其诗歌主张。

江淹《别赋》云："黯然销魂者，唯别而已矣。"历来送别诗总是伤感多情，而此诗却一扫此貌，写得慷慨激昂，英气勃发。而且本诗的着眼点并非仅限于个人，而是放宽到整个国家、民族，体现出作者对政治的热情和对国家的高度责任感。这与当时社会上知识分子积极参政，关心国计民生的风气是一致的。全诗毫无依依惜别的缠绵哀伤，

而是铿锵有力地激励出征者立功沙场，抒发了作者的豪情壮志。而要
领会本诗的主旨与情感，就不得不理解诗中所用的多个典故，善于化
用典故正是本诗的一大特点。

　　首句化用汉将霍去病的典故。霍去病是汉武帝时期威震天下的名
将，《史记·卫将军骠骑列传》记载，霍去病曾说"匈奴未灭，何以
家为"，充满了以天下为己任的豪情。此处"匈奴"二字，借指当时
进犯边境的少数民族统治集团。诗人一开始即以历史上的著名人物勉
励友人慷慨从军，同时，"犹"字也道出了当时唐朝边情尚处紧急的状
态之中。

　　第二句活用魏绛的典故。据《左传·襄公四年》记载，魏绛为春秋

时期晋国的大夫，他主张晋国与附近的少数民族联合，曾说"和戎有五利"，晋悼公听从其言，从而消除了边患，魏绛也因此受到奖赏。这里巧借魏绛和魏大同姓，并改"和戎"为"从戎"，灵活化用典故，也鲜明地表达出作者对时局的看法——坚持讨伐，御边保国。

　　三、四两句中，"三河道"点出送别的地点。古称河东、河内、河南为三河，大致指黄河流域中段平原地区。《史记·货殖列传》说："夫三河在天下之中，若鼎足，王者所更居也。"此处概指在都城长安送客的地方。"六郡"，指金城、陇西、天水、安定、北地、上郡。"六郡雄"，原指上述地方的豪杰，这里专指西汉时在边地立过功的赵充国。两句的旨意是：与友人分别于繁华皇都，彼此心里总不免有些怅惘；但为国效力，责无旁贷，两人执手相约，要像汉代名将、号称六郡雄杰的赵充国那样去驰骋沙场，杀敌立功。此二句虽有惆怅之感，而气概却是十分雄壮的。

　　"雁山横代北，狐塞接云中"两句是写景，乃是作者对魏大从军所往之地——雁山和狐塞的遥想。

　　结尾两句是用东汉时期车骑将军窦宪的事迹。据《后汉书·窦宪传》载，东汉时的车骑将军窦宪，曾大破匈奴北单于，又乘胜追击，登燕然山（今蒙古国境内的杭爱山），刻石纪功而返。作者在这里是激励友人扬名塞外，不要让燕然山上只留下汉将的战功，还要留下我大唐将士的赫赫战功。

（郭扬波）

●张说（667—730），字道济，一字说之。洛阳（今属河南）人，原籍范阳（今河北涿州），世居河东（今山西永济西）。武则天永昌中，中贤良方正科第一。历仕武则天、中宗、睿宗、玄宗四朝，玄宗时为中书令，封燕国公，后为集贤院学士、尚书右丞相。与许国公苏颋齐名，时称"燕许大手笔"。有《张说之集》。

◇幽州夜饮

凉风吹夜雨，萧瑟动寒林。

正有高堂宴，能忘迟暮心？

军中宜剑舞，塞上重笳音。

不作边城将，谁知恩遇深！

据《新唐书·张说传》，开元初，张说为中书令，因与姚元崇不和，罢为相州刺史、河北道按察使，坐累徙岳州。后改任右羽林将军兼检校幽州都督。都督府设在幽州范阳郡，即今天津市蓟州区。这首诗就是他在幽州都督府所作。诗中描写了边城夜宴的情景，颇具凄凉悲壮之情，曲折流露出诗人对遣赴边地的愁闷心情。

全诗紧扣题目，以"夜饮"二字为中心，逐步展开写景和抒情。开始二句写"夜饮"环境，制造气氛。"凉风吹夜雨，萧瑟动寒林"，这正是秋深风凉之时，在幽州边城的夜晚，风雨交加，吹动树林，只听得一片凄凉动人的萧瑟之声。这一切，形象地写出了边地之夜的荒寒景象。第二句还暗用了宋玉《九辩》中"悲哉秋之为气也，萧瑟兮草木摇落而变衰"的诗意，进一步加重了诗句中悲凉的色彩。在这样的环境中，诗人愁闷的心绪，已经见于言外。而这"夜饮"，显然正是为了要驱走这恶劣环境带来的愁苦，浇平胸中的块垒。宴会还没有开始，从极意渲染、暗示中，诗人已经给"夜饮"蒙上了一层愁苦的阴影。

第二联紧接一、二句，进入"夜饮"，抒发诗人的感叹："正有高堂宴，能忘迟暮心？""正"字接转巧妙，它紧承首联对环境的描写，同时也自然地转入到宴会。诗人说，正是在这风雨寒冷的夜晚，我们在高敞的厅堂中排开了夜饮的筵宴，这似乎应当值得高兴，但在这样的环境中，我又怎能忘怀自己的衰老和内心的悲伤呢？"能忘"句以问句出之，把诗人内心的郁勃之气曲折地流露了出来。而且，这种迟暮衰老之感，在边地竟是那样强烈，盘踞胸次，挥之不去，即使是面对这样的"夜饮"，也排遣不开啊！诗人内心的悲苦之深，已经不言而喻。诗中还化用了屈原《离骚》中"惟草木之零落兮，恐美人之迟暮"句意，把诗人心意表达得更加婉曲、深沉。

如果说第一、二联的诗意极为低沉、悲抑，诗人一直在痛苦中徘徊的话，那么，到第三联，随着宴会开始，并逐渐进行到高潮的时候，诗人的情绪也随之昂奋起来，诗情也有了亮色："军中宜剑舞，塞上重笳音。"这虽是在荒寒之地，但毕竟是在军事中心的都督府，宴会之间，军士们舞起剑来，那矫健刚劲的舞姿，慷慨雄伟的气魄，也叫诗人为之感奋。《史记·项羽本纪》中项庄说："军中无以为乐，请以剑舞。"舞剑是为了助兴，增加席间的欢乐气氛。一个

"宜"字，传出诗人对剑舞的欣赏，似乎在点头赞叹。但接着吹起胡笳时，那呜呜的声音，使席间短暂的欢乐顿然消失，而充满着一片悲凉的情调，诗人的心情也随之沉重起来。一个"重"字，表现出塞上本来就多悲凉之意，这与诗人的远戍之苦、迟暮之感，融合在一起，成为心灵上的沉重的负担，诗情在稍稍有了亮色之后，又忽然黯淡起来。这一联在豪壮中寓悲凉，在跌宕起伏中显露出诗人难以平息的滚滚思潮，直至逼出最后一联。

　　"不作边城将，谁知恩遇深！"这一结尾颇有些出人意料。照一般常情，这里似应该接着抒发乡思离情或远戍悲苦，与前面诗意相一致。但这十个字却铿锵有声，似乎将上面的愁苦一扫而光，转而感激皇上派遣的深恩，以在边城作将为乐、为荣。诗人沈德潜在《唐诗别裁集》中就评论说："此种结，后惟老杜有之，远臣宜作是想。"他真以为诗人是在感谢皇恩浩荡，还号召以后的边将要向诗人学习呢！其实，这完全是误解。其原因，一是沈德潜提倡"温柔敦厚"的诗教，有一种先入为主之见；二是深入玩味不够，将诗意看得过于平实了。我们只要深入分析，结合他当时不得已而到边地的情况，联系诗歌前三联的悲伤愁苦情绪，就不难看出，这最后一联完全是由上面逼出来的愤激之语，他对朝廷的满腹牢骚，隐藏在这看似感激而实含怨愤的十字之中，像河水决堤似的喷涌而出，表现了思想上的强烈愤慨和深沉痛苦。清人姚范就看出了这一点，他评论说："托意深婉。"（高步瀛《唐宋诗举要》）这一联的确托意遥深、措辞婉曲，可谓"得骚人之绪"，寄寓着诗人悲愤的感慨，它与首联的悲苦的边塞荒寒之景，恰成对照，相得益彰。全诗以景起，以情结，首尾照应，耐人咀嚼。

　　诗歌在语言上刚健质朴，虽是写景之语，也绝无华丽之辞，与边塞情调极为相称。遣词用字也十分精切，例如"吹""动""宜""重"这些字，看似一任自然，实际经过认真锤炼，用得恰到好处，对写景、抒情起了很好的作用。

（管遗瑞）

●杨炯（650—约693），唐华阴（今属陕西）人。为"初唐四杰"之一。高宗显庆四年（659）举神童，五年待制弘文馆。上元三年（676）授校书郎。武后垂拱元年（685）出为梓州（今四川三台）司法参军。天授元年（690）执教于洛阳习艺馆。晚年任盈川县令，世称杨盈川。有明辑本《盈川集》。

◇从军行

烽火照西京，心中自不平。
牙璋辞凤阙，铁骑绕龙城。
雪暗凋旗画，风多杂鼓声。
宁为百夫长，胜作一书生。

此诗属边塞题材，赞美投笔从戎、以身许国的壮举。首联关键词在一个"自"字，表明诗中人投身保卫祖国的战争，乃是出于自觉，出于热血沸腾。

颔联写到出征和围敌，是诗意的飞跃。"牙璋"（兵符）与"铁骑"（骑兵）、"凤阙"（长安丹凤门）与"龙城"（匈奴大会祭天之所，在今蒙古国境内），辞藻华丽，对仗工整。

颈联描写将士在风雪中搏杀，连旗上的字画都看不清楚，却仍可分

辨出冲锋的鼓声。这里写气候的严寒，战争的艰苦，间接表现将士不畏严寒、不怕艰苦，对仗亦工。

尾联承上，进而作豪言壮语道：身在边疆，哪怕只做一个领兵百人的低级军官，也比做一个寒窗苦读的书生要活得带劲。

全诗放笔直干，通过粗线条的刻画，形象地反映了处在发展向上时期的唐代社会中国人民自信、尚武的心理，可以说是唐诗中弘扬主旋律的作品。

（周啸天）

●崔颢（？—754），汴州（今河南开封）人，玄宗开元进士，官司
勋员外郎。有《崔颢诗集》。

◇题潼关楼

　　客行逢雨霁，歇马上津楼。
　　山势雄三辅，关门扼九州。
　　川从陕路去，河绕华阴流。
　　向晚登临处，风烟万里愁。

　　诗人显然是匆匆路过潼关（今属陕西）的。开始两句"客行逢雨
霁，歇马上津楼"，就表现出诗人匆匆登临的情形。诗人在骑马赶路到
达潼关时，恰逢雨过天晴，原本疲倦的精神忽然为之一振，于是歇马登
上"津楼"（即潼关城楼，面对黄河），眺望山川。虽是行色匆匆，写
来却从容不迫，"逢"字、"上"字，安排得次第井然，而且别有一种
挺拔劲健的感觉，引出下文的雄伟气势。

　　中间两联，写登楼眺望所见，正面表现出潼关形势的险要和山河
的壮美。"山势雄三辅，关门扼九州。"前一句说从楼上望去，潼关内
外，群山连绵起伏，威武雄壮地护卫着"三辅"之地。"三辅"，本指
西汉时期治理长安京畿地区的三个职官。武帝太初元年（前104），改

右内史为京兆尹，治长安以东；左内史为左冯翊，治长陵以北；主爵都尉为右扶风，治渭南以西。这里的"三辅"，是指唐代京城所在的关中地区。后一句是说潼关的大门紧紧地控制着"九州"。"九州"本指古代中国设置的九个州，即冀、豫、雍、扬、兖、徐、梁、青、荆，这里是指潼关以东的广大地区，而潼关是控制东面联系的重要关口。两句的重点是要突出"关门"的险要，诗人先在前一句勾勒出雄伟的山势，描绘出壮阔的背景，然后在这重峦叠嶂的背景上点出"关门"，前有"三辅"，后有"九州"，中间用生动形象而有力的"扼"字一连接，"一夫当关，万夫莫开"的险要之势，跃然而出。"川从陕路去，河绕华阴流。"这两句从描写关势险要过渡到交通，是上联诗意的延伸。"川"即平野。潼关一带，在乱山之间有一条狭窄的平原，从关中向"陕路"通去。"陕路"即陕州之路，唐代陕州治所在今河南三门峡市陕州区。在唐代，江淮漕米北运长安，这里是重要的水陆转运站。"河"即黄河，在古潼关北面，黄河水由北而南向华阴流来，然后在潼关和对面的风陵渡之间，忽然折而向东，滚滚流去，卷起滔滔洪波。一个"绕"字，形象生动地表现了黄河的走势，形成磅礴的气势。中间四句，分别从群山、关门、川原和河流，描写了潼关的地势，这些景物组合在一起，宛然一幅巨笔恣意挥洒而成的泼墨山水画，展现出一派极为雄浑苍莽的特有境界，使人如身临其境，感受到一种山川的壮美。不仅如此，作者还通过"三辅"、"九州"、川原、河流，把潼关与广袤的土地连接起来，大大拓展了诗歌意境，收到了心游八极、视通万里的效果，造成一种壮阔宏大之势，从而进一步衬托出潼关地势的险要。这里，体现出作者扛鼎的笔力和高度的艺术匠心。

最后一联，作者把写景与感慨结合起来："向晚登临处，风烟万里愁。"诗人面对如此险要的关隘，眺望着雄伟的山川，不觉已傍晚，黄河之上、群山之中渐渐升起暮霭，在轰然如雷的黄河涛声中，显得一片苍凉。诗人此时不禁生出了愁绪。如同《黄鹤楼》中的"日暮乡关何处是？烟波江上使人愁"一样，这里的"愁"字显然也包含着浓郁的乡思，因为作者一开始就点明了自己是在"客行"，行役之人时值"向晚"，产生思乡之念，自是常情。但这里的"愁"，显然又不只是乡思。在潼关楼上，面对从古至今如此险要的关口，作者自然也会产生怀古伤今之意。这里历来是兵家必争之地，发生过多少战争，引起过多少兴亡，怎不令人产生世事沧桑之叹？再联系到当前，作者虽然在安史之乱前夕（754）就逝世了，但朝廷政治的腐败、藩镇作乱的迹象，都已经清楚地显露出来，诗里也隐含着作者对国事的殷忧。因此，作者在潼关楼上的"愁"，要比在黄鹤楼上的"愁"，更加复杂，更加深沉，而留给读者思考的余地，也更多、更大。

（管遗瑞）

●王之涣（688—742），字季凌，绛县（今属山西）人。原籍晋阳（今山西太原西南），玄宗开元初为冀州衡水主簿，后被诬去职，优游山水。晚任文安县尉，卒于官舍。《全唐诗》存其诗六首。

◇凉州词

黄河远上白云间，一片孤城万仞山。
羌笛何须怨杨柳，春风不度玉门关。

据唐人薛用弱《集异记》记载：开元间，王之涣与高适、王昌龄到酒店饮酒，遇梨园伶人唱曲宴乐，三人便私下约定以伶人演唱各人所作诗篇的情形定诗名高下。结果三人的诗都被唱到了，而诸伶中最美的一位女子所唱则为"黄河远上白云间"。王之涣甚为得意，这就是著名的"旗亭画壁"故事。此事未必实有，但表明王之涣这首《凉州词》在当时是列入流行歌曲排行榜的名篇。

诗的首句抓住自下游向上游、由近及远眺望黄河的特殊感受，描绘出"黄河远上白云间"的动人画面：汹涌澎湃、波浪滔滔的黄河竟像一条丝带迤逦飞上云端。写得真是神思飞跃，气象开阔。诗人的另一名句"黄河入海流"，其观察角度与此正好相反，是自上而下的目送；而李白的"黄河之水天上来"，虽也写观望上游，但视线运动却由远及近，与此句不同。"黄河入海流"和"黄河之水天上来",同是着意渲染黄河一泻千里的气派,表现的是动态美。而"黄河远上白云间",方向与河的流向相反,意在突出其源远流长的闲远仪态,表现的是一种静态美;同时展示了边地广漠壮阔的风光,不愧为千古奇句。

次句"一片孤城万仞山"出现了塞上孤城,这是此诗主要意象之一,属于"画卷"的主体部分。"黄河远上白云间"是它远大的背景,"万仞山"是它靠近的背景。在远川高山的衬托下,益见此城地势险要、处境孤危。"一片"是唐诗习用语词,往往与"孤"连文,如"孤帆一片""一片孤云"等,这里相当于"一座",而在词采上多一层"单薄"的意思。这样一座漠北孤城,当然不是居民点,而是戍边的堡垒,同时暗示读者诗中有征夫在。"孤城"作为古典诗歌语汇,具有特定含义。它往往与离人愁绪联结在一起,如"夔府孤城落日斜,每依北斗望京华"(杜甫《秋兴》),"遥知汉使萧关外,愁见孤城落日边"(王维《送韦评事》),等等。第二句"孤城"意象先行引入,为下两句进一步刻画征夫的心理做好了准备。

诗起于写山川的雄阔苍凉,承以戍守者处境的孤危。第三句忽而一转,引入羌笛之声。羌笛所奏乃《折杨柳》曲调,这就不能不勾起征夫的离愁了。此句系化用乐府《横吹曲辞·折杨柳歌辞》"上马不捉鞭,反折杨柳枝。蹀座吹长笛,愁杀行客儿"的诗意。折柳赠别的风习在唐时最盛。"杨柳"与离别有更直接的关系。所以,不但杨柳会引起别愁,连《折杨柳》的笛曲也会触动离恨。而"羌笛"句不说"闻折柳"却说"怨杨柳",造语尤妙。这就避免直接用曲调名,化板为活,且能引发更多的联想,深化诗意。玉门关外,春风不度,杨柳不青,离人想要折一枝杨柳寄情也不能,这就比折柳送别更为难堪。征人怀着这种心情听曲,似乎笛声也在"怨杨柳",流露的怨情是强烈的,而以"何须怨"的宽解语委婉出之，深沉含蓄，耐人寻味。这第三句以问语转出了如此浓郁的诗意，末句"春风不度玉门关"也就水到渠成。

　　"玉门关"一语入诗，也与征人离思有关。《后汉书·班超传》云："不敢望到酒泉郡，但愿生入玉门关。"所以末句正写边地苦寒，含蓄着无限的乡思离情。如果把这首《凉州词》与中唐以后的某些边塞诗（如张乔《河湟旧卒》）加以比较，就会发现，此诗虽极写戍边者不得还乡的怨情，但没有衰飒颓唐的情调，表现出盛唐诗人广阔的心胸，悲中有壮，悲凉而慷慨。"何须怨"三字不仅见其艺术手法的委婉蕴藉，也可看到当时边防将士在乡愁难禁时，也意识到卫国戍边责任的重大，方能如此自我宽解。正因为《凉州词》情调悲而不失其壮，所以能成为"唐音"的典型代表。

（周啸天）

●李颀（？—约753），望出赵郡（治今河北赵县），家居河南颍阳（今河南登封西）。开元二十三年（735）登进士第，曾官新乡县尉。所作边塞诗风格豪放，七言歌行尤具特色。《全唐诗》存诗三卷。

◇古从军行

白日登山望烽火，黄昏饮马傍交河。行人刁斗风沙暗，公主琵琶幽怨多。野云万里无城郭，雨雪纷纷连大漠。胡雁哀鸣夜夜飞，胡儿眼泪双双落。闻道玉门犹被遮，应将性命逐轻车。年年战骨埋荒外，空见蒲桃入汉家。

此诗用乐府古题作边塞诗抒情。四句一解，凡三解。篇幅不长，却令人百读不厌。

诗中写征夫之苦，不采用客观叙述角度，而用第一人称语气写成，有如泣如诉之感。一解中说：白昼登山站岗放哨，黄昏傍交河（在今新疆吐鲁番）喂饮战马，这都不是一朝一夕的事，而是日复一日，年复一年，天天如此，既辛劳又单调；边地风沙很大，日月暗淡无光，夜闻刁斗寒声，尤觉凄凉。

诗中用陪衬的写法，由征夫之幽怨，陪写入汉家公主的幽怨。昔汉武帝以江都王建女为公主，遣嫁乌孙，念其行道思家，故使工人载筝筑

之属为马上之乐，用方言名之曰琵琶。和亲本是始于汉初的睦邻外交政策，无论得失如何，对公主本人来说，总是被迫做出的牺牲，何况这牺牲还未能换来边地的持久和平。公主与征夫，贵贱悬殊，却在被迫做无谓的牺牲这一点上达成同情和共鸣，这是诗中极富于人情味的一笔。

二解专事环境气氛烘托，陪写胡人胡雁的凄苦。胡雁哀鸣还可以说是因为自然环境的险恶，胡人下泪则只能是因为战争不息的缘故了。在边塞诗中，常见胡汉对立的描写，而李颀却着意于彼此的同情，他指出胡人、汉人同是战争的受害者，在征人泪的另一面，则是胡人泪，这是诗中极富于人情味的又一笔。批判现实的精神，使诗人超出了狭隘民族主义的天地，而达到了人道主义的思想高度。这是此诗过人之处。

三解再次运用汉事，武帝时李广利为夺取马匹资源攻大宛不利，表请回军，武帝大怒，派人遮断玉门关，下令"军有敢入者，辄斩之"。言回军无望，只有继续进行开边战争。汉武帝开边的结果，随天马进入中原的还有葡萄、苜蓿种子。西域文明的引进，当然也是有重大意义的事，然而，文明的输入难道就非使用战争的手段不可吗？末二句极言统治者重物轻人，求之匪计，非战之意甚明。

"从军行"加一"古"字，仿佛只是沿袭古题，对汉代历史教训进行反思，然而借古鉴今的用意是很明白的，可谓婉而多讽，发人深思。此诗多用骈句，调声上兼注意双声（刁斗、琵琶）、叠词（纷纷、夜夜、双双、年年）、重复（胡雁、胡儿）等手段，使得全诗音韵谐婉，唱叹生姿。

（周啸天）

●高适（700—765），字达夫，渤海蓨（今河北景县）人。少时客居梁宋，玄宗天宝八载（749）有道科及第，曾为封丘县尉，不久辞官。客游河西，入哥舒翰幕。安史之乱中拜左拾遗，累为节度使。晚年出将入相，曾任左散骑常侍，进封渤海县侯，卒赠礼部尚书。有《高常侍集》。

◇燕歌行并序

开元二十六年，客有从元戎出塞而还者，作《燕歌行》以示，适感征戍之事，因而和焉。

汉家烟尘在东北，汉将辞家破残贼。男儿本自重横行，天子非常赐颜色。摐金伐鼓下榆关，旌旆逶迤碣石间。校尉羽书飞瀚海，单于猎火照狼山。山川萧条极边土，胡骑凭陵杂风雨。战士军前半死生，美人帐下犹歌舞。大漠穷秋塞草腓，孤城落日斗兵稀。身当恩遇常轻敌，力尽关山未解围。铁衣远戍辛勤久，玉箸应啼别离后。少妇城南欲断肠，征人蓟北空回首。边庭飘飖那可度，绝域苍茫无所有。杀气三时作阵云，寒声一夜传刁斗。相看白刃雪纷纷，死节从来岂顾勋！君不见沙场征战苦，至今犹忆李将军。

这是一首以暴露问题为主的边塞诗。原序中"元戎"指张守珪，当时以辅国大将军兼御史大夫身份，主持北边对契丹、奚族的军事。诗中所写，却综合了诗人在蓟门的见闻，不限于一人一事，是对当时整个边塞战争的更高的艺术概括，既有现实针对性，又有典型性。

全诗四句一解。"汉家烟尘"以下四句，写唐军将士慷慨辞阙奔赴东北边防的情况。当时营州（今辽宁朝阳）以北是契丹和奚族的活动区域，两族在开元三年（715）内附于唐，玄宗复置松漠、饶乐两都督府，并任命其酋长为都督。唐朝还先后派遣五位公主与这两个族群进行和亲。而契丹内部实力人物可突干擅行废立，多次弑其酋长。唐虽一再迁就，但可突干于开元十八年又杀其主李邵固，并胁迫奚族叛唐降突厥，并为边患，此后唐与二族的战争连年不断。故诗云"汉家烟尘在东北"。开元二十二年六月，张守珪大破契丹，斩其王屈刺及可突干，然余党犹未平，不久又叛唐，"残贼"指此。首二句以"汉家""汉将"开篇，是谓同组，造成一种连贯的气势，突出的是一种同仇敌忾的民族意识。继二句以"本自""非常"呼应递进，言"男儿生世间，及壮当封侯"——本来就该驰骋沙场，何况天子十分赏脸，奖励有加，所以士气之高可以想见。

"拟金伐鼓"以下四句，写唐军赴边途中的情况。古时军中以金、鼓为乐节止进退，即所谓"击鼓进军""鸣金收兵"，故诗云"拟金伐鼓"；因为是从朝廷到边地，故云"下榆关（即山海关）"；"旌旆逶迤"则形象生动地写出了出征队伍的阵容浩大，也写出了行军道路的崎岖。这二句勾勒出一幅壮观的行军图，下二句则通过快马羽书，写出军情紧急。古代少数民族打仗前行校猎以为演习，"狼山"（狼居胥山，属阴山山脉，在今内蒙古），此泛指边塞的山，"猎火照狼山"则暗示

敌人又发起进攻。诗的音情由雄壮转为急促。

　　"山川萧条"以下四句，写沙场的苦战和军中的苦乐不均。边地连年交战，耕地减少的同时，沙场扩大；敌方是强悍的骑兵，其来势如狂风骤雨；面对如此强敌，战争的惨烈可想而知，"战士军前半死生"啊。写到这里，笔锋一宕，出现了军中帐内将军沉湎女乐的情景，这里是一片轻歌曼舞，哪里感觉得到半点硝烟的气氛？这样的将军，又怎能指望他身先士卒？这样的军队，又怎样去战胜敌人？一面是壮烈的牺牲，一面是赤裸裸的荒淫。尽管士卒已竭其全力，但指挥不得其人，战斗的结果不容乐观。

　　"大漠穷秋"以下四句，写战斗的失利和士卒的悲哀。时正秋末，"匈奴草黄马正肥"，敌人得天时之利，唐军则上下离心，经过一场恶战，到傍晚时分，只剩少数士卒稀稀落落生还孤城。诗中孤城、落日、衰草构成惨淡悲凉的气氛，渲染出战局失利的悲哀。战士们怀着保家卫国的忠勇，从来作战奋不顾身（"身当恩遇常轻敌"句回应前文"男儿本自重横行，天子非常赐颜色"），然而"力尽关山未解围"——边患依然未能解除，这原因不能不令人深思。尽管诗人并未直说"左贤未遁旌竿折，过在将军不在兵"，但意思是很清楚的了。从此以后，战争就要旷日持久地进行下去，带给人民沉重的负担和痛苦。

"铁衣远戍"以下四句，写战士久戍不归，与思妇两地相思之苦。长安城南是居民区（城北为宫室所在），城南蓟北，远隔天涯，两地相思，一律承受着战争的痛苦。四句用回文反复的方式，一句征夫（"铁衣"），一句少妇（"玉箸"），再一句少妇，一句征夫；先用借代藻饰，再出本辞，隐显往复之间，道出无限缠绵悱恻之思。

"边庭飘飖"以下四句，写军中生活的紧张和苦寒。边地极目，一片荒凉，"那可度"就地域言是辽阔，承上文言则是曰归无期；"无所有"是指没有庄稼，没有牛羊，也就是没有和平。战争僵持，两军对垒，随时都可能发生战斗。早中晚三时，前线都是战云密布，杀气不消；深夜刁斗传出的寒声，则暗示着战士连睡觉也绷紧神经，睁着一只眼睛。此即《木兰诗》所谓"朔气传金柝，寒光照铁衣"，李白所谓"晓战随金鼓，宵眠抱玉鞍"，岑参所谓"将军金甲夜不脱""风头如刀面如割"。

"相看白刃"以下四句，点明全诗的题旨，以引起人们的深思。前二句再次照应"男儿本自重横行"及"身当恩遇常轻敌"，重申战士卫国的忠勇——尽管有室家之私，但他们出以国家民族之大义，出生入死，奋勇拼搏，白刀子进，红刀子出，身家性命尚且不顾，还看重什么个人名位！一篇之中，凡三致意，"岂顾勋"三字则进了一层。然后有力地跌出唯一的不满，唯一的无法容忍，即将帅的不体恤士兵、无安边之良策造成无谓的牺牲，因此，这些连死都不怕的汉子才大声叫出了"征战苦"，并渴望古之良将复生于今日。诗中"李将军"，指战国赵之良将李牧，或汉之飞将军李广。高适在诗中不止一次赞美过李牧，如"李牧制儋蓝，遗风岂寂寞"（《睢阳酬别畅大判官》），"惟昔李将军，按节出此都；总戎扫大漠，一战擒单于"（《塞上》）。据《史记》本传，牧守赵北边时，厚遇战士，养精蓄锐数岁，然后出击，大破匈奴十余万骑，其后十余岁，匈奴不敢近赵之边城。李白诗云"不见征戍儿，岂知关山苦。李牧今不在，边人饲豺虎"（《古风》），即与此诗结句同意。又，《史记·李将军列传》载：广廉洁，得赏赐辄分其麾下，饮食与战士共之，乏绝处见水，士卒不尽饮，广不近水，士卒不尽食，广未尝食；宽缓不苛，故士卒乐为之用。广居右北平，匈奴闻之，号曰"汉之飞将军"，或避之数岁不敢入右北平。其事迹与李牧相近。王昌龄诗云"但使龙城飞将在，不教胡马度阴山"，与此诗结句亦相似。所以两说均可通。

《燕歌行》是盛唐边塞诗的力作之一。全诗展示的思想内容和生活内容，无论就深度还是广度而言，在边塞诗中均首屈一指。诗中不仅写了行军和战斗的过程和场面，而且是全方位、多角度展开描写，诗中涉及人物有天子、将军、士兵、思妇和敌人，而又能集中到一点，即揭露军中矛盾、表现士兵对将帅不得其人的愤慨及人民对和平生活的向往。所以尽管面铺得很广，主题思想却很集中、很突出。与内容的丰富性相应，诗在写法上双管齐下，主次分明，形象丰满，气势开阔。全诗以刻画边防战士的集体形象为主，按其辞阙、赴边、激战、思乡、警戒和怅怨为主要线索展开描写，交织以天子送行、胡骑猖獗、将帅腐朽、少妇愁思等内容，有纵向发展，有横向延伸。就空间而言，涉及长安、榆关、碣石、瀚海、狼山、蓟北等，使诗篇具有尺幅千里、坐役万景的气势感。直抒胸臆的同时，使用了景物描写烘托气氛，有助于抒情。

诗中写激战的同时，多次展现边庭荒凉的景象，如"山川萧条极边土""大漠穷秋塞草腓，孤城落日斗兵稀""边庭飘飖那可度，绝域苍茫无所有。杀气三时作阵云，寒声一夜传刁斗"，通过对沙场荒凉的渲染，增加了悲壮惨苦的抒情气氛。词浅意深，铺排中即为讽刺（王夫之语）。诗中并没有多少直接批判的语言，而更多地运用形象来说话，如"战士军前半死生，美人帐下犹歌舞"二句，其效果有如电影的蒙太奇语言，通过前线和帅府两个画面的组接，批判的力度胜过千言万语。又如"身当恩遇常轻敌，力尽关山未解围"，用吁叹的语调传达出许多言外之意，令人不禁要问个"为什么"。"君不见沙场征战苦，至今犹忆李将军"，只言对古之良将的怀念，而对今日将帅之不得其人，尤其是一种辛辣的讽刺。

诗虽为七言古体，却适当吸收了近体的骈偶和调声，如"校尉羽书飞瀚海，单于猎火照狼山""战士军前半死生，美人帐下犹歌舞""铁衣远戍辛勤久，玉箸应啼别离后。少妇城南欲断肠，征人蓟北空回首""杀气三时作阵云，寒声一夜传刁斗"等等，都相当工整；同时也继承了"四杰体"四句转韵、平仄互换的调式；除偶尔点染（用"铁衣""玉箸"代征夫、少妇以避复），洗空藻绘，故全诗既音调嘹亮，又浑厚老成，纯乎唐音矣。

《燕歌行》原为乐府古题，取材于征夫思妇的离愁别恨，从曹丕首倡以来，陆机、谢灵运、庾信等都有拟作，然一般不出这一范围，唯庾信加入了个人身世之感，算是有一些创新。高适此诗虽然在写征夫思妇两地相思这一点上与古辞有联系，但写作的重心已转移到边塞问题上来，大大增加了社会意义，可谓推陈出新。

（周啸天）

◇古大梁行

古城莽苍饶荆榛，驱马荒城愁杀人，魏王宫观尽禾黍，信陵宾客随灰尘。忆昨雄都旧朝市，轩车照耀歌钟起，军容带甲三十万，国步连营一千里。全盛须臾那可论，高台曲池无复存，遗墟但见狐狸迹，古地空余草木根。暮天摇落伤怀抱，抚剑悲歌对秋草，侠客犹传朱亥名，行人尚识夷门道。白璧黄金万户侯，宝刀骏马填山丘，年代凄凉不可问，往来唯见水东流。

此诗作于与李白、杜甫同游大梁之时。大梁即唐朝的汴州陈留郡，战国时曾是魏国的都城，故诗题称"古"，今为河南省开封市。据《新唐书·杜甫传》："尝从（李）白及高适过汴州，酒酣登吹台，慷慨怀古，人莫测也。"《杜甫年谱》考订此事在天宝三载（744），则高适此诗作于744年，时约四十岁。此时他正隐居宋中，以耕钓为生，虽然很想跻身仕途，但又求进无门，思想上有一种无可奈何的凄凉情绪。这首《古大梁行》即借咏怀古迹，寄寓了深沉的兴亡之叹，透露出了自己的身世感慨。

为了把这种兴亡之叹表现得淋漓尽致，诗人颇用了一番匠心，作了巧妙的安排。

首先，是在进行今昔对比时，极尽穿插交错、顿挫曲折之妙。全诗二十句，四句一转韵，分为五段。因为全诗的重点是写今日古都的荒凉，所以第一段就着力描写了作者驱马荒城所见的景象：在缓辔徐行中，但见满城一片荆棘，莽莽苍苍，昔日巍峨壮丽的魏王宫观如今长满了禾黍，曾经威震诸侯的信陵君以及他的三千食客，也已烟消云散，化为了满地灰尘。这映入眼帘的一切景物，无一不令人黯然神伤！这一段起得苍劲有力，它以形象的笔墨画出了一幅生动的荒城图，首先给读者以满目凄凉的强烈印象，起了笼罩全篇、奠定基调的作用。这一段虽然是写驱马所见，是在说"今"，但其中的"魏王宫观""信陵宾客"已暗中寓"昔"，在今昔对比中，眼前的所见更为突出。第二段是对往昔的追忆，与第一段形成对比：在雄都朝市中，轩车驰骤，歌钟四起，一片繁华热闹；而军队三十万，国家方圆千里，又是何等强大！这一对比，使第一段的形象有了深厚的背景，并且格外鲜明。第三段一方面反接第二段，另一方面同时回应第一段，从对往昔的追忆中，又回到眼前景象：那高敞的舞榭歌台和曲折的池沼，业已荡然无存，在断壁颓垣中，但见狐狸奔窜，草木黄落，只留下光秃秃的枝干。这和第二段的热闹繁华恰成对比，而且"高台曲池"，自身也有对比。第四段紧承第三段，同时也用"摇落""秋草"等字面遥接第一段，好像是在写今日情况：游侠之士口里，还在传说着信陵君窃符救赵时壮士朱亥的大名；路上的行人，还可以辨认出向信陵君荐举朱亥的老者侯嬴居住过的大梁东门的道路。其实，这也是对往昔的追忆，与今天的物是人非形成对比。最后一段，作者从朱亥、侯嬴联想到曾经得到赵王赏赐"白璧黄金"，骑骏马，佩宝刀，深受重用，而后来终于困于大梁的虞卿其人，如今也已成为难以追思的过客了，而只有汴水一直在默默地向东流去。这些过往的人事，与今日古城的颓败荒凉，也形成强烈的对比。全诗的今昔对比，在章法上，安排得错综交织，显得曲折而有变化，但又井井有条，一脉贯通，丝毫不乱。这种反复交错的对比，使无限兴亡之感，从字里行间沛然涌出，感动着读者的心灵。

其次，作者寓感慨于写景之中，情景达到高度融合，使兴亡之叹和身世之感，从鲜明的形象中自然流出。第一段用"驱马荒城愁杀人"来发抒自己初进大梁的惊愕、感叹之情，而景物方面则用满城的"荆榛""禾黍""灰尘"来烘托，使感叹显得极为自然。"愁杀人"三字，既体现出作者无限慨然之思，又使本来就荒凉的古城倍增其荒凉，情景相生，收到了强烈的效果，全篇的怅惘凄凉之情，也由此衍生而出。第三段中"全盛须臾那可论"一句，前有"忆昔"一段作铺垫，后有"遗墟""古地"作反衬，情感便自然跳脱而出。而第四段"暮天摇落伤怀抱，抚剑悲歌对秋草"二句，则是全诗感情的高峰突起之处。作者面对荒城，于暮天摇落之时，顿生宋玉之悲，兼感朱亥、侯嬴之豪情壮举，一腔无可寄托的豪迈、愤懑之情，不能自已，于是"抚剑悲歌"，那悲壮苍凉的歌声，在古城中回荡，益发显得悲凉感人。特别是末段最后两句，"年代凄凉不可问，往来唯见水东流"，有总束全篇的作用，感情极为广远、深沉。作者伫立在秋水漫漫的汴河之滨，眼见"逝者如斯"，各种愁思、触绪纷来。这里面，有对往古的怀想和凭吊，也有对自己年华逝去而一事无成的嗟叹，更有对于国家局势的深情的关切。作者把如此难以诉说的复杂情怀，都倾泻在一江流水之中，让读者自去体会。这就使得感慨更为深沉，意味更为悠远，而在质实的描写之中，最后宕开一笔，也显得更为空灵。那激荡胸怀的感情，与景物相融合，收到了十分强烈的艺术效果。

（管遗瑞）

◇使青夷军入居庸三首(录一)

匹马行将久，征途去转难。

不知边地苦，只讶客衣单。

溪冷泉声苦，山空木叶干。

莫言关塞极，云雪尚漫漫。

天宝九载（750）秋，高适以河南封丘县尉的身份送兵往青夷军（唐朝驻军名称，驻在妫川城内，即今河北怀来，由范阳节度使统领）。《使青夷军入居庸》三首是诗人在冬天返回途中，进入今北京昌平区居庸关时所作，或说是"奉命送兵前往"，末句意谓"向北雪更多"，乃是误会，忽略了题面"入（居庸）"及诗中"匹马""去转"等字面。

诗写行役途中况味，前四句主情。说自己单枪匹马行走已久，在漫长的征途中去时艰难，回来也艰难——去时人多，是共度艰难；回来只身，是独担艰难。去时是秋天，回来是冬天，一路最强烈的感觉就是衣服单薄难受，这才知道边地到底是边地。句中无严寒字样，而寒意满纸，直起末句之"云雪"。

后四句主景。居庸关坐落在险峻的峡谷之中，两边峰峦耸峙，一道溪水从关侧流过，因为天寒冰冻，水流不畅，泉水幽咽，感觉自然凄苦；山中木叶干枯，脱落殆尽，更显得天宇空旷，也就是黄庭坚诗句"落木千山天远大"的意境。而一个"干"字，找准了冬季的感觉。居

庸关在昌平西北，是长城要塞，与紫荆关、倒马关合称"内三关"。从
塞北过了居庸关，山势渐缓，就进入华北平原，气温相对升高，但毕竟
是冬天，所以说"莫言关塞极，云雪尚漫漫"。虽然前后有主情主景的
差异，但情景是交融着的。全诗系"由行役而写到边塞，复由边塞而转
入行役，意绪环生，如见当日匹马过关之状"（王文濡），这是此诗的
又一佳处。

（周啸天）

◇营州歌

> 营州少年厌原野，皮裘蒙茸猎城下。
> 虏酒千钟不醉人，胡儿十岁能骑马。

　　唐代营州地处东北边塞，原野开阔，水草丰茂，各族杂处，以游
牧业为主，风习尚武。这诗便是当地风土人情的一篇速写。

　　诗中主人公是前二句突出的营州少年，是胡人还是汉人，诗人未
挑明，然而从诗句所表现的惊异口吻体味，当是汉人无疑。生活在营
州的汉族少年，就装束、爱好而言，和当地胡人无大区别，他们是那
样喜爱（"厌"，满足）原野，正穿着东北人特有的裘皮袍子，在营
州城外的原野上打猎呢。这和内地少年形象和风貌都大不一样。所以诗
人看得入迷。

　　后二句则是拓开笔墨，写营州当地人的生活习惯，也是营州少年所
处的一个地理文化背景。这里的男人都有两种本领，一是喝酒，二是骑

马。怎么会"虏酒（当地胡人酿的酒）千钟不醉人"呢？这话有两层意思：一是所谓"好酒越吃越不醉"，可见当地人之能喝；二是"好酒过后醉"，可见当地酒之勾人。而骑马对以牧业为主的营州人来说，是一种不可缺少的生活本领，从小就学，从小就会。好比成都小儿能骑自行车的很多，从山区来的农民看了就吃惊。"胡儿十岁能骑马"有什么稀罕。但从南方来的诗人，却感到不得了。

（周啸天）

◇别董大二首（录一）

十里黄云白日曛，北风吹雁雪纷纷。
莫愁前路无知己，天下谁人不识君？

同一题下原为两首，另一首是："六翮飘飖私自怜，一离京洛十余年。丈夫贫贱应未足，今日相逢无酒钱。"从两诗光景、情事推测，作于北游燕赵时可能性较大。则此董大应是高适二十岁初上长安、洛阳时交的朋友了。一说，当时著名琴师董庭兰行大，即此诗受赠者。然而敦煌写本诗题作《别董令望》，可知董大名令望，是否与庭兰为同一人，还是一个问题。

这首诗首先展示了一个风雪迷茫的送别场景，这是古代送别诗很典型的一种情景，汉诗就有"步出城东门，遥望江南路。前日风雪中，故人从此去"。送人之情本来迷茫，再加上日暮黄昏，风雪弥漫，雁阵惊寒，遂唤起日暮天寒、游子何之、仰天长啸、徒呼奈何的

感觉。"吹雁"二字极妙,它给人的感觉绝不是"长风万里送秋雁"的顺风,而是逆风。雁行艰难,暗示着游子的艰难。

前二句用力烘托气氛,不如此无以见下文转折之妙。在写足恶劣气候环境后,后二句不更作气短语、感伤语、劝留语,反用充满信心的口吻鼓励友人踏上征途,从可愁之景反跌出"莫愁"二字,豪情满怀,溢于言表。"莫愁前路无知己,天下谁人不识君?"对此二句,或立足于著名琴师身份而为之说,但这最多只是表面的语义,更深的意蕴,则是"人生何处不相逢"那样的乐观和自信,它能为志士增色,为游子拭泪,使后世落拓不偶之士从中受到鼓舞和启迪。

纵然腰无分文,依然心怀天下;尽管怀才不遇,却又不甘沉沦。这种自信乐观是作者积极入世态度的表现,也是盛唐时代的产物。严羽说："唐人好诗，多是征戍、迁谪、行旅、离别之作，往往能感动激发人意。"（《沧浪诗话·诗评》）《别董大》就是这样的杰作。

（周啸天）

◇塞上听吹笛

雪净胡天牧马还，月明羌笛戍楼间。

借问梅花何处落，风吹一夜满关山。

汪中《述学·内篇》说诗文里数目字有"实数"和"虚数"之分，今世学者进而谈到诗中颜色字亦有"实色"与"虚色"之分。我说诗中写景亦有"虚景"与"实景"之分，如高适这首诗就表现得十分突出。

前二句写的是实景：胡天北地，冰雪消融，是牧马的时节了。傍晚战士赶着马群归来，天空洒下明月的清辉，开篇就造成一种边塞诗中不多见的和平宁谧的气氛，这与"雪净""牧马"等字面大有关系。贾谊《过秦论》云："蒙恬北筑长城而守藩篱，却匈奴七百余里，胡人不敢南下而牧马。""牧马还"则意味着边烽暂息，"雪净"也有了几分和平的象征意味。

此诗之妙尤在后二句。而它所写的对象，既不是梅花，也不是雪，而是笛声。这里拆用了笛曲"梅花落"三字，却构成了一种幻觉或虚景。在生活中，实际的情况是在清夜里，不知哪座戍楼吹起了羌笛，那是熟悉的《梅花落》曲调。但由于笛曲三字的拆用，又嵌入"何处"，及"一夜满关山"等字面，便构成一种虚景，仿佛风吹的不是笛声而是落梅的花片，它们四处飘散，一夜之中其色其香洒满关山，在这雪净之时，又酿成一天的香雪。

这也可以说是赋予音乐以形象，但由于是曲名拆用而形成的假象，又以设问出之，故虚之又虚，幻之又幻。而这虚景又恰与雪净、月明等实景协调，虚虚实实，构成朦胧的意境，画图难足。从修辞上看，这是运用通感，即由听曲而"心想形状"。战士由听曲而想到梅花，想到梅花之落，暗含思乡的情绪。情绪虽浓却并不低沉，其基调已由首句确定。诗人时在哥舒翰幕府，《登陇》诗云："浅才登一命，孤剑通万里。岂不思故乡，从来感知己。"由于怀着盛唐人通常具有的豪情，故能感而不伤。

李白《春夜洛城闻笛》"谁家玉笛暗飞声，散入春风满洛城"，是直说风传笛曲，一夜之间声满洛城；《与史郎中钦听黄鹤楼上吹笛》"黄鹤楼中吹玉笛，江城五月落梅花"，则是拆用《梅花落》曲名，手法和情景都与高适此诗相近。

（周啸天）

●王昌龄（？—756），字少伯，京兆长安（今陕西西安）人。玄宗开元十五年（727）进士及第，授秘书省校书郎。二十二年登博学宏词科，迁汜水尉。二十八年为江宁丞，世称王江宁。旋贬龙标尉，故又称王龙标。安史之乱中为濠州刺史闾丘晓所杀。后人辑有《王昌龄集》。

◇塞下曲四首（录二）

蝉鸣空桑林，八月萧关道。
出塞入塞寒，处处黄芦草。
从来幽并客，皆共尘沙老。
莫学游侠儿，矜夸紫骝好。

饮马渡秋水，水寒风似刀。
平沙日未没，黯黯见临洮。
昔日长城战，咸言意气高。
黄尘足今古，白骨乱蓬蒿。

这两首诗约作于诗人进士及第前，即开元中期以前。前一首写边塞荒凉苦寒，秋来尤甚，萧关道上，时闻凄厉的蝉声，处处可见枯黄的芦苇。边关将士出生入死，抛骨黄沙，他们的辛苦有谁知道？岂不叫做着立功边塞之梦的文士寒心？所以诗末对兴致勃勃、即将赴边的游侠儿，表示了一重担心。

秦时临洮邑，唐时为岷州，即今甘肃岷县。秦筑长城，西起于此。第二首诗写行客匆匆，暮色苍茫。广袤的沙漠一望无边，天际挂着一轮金黄的落日，临洮已遥遥在望。临洮一带是古战场。见到临洮，自然会联想到过去年代以长城为背景的战争，开元二年唐军与吐蕃就在此展开过一场大厮杀。人们提到这一仗时，总是说唐军的士气是如何如何之高。这一点也许是没有疑问的。然而，每一次战争，都会夺去多少年轻战士的生命，造成人间多少家庭的不幸啊。与前诗一样，诗人无意否定一切战争，但他总觉得战争是人间的悲剧。

（周啸天）

◇从军行七首（录四）

烽火城西百尺楼，黄昏独坐海风秋。
更吹羌笛关山月，无那金闺万里愁。

《从军行》是乐府《相和歌辞·平调曲》旧题，内容为叙军旅之事。王昌龄原作七首，本诗原列第一。诗中的抒情主人公是一位哨兵，诗中提到的城应在河西走廊距青海湖不远的地方，可以假定为凉州（今甘肃武威）。

首句"烽火城西百尺楼"乃"城西百尺烽火楼"的倒装，为了在字句上协律的缘故。烽火台乃戍所、哨所，所以说抒情主人公乃一哨兵。

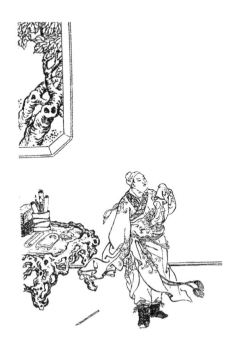

在孤城之外百尺高台上放哨，经常是整天没有什么情况，所以难免寂寞无聊；加上是"独坐"，更增孤独；加上来自雪山那边的青海湖的"海风阵阵"，更增寒冷与凄凉。二句已层层加码，直令哨所之戍卒乡心陡起，有不可禁当之感。

　　就在这个当口，偏偏有人吹起《关山月》这样一支伤离别的笛曲，则乡心又不啻增加一倍矣。说有人吹起，是因为哨所的戍卒是不能在放哨时吹笛的，吹笛的人或出于无心，听曲的人却不免有意。诗用加一倍的手法渲染至此，末句却宕开，不再写戍卒本人的乡思，而从对面生情，以悲悯的口气揣想戍卒家中年轻的妻，说她的愁思才没治哩。"金闺"二字以藻绘点染，反形凄清；"万里"写两地空间距离之遥，加重了"愁"字的分量。"无那"即无奈，类似"虞兮虞兮奈若何"那样一种悲悯、负疚的口气。王昌龄七绝的深厚有余和绝类骚语，正要从这些地方细加体会。

（周啸天）

琵琶起舞换新声，总是关山旧别情。

撩乱边愁听不尽，高高秋月照长城。

本诗原列第二。截取了边塞军旅生活的一个片段，通过写军中宴乐表现征戍者深沉、复杂的感情。诗境在乐声中展开：随舞蹈的变换，琵琶又翻出新的曲调。琵琶是富于边地风味的乐器，而军中置酒作乐，常常少不了"胡琴琵琶与羌笛"。这些器乐，对征戍者来说，带着异域情调，容易唤起强烈感触。既然是"换新声"，总能给人以一些新的情趣、新的感受吧？

不，边地音乐主要内容，可以一言以蔽之，"旧别情"而已。因为艺术反映实际生活，征戍者谁个不是离乡背井乃至别妇抛雏？"别情"实在是最普遍、最深厚的感情和创作素材。所以，琵琶尽可换新曲调，却换不了歌词包含的情感内容。《乐府古题要解》云："《关山月》，伤离别也。"本诗句中"关山"双关《关山月》曲调，含意更深。此句的"旧"对应上句的"新"，成为诗意的一次波折，造成抗坠扬抑的音情，特别是以"总是"作有力转折，效果尤显。

次句既然强调别情之"旧"，那么，这乐曲是否太乏味呢？不，那曲调无论什么时候，总能扰得人心烦乱不宁，那奏不完、"听不尽"的曲调，实叫人又怕听，又爱听，永远动情。这是诗中又一次波折，又一次音情的抑扬。"听不尽"三字，是怨？是叹？是赞？意味深长。作"奏不完"解，自然是偏于怨叹。然作"听不够"讲，则又含有赞美了。所以这句提到的"边愁"既是久戍思归的苦情，又未尝没有更多的意味。当时北方边患未除，尚不能尽息甲兵，言念及此，征戍者也许会心不宁意不平的。前人多只看到它"意调酸楚"的一面，未必全面。

诗前三句均就乐声抒情，说到"边愁"用了"听不尽"三字，那么结句如何以有限的七字尽此"不尽"就最见功力。诗人在这里轻轻宕开一笔，以景结情。仿佛在军中置酒饮乐的场面之后，忽然出现一个月照长城的莽莽苍苍的景象：古老雄伟的长城绵亘起伏，秋月高照，景象壮阔而悲凉。对此，你会生出什么感想？是无限的乡愁？是立功边塞的雄心和对于现实的幽怨？也许，还应加上对祖国山川风物的深沉的爱，等等。读者也会感到，在前三句中的感情细流一波三折地发展（换新声—旧别情—听不尽）后，到此却汇成一汪深沉的湖水，荡漾回旋。"高高秋月照长城"，这里离情入景，使诗情得到升华。正因为情不可尽，诗人"以不尽尽之"，"思入微茫，似脱实粘"，才使人感到那样丰富深刻的思想感情，征戍者的内心世界表达得入木三分。此诗之臻于七绝上乘之境，除了音情曲折，这绝处生姿的一笔也是不容轻忽的。

（周啸天）

青海长云暗雪山，孤城遥望玉门关。
黄沙百战穿金甲，不破楼兰终不还。

本诗原列第四。诗中所写孤城亦在河西走廊。盖河西走廊的南侧乃祁连山脉，其山峰上有终年不化之积雪，山那边即青海，走廊北侧乃古之长城，走廊的尽头是玉门关。

本诗前二句描写的地域，在唐属河西节度使辖区。青海是唐与吐蕃多次接仗之地，而玉门关外则是突厥的势力范围。河西节度使的首要任务，就是隔断两族，守护河西走廊，确保丝绸之路的畅通无阻。所以诗的前二句不仅是描绘西部风光，更重要的是点出了孤城南拒吐蕃、西防突厥的重要地理位置和战略意义，从而在写景中流露出戍边将士的自豪感、责任感以及戍边生活的苦寒、单调与寂寞。

如果说前二句展示孤城地理位置，是空间显现，后二句则是关于时间的叙写——"黄沙百战穿金甲"一句，将戍边时间之漫长、战事之频繁、战斗之艰苦、敌军之强悍、沙场之荒凉，皆概括无遗。七绝以第三句为主，就是指在这句上酝酿情绪要充分，则末句的挽结就可以水到渠成。

末句借汉傅介子事作抒情，盖汉时西域楼兰王勾结匈奴，屡次遮杀汉使于丝路，后傅介子奉命前往，计斩楼兰王，威震西域，保证了丝路的畅通。"不破楼兰终不还"的结句妙在一个"终"字，作豪语读可，作苦语读亦何尝不可。这恰好缴足了前二句所隐含的正反两种情绪。如改为"誓不还"，则是单纯的豪言壮语，与将士的实际心情相校，不免失之简单化。

（周啸天）

大漠风尘日色昏，红旗半卷出辕门。
前军夜战洮河北，已报生擒吐谷浑。

这首诗原列第五。如果说《从军行》前几首诗未直接描写战事，妙在情景的话，那么这首诗则写到具体的战役，妙于情节设计。

绝句太短，须惜墨如金，诗人避免写正面的接仗，而选取了一个有意味的时刻写洮河战役：后军于黄昏出营增援，刚刚出发，前军夜战的捷报已经传来。这就传神地写出唐军的苦战与善战，也写出了战局神变的况味，使诗的容量突破篇幅，变得十分丰富。

唐代边塞诗多写到"红旗"这一意象，且屡与白雪相互映衬，如"纷纷大雪下辕门，风掣红旗冻不翻"（岑参）、"横笛闻声不见人，红旗直上天山雪"（陈羽）。考其来历，盖由汉高祖初为亭长夜行斩蛇，后有一妪夜哭，云是赤帝子斩白帝子，乃起事为沛公，树赤帜，这是红旗的来由。

吐谷浑是南朝晋时鲜卑族慕容氏的后裔，据有洮水西南等处，时扰唐朝边境，后被唐高宗和吐蕃联军所败，开元时已不复存在，此泛指边寇，正是诗所容许的写法。

（周啸天）

◇出塞二首（录一）

秦时明月汉时关，万里长征人未还。
但使龙城飞将在，不教胡马度阴山。

《出塞》是乐府《横吹曲辞》旧题，原作二首，此其一。此诗一起即十分精警——"秦时明月汉时关"，"明月"与"关"这两个意象中都积淀有戍卒乡愁的意绪，与下文"万里长征人未还"相照应，包含多少征夫思妇之泪！而首句将明月与关分属秦、汉，是互文手法，意即明月还是秦汉时那轮明月，关也还是秦汉时的故关，言下意味就十分丰富了。一方面，可见征夫思妇之悲自古而然，其意味恰是李白《战城南》所谓："秦家筑城备胡处，汉家犹有烽火燃。烽火燃不息，征战无已时。"所谓"万里长征人未还",包容了秦汉直至李唐,不知有多少征戍者沿着祁连山下的古道有去无还!另一方面,在这明月照临下的雄关,自秦汉以来演出过多少威武雄壮的保家卫国的活剧——秦始皇曾使蒙恬北筑长城而守藩篱,却匈奴七百余里,胡人不敢南下而牧马;汉代霍去病深捣故巢,击败匈奴,封狼居胥山,禅姑衍,临瀚海而还;李广为右北平太守,匈奴称其"飞将军",避之数岁,不敢入右北平。

前两句的意蕴如此丰富,蓄势十分充足,后二句也就水到渠成:"但使龙城飞将在,不教胡马度阴山。"沈德潜解道:"盖言劳师力竭而功不成,由将非其人故也;得飞将军备边,边烽自熄,即高常侍《燕歌行》归重'至今人说李将军'也。"解极是,然此诗虽与《燕歌行》具有同样思想内容,写法则蕴藉空灵,特别是前二句无字处皆具意也。

诗中"龙城"二字,曾引起注家议论纷纷,或以为"龙城"(在今蒙古国境内)是匈奴大会祭天之所(据《汉书》),而右北平唐时为北平郡,治卢龙县,故应作"卢城",但旧本难改,至今绝大多数读者仍倾向于"龙城"。地名"龙城"者本不止一处。从道理上讲,"卢龙城"也可简作"龙城";又李广为陇西成纪人,《史记》载成纪于汉文帝十五年(前165)有黄龙现,以此也可称成纪为"龙城";从感情上讲,"龙城飞将"自唐以来早为读者接受,深入人心,不可更改;从辞采而言,"龙城"何等神气,"卢城"则平淡无奇。

(周啸天)

●王翰，生卒年不详，字子羽，并州晋阳（今山西太原西南）人。景云元年（710）进士及第，玄宗开元八年（720）后举直言极谏科，调昌乐尉，又中超拔群类科。张说当政，召为秘书正字。张说罢相后，贬为仙州别驾，再贬为道州司马，旋卒。《全唐诗》存诗一卷。

◇凉州词

葡萄美酒夜光杯，欲饮琵琶马上催。
醉卧沙场君莫笑，古来征战几人回？

王翰生平不详，在当时却颇有盛名，杜甫曾以"李邕求识面，王翰愿卜邻"为荣。

这首诗与王之涣同题作皆曾被推为唐人七绝首选。诗从举杯欲饮写起，首句极力突出酒美杯美。葡萄酒乃西域特产的酒，色红。夜光杯，据《海内十洲记》载是西胡献给周穆王的礼品，是由西域所产玉石琢成。意象之华美，使人想起李贺《将进酒》"琉璃钟，琥珀浓，小槽酒滴真珠红"，可以说酒未入口，先陶醉。其中含着诗中人对生活的热爱，对于全诗是极其重要的一笔。

次句写正要开怀畅饮之际，忽闻马上乐队已奏起琵琶，催人出发。"催"有二义，一是侑酒（如李白"车旁侧挂一壶酒，凤笙龙管行相催"），一是催促。史载汉武帝以公主和亲于乌孙，念其行道思慕，故使工人载筝筑类乐器，为马上之乐，以方言名之曰琵琶，可见"马上琵琶"本是征行之乐。再说，如果仅仅是侑酒，也和下句的"沙场"缺乏紧密联系。这样看来，诗中写的是战士在奔赴战场之前，摆酒送行的场面。样板戏《红灯记》唱词有："临行喝妈一碗酒，浑身是胆雄赳赳。"这就是壮行酒的作用。

一、二句到三、四句有一个跳跃，省去了一个举杯痛饮的场面，而就此作情语：请君莫笑战士贪杯，须知他们此一去，是没有打算回来的了。"醉卧沙场"乃马革裹尸的转语，岂是可笑之事？说"君莫笑"，是淡化的手法。"醉卧沙场"是诗的语言，它不但诗化了战争，也诗化了牺牲，使全诗具有浪漫情调。

"古来征战几人回"，以古人酒杯浇自己块垒。作苦语读，可以说是很颓唐、很无奈的话；作壮语读，则有"名编壮士籍，不得中顾私。捐躯赴国难，视死忽如归"（曹植）、"风萧萧兮易水寒，壮士一去兮不复还"（刘向）的意味。意兴极为豪放，亦不讳言征战之苦，这是典型的唐音。此作与王昌龄《从军行·青海长云暗雪山》在伯仲之间。

（周啸天）

●王维（701？—761），字摩诘，太原祁（今属山西）人，后徙家蒲州（今山西永济西南）。玄宗开元九年（721）中进士，任太乐丞，因伶人舞黄狮子坐罪，贬济州司仓参军。二十三年任右拾遗。曾以监察御史出使凉州，为河西节度使幕府判官。二十八年迁殿中侍御史，以选补副使赴桂州知南选。天宝元年（742）改官左补阙。十四载迁给事中。肃宗至德二载（757）陷贼官六等定罪，以诗获免。乾元元年（758）授太子中允，加集贤学士，迁中书舍人，改给事中。上元元年（760）官尚书右丞。有《王右丞集》。

◇少年行四首（录一）

出身仕汉羽林郎，初随骠骑战渔阳。
孰知不向边庭苦，纵死犹闻侠骨香。

赵殿成《王右丞集笺注》："诗意谓死于边庭者，反不如侠少之死而得名，盖伤之也。与太白'纵死侠骨香，不惭世上英'，同用张华《游侠曲》中语，而命意不同矣。"按此说大误。王维《少年行》四首乃组诗，分别写长安侠少风流倜傥的生活（"新丰美酒斗十千，咸阳游侠多少年。相逢意气为君饮，系马高楼垂柳边"），抱负雄心、立功边塞的壮举（"一身能擘两雕弧，虏骑千重只似无。偏坐金鞍调白羽，纷

纷射杀五单于”）及赏功不及的不平遭遇（“汉家君臣欢宴终，高议云台论战功。天子临轩赐侯印，将军佩出明光宫”）。本诗所写，证以王诗《陇头吟》“长安少年游侠客，夜上戍楼看太白”意，乃写其欲立边功的雄心。赵殿成把此诗与同组诗其他三首割裂，把游侠少年作为边庭将士之对立面，故错会了诗意。导致歧义的原因端在第三句“孰知不向边庭苦”。赵以“不向边庭苦”为游侠行径，显然不符原意。

曩读林庚等主编《中国历代诗歌选》，释“孰知”为“谁又知道”，释此句为“少年人不理会人们不向边庭受苦的想法”，殊觉于意未安。近得该书新版，发现著者对此句注释作了修改：“孰知”二句“是说少年深深知道不宜去边庭受苦，但是，少年的想法是哪怕死在边疆上，还可以流芳百世。‘孰知’，熟知，深知”。极是，有杜甫《垂老别》"孰知是死别，且复伤其寒"可以参证。

　　"孰知不向边庭苦，纵死犹闻侠骨香"，与李白"纵死侠骨香，不惭世上英"同出于张华"生从命子游，死闻侠骨香"（《博陵王宫侠曲》），其命意亦无二致。

（周啸天）

◇观猎

　　风劲角弓鸣，将军猎渭城。
　　草枯鹰眼疾，雪尽马蹄轻。
　　忽过新丰市，还归细柳营。
　　回看射雕处，千里暮云平。

　　不过一次普通的狩猎活动，却写得激情洋溢，豪兴逸飞。这首诗的艺术手法，几令清人沈德潜叹为观止："章法、句法、字法俱臻绝顶。盛唐诗中亦不多见。"（《唐诗别裁集》）

　　诗开篇就是"风劲角弓鸣"，未及写人，先全力写其影响：风呼，弦鸣。风声与角弓（用角装饰的硬弓）声彼此相应：风之劲由弦的震响听出；弦鸣声则因风而益振。"角弓鸣"三字已带出"猎"意，能使人去想象那"马作的卢飞快，弓如霹雳弦惊"的射猎场面。劲风中射猎，该具备何等手眼！这又唤起读者对猎手的好奇。待声势俱足，才推出射猎主角来："将军猎渭城。"将军的出现，恰合读者的期待。这发端的一笔，胜人处全在突兀，能先声夺人，"如高山坠石，不知其来，令人

惊绝"（方东树）。两句若倒转便是凡笔。

　　渭城为秦时咸阳故城，在长安西边，渭水北岸，其时平原草枯，积雪已消，冬末的萧条中略带一丝儿春意。"草枯""雪尽"四字如素描一般简洁、形象，颇具画意。"鹰眼"因"草枯"而特别锐利，"马蹄"因"雪尽"而绝无滞碍，颔联体物极为精细。三句不言鹰眼"锐"而言眼"疾"，意味着猎物很快被发现。紧接着"马蹄轻"三字表现出猎骑迅速追踪而至。"疾""轻"下字俱妙。两句使人联想到鲍照写猎名句："兽肥春草短，飞鞚越平陆。"但这里发现猎物进而追击的意思是明写在纸上的，而王维却将同一层意思隐于句下，使人寻想，便觉诗味隽永。三、四句初读似各表一意，对仗铢两悉称；细绎方觉意脉相承，实属"流水对"。此二句与诗人的"暮云空碛时驱马，秋日平原好射雕"（《出塞作》），俱属名言，可以参看。

以上写出猎，只就"角弓鸣""鹰眼疾""马蹄轻"三个细节点染，不写猎获的场面而猎获之意见于言外；再则射猎之乐趣，远非实际功利所可计量，只就猎骑英姿与影响写来自佳。

颈联紧接"马蹄轻"而来，意思却转折到罢猎还归。虽转折而与上文意脉不断，自然流走。"新丰市"故址在今陕西省西安市临潼区，"细柳营"在今陕西省西安市长安区，两地相隔七十余里。此二地名俱见《汉书》，诗人兴之所至，一时汇集，典雅有味，原不必指实。言"忽过"，言"还归"，则见返营驰骋之疾速，真有瞬息"千里"之感。"细柳营"本是汉代周亚夫屯军之地，用来就多一重意味，似谓诗中狩猎的主人公亦具名将之风度，与其前面射猎时意气风发、英姿飒爽的形象正相吻合。这两句连上两句，既生动描写了猎骑情景，又真切表现了主人公的轻快感觉和喜悦心情。

写到猎归，诗意本尽，尾联却更以写景作结，但它所写非营地景色，而是遥遥"回看"向来行猎处之远景，已是暮霭沉沉。此景遥接诗首。首尾不但彼此呼应，而且适成对照：当初是风起云涌，与出猎紧张气氛相应；此时是暮云笼罩，与猎归后踟蹰容与的心境相称。写景俱是表情，于景的变化中见情的消长，堪称妙笔。七句语有出典，古匈奴人以善射者为射雕手，见《史记·李将军列传》；又《北史·斛律光传》载北齐斛律光校猎时，于云表见一大鸟，射中其颈，形如车轮旋转而下，乃是一雕，斛律光因被人称为"射雕手"。此言"射雕处"，有暗示将军的臂力强、箭法高之意。诗的这一结尾摇曳生姿，饶有余味。

综观全诗，半写出猎，半写猎归，起得突兀，结得意远，中两联一气流走，承转自如，有格律束缚不住的气势，又能首尾回环映带，体合五律，这是章法之妙。诗中藏三地名而使人不觉，用典浑化无迹，写景俱能传情，至于三、四句既穷极物理又意见于言外，这是句法之妙。"枯""尽""疾""轻""忽过""还归"，遣词用字准确锤炼，咸能照应，这是字法之妙。

（周啸天）

●祖咏，生卒年不详，洛阳（今属河南）人，后迁居汝水以北。玄宗开元进士，与王维、储光羲友善。明人辑有《祖咏集》。

◇望蓟门

燕台一去客心惊，笳鼓喧喧汉将营。

万里寒光生积雪，三边曙色动危旌。

沙场烽火侵胡月，海畔云山拥蓟城。

少小虽非投笔吏，论功还欲请长缨。

边塞诗或写边塞的奇异壮观，或写征程的艰苦悲凉、战事的惨烈残酷、征夫与家人的生离死别，也有对皇帝黩武开边、草菅人命的揭露，从而控诉战争的不人道。但祖咏这首诗则是以豪迈振奋的心情写战地所见，并寄托了以身许国、建功立业的豪情。

蓟门原指古蓟门关，唐置蓟州，在今北京附近，战国燕昭王曾在境内筑招贤台，卑身厚币招纳天下贤士，故此诗开篇即点出"燕台"的大名。但诗中所说的燕台，应是泛指冀北范阳、平卢一带，唐王朝于这一带设防以拒契丹进攻。祖咏这首诗，如其题目所示，重在"望"字，虽然前三联所写皆望中景象，但层次分明，一句一个画面，个个画面都鲜明壮阔，读来使人如身临其境。

描绘初到燕台的第一印象，不言所见而先言所闻，像《红楼梦》写凤姐第一次出场未见其人先聆其声一样。这固然可以说是一种造势的艺术手法，借以烘托气氛；但也可以视为是实写：我方军营中筋声盈耳、鼓声震天，在天高地广的边塞之地，声音可以传得很远，特别具有穿透力。所以这是真正的"先声夺人"，诗人首先从这雄壮的军乐声中受到血脉偾张的心灵震撼（"客心惊"），也使读者一开始就进入强弓硬弩、铁马金戈的战地情境。"汉将营"，指我方的营垒（唐诗中多自称"汉"而称周边民族为"胡"）。

接下来，写茫茫大雪覆盖山原，而曰"万里"，极言其广袤无边，道出了边境战线之长；写皑皑积雪耀人眼目，而曰"寒光"，极言其冷峻如铁，道出了冰天雪地的质感。"三边"，古代指北方的幽州、并州和凉州，这里泛指边境的全线。拂晓来临，我方的旌旗高高地飘扬在晨曦里，这是军营特有的景观，有一种军威和气势。诗人视野有限而思绪无涯，"万里"和"三边"，是想象空间的扩大。不言积雪熠熠闪光而言"寒光生积雪"，是倒装句；不说旌旗在晨光中迎着风高高飘扬而直接说"曙色动危旄"，是省略语。"生""动"二字，果真把景色点化得更加生动。

战场的夜景更是充满诡谲和神秘，月亮从胡地那边升起，烽火映红了夜空，使凄清的月光也黯然失色。而背倚渤海、燕山拱卫、白云掩映的蓟城，则如金城汤池，坚不可摧。上下两句分写两个场景，一"侵"一"拥"，形成一动一静、一躁急多变一雍容严整的对比。

以上三联，从闻到见，从虚到实，从夸张地写朔方自然景观到实写战场和坚城，节奏是跳跃式的，绝不黏滞，一句一个分切镜头，画面感极强。值得一提的是，这些战地场面与高适笔下的"战士军前半死生，美人帐下犹歌舞""少妇城南欲断肠，征人蓟北空回首"（《燕歌行》）和卢纶笔下的"行多有病住无粮，万里还乡未到乡。蓬鬓哀吟古城下，不堪秋气入金疮"（《逢病军人》）相比，不见血腥，不见悲苦，也绝无衰飒气象，倒颇有点新鲜感和浪漫感。因为这是从青年时代血气方刚的祖咏这样一个初涉前线的局外人的眼睛里看到的。战地的所闻所见使他兴奋，从而一吐想要投入其中的愿望。所以，全诗以"客心惊"突起而最后转结为以抒发壮志豪情终，无论从情绪的宣泄、气势的发展，还是从律诗起承转合的结构呼应看，都是十分完整的。诗人想到了两位古人：东汉的班超，不满足于当"誊文公"（抄写公文的书吏，小办事员）而投笔从戎，成就平定西域的大业；汉时的终军向汉武帝自荐，请求发一根绳子（"长缨"）去绑缚南越王来归顺。祖咏与早年的班超虽无相同经历，但报国靖边的壮志则与两位古人相同。这里典故的运用贴切而大气，是结束全诗的一个丰满有力的"豹尾"。

（黄宗壤）

●李白（701—762），字太白，号青莲居士，自称祖籍陇西成纪（今甘肃静宁西南）。玄宗开元十三年（725）出蜀漫游，先后隐居安陆（今属湖北）与徂徕山（今属山东）。天宝元年（742）奉诏入京，供奉翰林，后赐金还山。安史乱中因从永王李璘获罪，陷身图圄，一度流放。有《李太白集》。

◇关山月

明月出天山，苍茫云海间。长风几万里，吹度玉门关。汉下白登道，胡窥青海湾。由来征战地，不见有人还。戍客望边邑，思归多苦颜。高楼当此夜，叹息未应闲。

这是一首边塞诗，从前四句的先声夺人，一读即知是李白写的。"明月出天山"四句，从意蕴上讲，与沈佺期"可怜闺里月，长在汉家营"（《杂诗四首》其四）相近；而在想象的飞动上，二诗则相去甚远。正是从想象飞动这一点上，读者可明确无误地鉴识出李白。

"汉下白登道，胡窥青海湾"，用了一个汉代历史典故——汉七年（前200），刘邦因为出兵攻打已降匈奴的韩王信，被匈奴的骑兵包围在白登山，最后用了陈平的计策，才得以脱险。用这个典故，是为了说明边塞战争由来已久，正所谓"秦时明月汉时关，万里长征人未还"

（王昌龄《出塞》）。同时，对仗的加入，使这首诗有一点整饬的、警策的感觉。"由来征战地"以下，写两地相思，完全接轨于时人。最后结以思妇的叹息，有余音袅袅之感。总之，这首诗在写法上是从想落天外，到渐近人情；是从个性的开篇，到共性的结尾。

（周啸天）

◇子夜吴歌四首（录二）

秋歌

长安一片月，万户捣衣声。
秋风吹不尽，总是玉关情。
何日平胡虏，良人罢远征？

冬歌

明朝驿使发，一夜絮征袍。
素手抽针冷，那堪把剪刀。
裁缝寄远道，几日到临洮？

《子夜吴歌》一作《子夜四时歌》，四首分写春夏秋冬四时。这里选的两首皆为征人思妇之辞。《秋歌》的手法是先景语后情语，而情景始终交融。"长安一片月"，是写景同时又是紧扣题面写出"秋月扬明辉"的季节特点。而见月怀人乃古典诗歌传统的表现方法，加之秋天是赶制征衣的季节，故写月亦有兴意。此外，月明如昼，正好捣帛，而那"玉户帘中卷不去，捣衣砧上拂还来"（张若虚《春江花月夜》）的月光，对于思妇是何等的撩拨啊！制衣的练帛须先置砧上，用杵捣平捣软，以备裁缝，是谓"捣衣"。这明朗的月夜，长安城就沉浸在一片此起彼落的砧杵声中，而这种特殊的"秋声"对思妇又是何等的挑拨啊！"一片""万户"写光写声，似对非对，措辞天然而得咏叹味。秋风，也是撩人愁绪的，"秋风入窗里，罗帐起飘扬"（南北朝民歌《子夜四时歌·秋歌》），便是对思妇的第三重挑拨。月朗风清，风送砧声，声声都是怀念玉关征人的深情。着"总是"二字，情思益见深长。这里，秋月秋声与秋风织成浑成的境界，见境不见人，而人物俨在，"玉关情"自浓。无怪清王夫之说："前四句是天壤间生成好句，被太白拾得。"（《唐诗评选》）此情之浓，不可遏止，遂有末二句直表思妇心声："何日平胡虏，良人罢远征？"过分偏爱"含蓄"的读者责难道："余窃谓删去末二句作绝句，更觉浑含无尽。"（田同之《西圃诗说》）其实未必然。"不知歌谣妙，声势出口心"（《大子夜歌》），慷慨天然，是民歌本色，原不必故作吞吐语。而从内容上看，正如清沈德潜指出"本闺情语而忽冀罢征"（《说诗晬语》），末二句使诗歌思想内容大大深化，更具社会意义，表现出古代劳动人民祈求过和平生活的善良愿望。全诗手法如同电影，有画面，有"画外音"：月照长安万户，风送砧声，化入玉门关外荒寒的月景。有插曲："何日平胡虏，良人罢远征？"这是多么有意味的诗境呵！须知这俨然女声合唱的"插曲"绝不多余，它是画面的有机组成部分，在画外亦在画中，它回肠荡气，激动人心。因此可以说，《秋歌》正面写到思情，而有不尽之情。

　　《冬歌》则全是另一种写法，不写景而写人叙事，通过一位女子

"一夜絮征袍"的情节以表现思念征夫的感情。事件被安排在一个有意味的时刻——传送征衣的驿使即将出发的前夜，大大增强了此诗的情节性和戏剧味。一个"赶"字，不曾明写，但因为"明朝驿使发"的消息，读者从诗中处处看到这个字，如睹那女子急切、紧张劳作的情景。关于如何"絮"、如何"裁"、如何"缝"等具体过程，诗人有所取舍，只写拈针把剪的感觉，突出一个"冷"字。素手抽针已觉很冷，还要握那冰冷的剪刀。"冷"便切合"冬歌"，更重要的是有助于情节的生动性。天气的严寒，使"敢将十指夸针巧"（秦韬玉《贫女》）的女子不那么得心应手了，而时不我待，偏偏驿使就要出发，人物焦急情态宛如画出。"明朝驿使发"，分明有些埋怨的意思了。然而，"夫戍边关妾在吴，西风吹妾妾忧夫"（陈玉兰《寄夫》），她从自己的冷必然会想到"临洮"（今甘肃临潭西南）那边的更冷，所以又巴不得驿使早发、快发。这种矛盾心理亦从无字处表出。读者似乎又看见她一边呵着手一边赶裁、赶絮、赶缝。"一夜絮征袍"，言简而意足，看来大功告成，她应该大大松口气了。可是，"才下眉头，却上心头"（李清照《一剪梅》），又情急起来：路是这样远，"寒到君边衣到无"（陈玉兰《寄夫》）怎么办呢？这回却是恐怕驿使行迟，盼望驿车加紧了。"裁缝寄远道，几日到临洮？"这迫不及待的一问，饱含多少深情啊！《秋歌》正面归结到怀思良人之意，而《冬歌》却纯从侧面落笔，通过形象刻画与心理描写结合，塑造出一个活生生的思妇形象，成功表达了诗歌主题。结构上一波未平，一波又起，起得突兀，结得意远，情节生动感人。

如果说《秋歌》是以间接方式塑造了长安女子的群像，《冬歌》则通过个体形象以反映出社会普遍情况，二歌典型性均强。其语言的明转天然，形象的鲜明集中，音调的清越明亮，情感的委婉深厚，得力于民歌，彼此并无二致。

（周啸天）

◇塞下曲六首（录一）

> 五月天山雪，无花只有寒。
> 笛中闻折柳，春色未曾看。
> 晓战随金鼓，宵眠抱玉鞍。
> 愿将腰下剑，直为斩楼兰。

《塞下曲》出于汉乐府《出塞》《入塞》等曲（属《横吹曲》），为唐代新乐府题，歌辞多写边塞军旅生活。李白所作共六首，此其一。诗人天才豪纵，创作的律诗亦逸气凌云，像这首诗几乎完全突破律诗通常以联为单位作起承转合的常式。大致讲来，前四句起，五、六句为承，末二句作转合，直是别开生面。

起从"天山雪"开始，点明"塞下"，极写边地苦寒。"五月"在内地属盛暑，而天山尚有"雪"。但这里的雪不是飞雪，而是积雪。虽然没有漫空飘舞的雪花（"无花"），却只觉寒气逼人。仲夏五月"无花"尚且如此，其余三时（尤其冬季）寒如之何就可以想见了。所以，这两句是举轻而见重，举一而反三，语淡意浑。同时，"无花"二字双关不见花开之意，这层意思紧启三句"笛中闻折柳"。"折柳"即《折杨柳》曲的省称。表面看是写边地闻笛，实话外有音，意谓眼前无柳可折，"折柳"之事只能于"笛中闻"。花明柳暗乃春色的表征，"无花"兼无柳，也就是"春色未曾看"了。这四句意脉贯通，"一气直下，不就羁缚"（沈德潜《说诗晬语》），措辞天然，结意深婉，不拘格律，如古诗之开篇，前人未具此格。

五、六句紧承前意，极写军旅生活的紧张。古代行军鸣金击鼓，以整齐步伐，节止进退。写出"金鼓"，则烘托出紧张气氛，军纪严肃可知。只言"晓战"，则整日之行军、战斗俱在不言之中。晚上只能抱着马鞍打盹儿，更见军中生活之紧张。本来，宵眠枕玉鞍也许更合军中习惯，不言"枕"而言"抱"，一字之易，紧张状态尤为突出，似乎一当报警，"抱鞍"者便能翻身上马，奋勇出击。起四句写"五月"以概四时；此二句则只就一"晓"一"宵"写来，并不铺叙全日生活，概括性亦强。全篇只此二句作对仗，严整的形式适与严肃的内容配合，增强了表达效果。

以上六句全写边塞生活之艰苦，若有怨思，末二句却急作转语，音情突变。这里用了西汉的故事：由于楼兰（西域国名）王贪财，屡遮杀前往西域的汉使，傅介子受霍光派遣出使西域，计斩楼兰王，为国立功。诗末二句借此表达了边塞将士的爱国激情："愿将腰下剑，直为斩楼兰。""愿"字与"直为"，语气如砍如截，慨当以慷，足以振起全篇。这是一诗点睛结穴之处。

这结尾的雄快有力，与前六句的反面烘托之功是分不开的。没有那样一个艰苦的背景，则不足以显如此卓绝之精神。"总为末二语作前六句"（王夫之），此诗所以极苍凉而极雄壮，意境浑成之处。如开口便作豪语，转觉无力。这写法与"黄沙百战穿金甲，不破楼兰终不还"二语有异曲同工之妙。此诗不但篇法独造，对仗亦不拘常格，"于律体中以飞动票姚之势，运旷远奇逸之思"（姚鼐），自是五律别调佳作。

（周啸天）

◇永王东巡歌十一首〔录一〕

三川北虏乱如麻，四海南奔似永嘉。

但用东山谢安石，为君谈笑静胡沙。

安史之乱爆发后，洛阳一带首先遭到叛军的残酷洗劫，当时李白在宣州。第二年（756）春天，他奔走于当涂、溧阳一带，然后避地剡中，不久又西上庐山，隐居屏风叠。这时，玄宗第十六子永王李璘受玄宗之命为山南东道等四道节度采访使，兼江陵郡大都督。李璘在襄阳、江陵等地招募士兵数万人，然后顺长江东下，准备开赴淮南战场与叛军作战。他经过庐山时，因慕李白的大名，再三邀请，李白于是加入了永王的幕府。不久李璘与其兄唐肃宗李亨发生矛盾。肃宗派兵讨伐，李璘兵败被杀。李白也因此受到牵连，被长流夜郎，幸遇赦得还。但不久也就病死了。

李白素有"使寰区大定，海县清一"的雄心壮志，早就想寻找机会一展抱负。他加入李璘幕府后，认为当此天下纷乱之际，正是壮士立功之秋，不免雄心勃发，便以《永王东巡歌》为题，一连写了十一首七绝，来表达自己希望扫清胡虏、恢复两京的爱国热忱。这首"三川北虏乱如麻"，是其中第二首，写得尤其豪情激荡，振奋人心。

为了表达诗人胸中喷涌而出的这种豪情，诗歌采用对比的方法，在前后形势的强烈变化中，突出自己的心雄万夫的卓异气概。前两句先写出安禄山叛军在洛阳一带肆虐逞凶，而中原谁也不敢抵挡，人们望风奔逃，真是沧海横流，天下大乱，不可收拾。而第三句用"但用"二字轻轻一转，说只要使用像东晋谢安石那样有才能的人（诗人暗以谢安石自比），就能在谈笑之间，轻松自如地为永王扫清天下，平定叛乱，使玉宇澄清，顷刻之间就可以挽狂澜于既倒，真是说得不费吹灰之力。在这一乱一治之中，变化何其迅速而强烈，而诗人雄伟、豪迈的形象，就如泰山般屹立在读者眼前，令人高山仰止，肃然起敬；那溢于言外的恢宏气度、高度自信和满腔豪情，更是使人深受感动，心情振奋。诗中除了运用这种强烈的对比，还连用了四个比喻，收到了更为生动形象的艺术效果。第一句用"乱麻"比喻安禄山的叛军，既包含着叛军的来势凶猛，又暗示其自身很乱，并不可怕。第四句进一步用"胡沙"来比叛军，就更显出轻蔑之意，表现出诗人临乱不惊、胸有成竹的气度。第二句用东晋永嘉时的情况与当时东京沦于胡骑，官吏百姓纷纷南奔的情形相比，突出了历史的悲剧，比得贴切恰当。特别是第三句，诗人以大都督谢安石自比，虽有些出人意料，但却能更好地表现出他那非凡的气概和必胜的信心。有人曾讥笑李白"大言不惭"（见丁绍仪《听秋声馆词话》）。其实，我们只要知道李白在早年的诗歌中，曾多次表示倾慕管仲、乐毅、张良、诸葛亮等人，很有轰轰烈烈为唐王朝建立一番功业的志愿，就觉得这里以谢安石自比并不奇怪了，其中含着毛遂自荐之意，更加显示出李白那种天真坦率、傲岸不羁的性格，读来尤为觉得真切动人，与全诗的基调相吻合。诗歌的语言明朗、简洁而自然，前两句在对偶中有参差，后两句在参差中暗含对偶，使得全诗有近体的精严，但却更具有李白诗歌特有的"流动"，以散行为主而不骈拘，豪情一气贯下，如高屋建瓴、阪上走丸，顺畅而极富气势。读了这首诗，我们仿佛看到李白那渐近暮年而仍然英气勃勃的形象，为他的一腔爱国热忱而深深感动。

胡应麟说："太白诸绝句，信口而成，所谓无意于工而无不工者。"（《诗薮》）此诗即是一例，真正做到了"清水出芙蓉，天然去雕饰"。李白的七绝与王昌龄的七绝并驾联璧，成为有唐三百年间的典范。

（管遗瑞）

●杜甫（712—770），字子美，原籍襄阳（今属湖北），迁居巩县（今河南巩义西南）。玄宗开元二十三年（735）举进士不第。天宝间困守长安十年，天宝十四载（755）授河西尉不赴，改右卫率府兵曹参军。安史之乱发，长安陷落，身陷贼中。至德二载（757）自贼中奔赴凤翔行在，授左拾遗。乾元元年（758）贬华州司功参军，次年弃官赴秦州，经同谷，到成都，于西郊建草堂。广德二年（764）剑南节度使严武荐为检校工部员外郎。永泰元年（765）离成都，至夔州（今重庆奉节）。大历三年（768）出三峡，辗转湘江，死于舟中。有《杜工部集》。

◇前出塞九首

戚戚去故里，悠悠赴交河。
公家有程期，亡命婴祸罗。
君已富土境，开边一何多。
弃绝父母恩，吞声行负戈。

出门日已远，不受徒旅欺。
骨肉恩岂断，男儿死无时。
走马脱辔头，手中挑青丝。
捷下万仞冈，俯身试搴旗。

磨刀鸣咽水，水赤刃伤手。
欲轻肠断声，心绪乱已久。
丈夫誓许国，愤惋复何有。
功名图麒麟，战骨当速朽。

送徒既有长，远戍亦有身。
生死向前去，不劳吏怒嗔。
路逢相识人，附书与六亲。
哀哉两决绝，不复同苦辛。

迢迢万里余，领我赴三军。
军中异苦乐，主将宁尽闻。
隔河见胡骑，倏忽数百群。
我始为奴仆，几时树功勋。

挽弓当挽强，用箭当用长。
射人先射马，擒贼先擒王。
杀人亦有限，立国自有疆。
苟能制侵陵，岂在多杀伤。

驱马天雨雪，军行入高山。
径危抱寒石，指落曾冰间。
已去汉月远，何时筑城还。
浮云暮南征，可望不可攀。

单于寇我垒，百里风尘昏。
雄剑四五动，彼军为我奔。
虏其名王归，系颈授辕门。
潜身备行列，一胜何足论。

从军十年余，能无分寸功。
众人贵苟得，欲语羞雷同。
中原有斗争，况在狄与戎。
丈夫四方志，安可辞固穷。

　　唐初对边疆少数民族采取了睦邻友好的方针，边境安定，战事较少。玄宗即位以后，为了满足自己好大喜功的欲望，在边地不断发动以掠夺财富为目的的不义战争。天宝六载令董延光攻吐蕃石堡城；八载又令哥舒翰带兵再次攻打石堡城，兵士死亡过半，血流成渠；十载令剑南节度使鲜于仲通攻南诏，死者六万；又令高仙芝攻大食，安禄山攻契丹。自此兵连祸结，长期不断。关中及西南边境百姓，更是首当其冲，被大批征调从军，深罹其苦。

　　杜甫这九首诗通过对一个士兵在西北边疆从军的艰难历程和复杂感情的描写，尖锐地讽刺了统治者穷兵黩武的不义战争，真实地反映了这种战争给兵士和人民造成的苦难。朱鹤龄以为是杜甫天宝末年为哥舒翰用兵吐蕃而作。据诗中"悠悠赴交河"（交河，在今新疆维吾尔自治区吐鲁番，是唐王朝防吐蕃处），朱氏之说大致是可信的。

　　第一首叙述初别父母自己远戍的情景。第二首叙说上路之后的情景。出门已远，死生难料，只好索性豁出命去练习武艺。第三首，诉说自己一路上心情的烦乱，故作自励之语以求自解。第四首，叙说自己在路上被军吏欺压和驱逼的情景。第五首，自叙初到军中时的感慨：官兵对立，苦乐不均，身为奴仆，难树功勋。这一首是组诗的分水岭：前四首写出征，重在刻画离别之情；后五首写赴军，重在刻画以身许国。第六首，征夫诉说他对这次战争的看法。实际上这也是杜甫对待战争的态度，明确地显示了诗人的政治观点。第七首，征夫诉说他大寒天在高山上筑城和戍守的情况。第八首，征人诉说自己初次立功的过程和对待功劳的态度。第九首，征人自叙从军十余年的经历。

这九首连章体的组诗，"九首承接只如一首"，然"一首有一首章法；一题数首，又合数首为章法。有起，有结，有伦序，有照应；若阙一不得，增一不得"（沈德潜《说诗晬语》）。第一首是起，写出门应征，点题"出塞"，引出组诗主旨"君已富土境，开边一何多"，以之为纲，统摄全篇。以后各首便围绕这一主题展开，顺次写去，循序渐进，层次井然。第九首论功抒志，带有总结的性质，可为结。中间各首在围绕主题展开的同时，又各有重点，并不雷同。前四首写出征，重在写征人的留恋之情；后五首写赴军，重在写征人以身许国。既伦序分明，条理清楚，又波澜起伏，曲折有致。诗人在情节的安排上亦前后照应，过渡自然。如第二首"骨肉恩岂断"承第一首"弃绝父母恩"，第八首"虏其名王归，系颈授辕门"呼应第六首"射人先射马，擒贼先擒王"，这就使九首如线贯珠，各首之间联系更为紧密，不致分散。浦起龙说："汉魏以来诗，一题数首，无甚铨次，少陵出而章法一线。如此九首，可作一大篇转韵诗读。"可见这种连章体组诗也是杜甫的一大创造。

整组诗只集中描写了一个征夫的从军过程，但却反映了玄宗天宝末年的整个社会现实："开边一何多"，这里有连续不断的黩武战争；

"单于寇我垒"，也反映了敌人对唐王朝边境地区的侵扰。两种战争交替进行，性质是复杂的。诗中既有战争给人民造成的家破人亡、妻离子散的沉重灾难，也有封建军队中官吏奴役、压迫士兵的不合理现实；既有军士对奴役压迫的不满和反抗，也有征人对故乡和亲人的思念；既有征人戍边筑城的艰难困苦，也有士兵们的英勇作战。所有这一切是唐王朝大乱前夕各种复杂的社会矛盾的集中概括和典型反映。谓之"诗史"非虚誉也。

组诗用第一人称的手法来写，让这个征夫直接向读者诉说。这样寓主位于客位，可以畅所欲言地指斥时政，而又避免了直接批评时政的嫌疑。正如清人施补华所说："前后《出塞》诗，皆当作乐府读。《前出塞》'君已富土境，开边一何多'，是讽刺语；'功名图麒麟，战骨当速朽'，是愤惋语；'生死向前去，不劳吏怒嗔'，是决绝语；'军中异苦乐，主将宁尽闻'，是感伤语；'众人贵苟得，欲语羞雷同'，是自占身份语。竭情尽态，言人所不能言。"这正是用第一人称的自由方便处。此外，诗人以第一人称的手法叙事，仿佛亲身经历一般，这就增加了真实感和亲切感，更具有感染力和说服力。

（周啸天）

◇后出塞五首

男儿生世间，及壮当封侯。战伐有功业，焉能守旧丘。召募赴蓟门，军动不可留。千金买马鞭，百金装刀头。同里送我行，亲戚拥道周。斑白居上列，酒酣进庶羞。少年别有赠，含笑看吴钩。

朝进东门营，暮上河阳桥。落日照大旗，马鸣风萧萧。平沙列万幕，部伍各见招。中天悬明月，令严夜寂寥。悲笳数声动，壮士惨不骄。借问大将谁，恐是霍嫖姚。

古人重守边，今人重高勋。岂知英雄主，出师亘长云。六合已一家，四夷且孤军。遂使貔虎士，奋身勇所闻。拔剑击大荒，日收胡马群。誓开玄冥北，持以奉吾君。

献凯日继踵，两蕃静无虞。渔阳豪侠地，击鼓吹笙竽。云帆转辽海，粳稻来东吴。越罗与楚练，照耀舆台躯。主将位益崇，气骄凌上都。边人不敢议，议者死路衢。

我本良家子，出师亦多门。将骄益愁思，身贵不足论。跃马二十年，恐辜明主恩。坐见幽州骑，长驱河洛昏。中夜间道归，故里但空村。恶名幸脱免，穷老无儿孙。

《后出塞》五首是杜甫现实主义诗歌创作高峰到来前夕最重要的作品之一。这组诗叙写开元天宝年间一位军士从应募赴军到只身脱逃的经历，通过一个人的遭遇深刻反映了天宝之变的"酿乱期"的历史真实。

关于人物身份，有人说：虽然诗里并没有明白叙述他的家庭情况，但与《前出塞》一样，主人公出身于农民，而且后来逃归了，因为诗中说"故里但空村""穷老无儿孙"。同《垂老别》里的老头儿，同《无家别》里的乡里，身份完全是一样的。这种看法似乎只停留在表面现象上，这里所说的两个"一样"都很成问题：《垂老别》《无家别》里的老人、乡里，是在安史之乱发生后，被迫抛下老妻或病母，被朝廷强征入伍的。而《后出塞》的主人公却是在乱前的"盛世"，怀着"男儿生世间，及壮当封侯。战伐有功业，焉能守旧丘"的雄心踊跃应募的。他既非被强征入伍，也不像《前出塞》主人公那样被迫服役（"公家有程期，亡命婴祸罗"）。"含笑看吴钩"，是何等风流自赏、顾盼生姿的神态。"千金买马鞭，百金装刀头"，既有马骑，武器亦精良，与"弃绝父母恩，吞声行负戈"（《前出塞》）的情形是不可同日而语的。从送行的热闹场面看（"闾里送我行，亲戚拥道周。斑白居上列，酒酣进庶羞。少年别有赠，含笑看吴钩"），此人也不像一个普通农民，第五首又提到"我本良家子，出师亦多门"，大抵是当兵吃粮的老行当。值得注意的还有送行行列中有"闾里""亲戚"，没有像《前出塞》那样提到"父母"，也无妻室儿女（从第五首可知），这不是偶然现象。

自开元中玄宗改府兵制为募兵制后，兵农分离，出现了职业兵。德宗时李泌言募兵制是祸乱的根源，说这种应募的兵士，既非土著，又无宗族，重赏赐而轻生。《后出塞》主人公正是这样一个应募者形象。一无牵挂的汉子，乐意当兵吃粮。诗中提到赠吴钩的"少年"，当属唐诗中常常写到的少年游侠一类人物。物以类聚，人以群分，此诗主人公，也应是这一类人物。虽然后来他也"穷老无儿孙"，无家可归，但毕竟与《垂老别》《无家别》的主人公身份并不一样。组诗第一首系主人公自叙应募动机及辞家盛况；第二首叙赴军途中情事，尚归美主将；第三首是诗人的议论；第四首则揭露蓟门主将的骄横；第五首则写逃离军旅的经过。此组诗的突出成就，便在塑造了一个"典型环境中的典型形象"。对此诗的赏析，便应围绕这一中心来进行。

一度怀着万里雄心的军士后来逃归，其逃离的动机，诗中说得很清楚，是由于他在蓟门军中看到"主将"（当指安禄山）日益骄横、目中无君，而朝廷一味姑息养奸（"主将位益崇，气骄凌上都。边人不敢议，议者死路衢"），自己本为效忠国家而来（"誓开玄冥北，持以奉吾君"），不料却上了"贼船"，"坐见幽州骑，长驱河洛昏"，因而三十六计，走为上计了。

对第三首诗的理解关系到对组诗整体的赏析：

有人说这是写道蓟门军中后所起的反感。从人物方面说，是一个思想上的转变，由于实践，他已认识到"封侯"的骗局和肮脏。似乎主人公的逃跑还有一层原因，即对"封侯"的失望。诗本身诚然有批判黩武贪功之意，但这是否就是主人公的思想"转变"呢？

诗一开始就讲得很清楚，主人公赴边的目的就是追求"封侯"，"首章便作高兴语，往从骄帅者，赏易邀，功易就也"（浦起龙）。此人正是第三首所谓"重高勋"的"今人"、"奋身勇所闻"的"貔虎士"中的一员。"拔剑击大荒，日收胡马群。誓开玄冥北，持以奉吾君"，也正属于这类人物的夸耀口吻。从第一首"男儿生世间，及壮当封侯"到第五首"跃马二十年，恐辜明主恩"的表白，可见主人公追求功名封赏的思想是一贯的，并未发生何种转变。"古人重守边"以下六句，不能理解为诗中人思想的转变，而只能理解为诗人自己对时事的评议，或者说它们恰恰是诗人对笔下人物思想、行动的一种批判。说这是杜甫微露本相的地方还不够，应该说这是作者直接激扬文字，站出来表态。这种夹叙夹议的手法，在杜甫诗中是并不罕见的。

《通典》称："我国家开元天宝之际，宇内谧如，边将邀宠，竞图勋伐，西陲青海之戍，东北天门之师，碛西怛罗之战，云南渡沪之役，没于异域数十万人，向无幽寇内侮，天下四征未息，离溃之势，岂可量耶！"当时的边境战争，唐玄宗好战固然是一个原因，兵制的改变，也是个重要原因。府兵原是寓兵于农的一种兵制，将帅不能拥兵自重，故唐朝前期没有武夫割据事件。而募兵之行，诚如李泌所说，应募兵士多是不事生产的亡命之徒，他们贪功重赏，形成军中好战心理。上自朝廷，下至士兵，互相影响，正是"岂知英雄主，出师亘长云。六合已一家，四夷且孤军。遂使貔虎士，奋身勇所闻"。对侵侮邻国的兴趣随战争的进行越来越浓厚，野心勃勃的将帅也就得到长成羽翼的机会。

《后出塞》五首就艺术地再现了这一特定时代的历史生活。诗中主人公正是募兵制下一个应募兵的典型形象。他既有应募兵通常有的贪功恋战心理，又有国家民族观念。他为立功封爵而赴边，又为避叛逆的"恶名"而逃走。组诗在欢庆氛围中开头，凄凄凉凉地结尾，是一出个人命运的悲剧。这个悲剧为人物性格的矛盾所决定。而这个人物性格则是典型历史环境的产物，它具有生活本来的那种复杂性和生动性。而诗人对笔下人物的态度也是既有同情的一面，又有批判的一面，不宜简单对待。

（周啸天）

◇悲陈陶

孟冬十郡良家子，血作陈陶泽中水。野旷天清无战声，四万义军同日死。群胡归来血洗箭，仍唱胡歌饮都市。都人回面向北啼，日夜更望官军至。

　　杜甫被誉为"诗圣"，这是个充满道德褒扬意味的称呼。杜甫在后代读书人心中的地位是无比崇高的，因为他对国家、对民族、对人民有着强烈的责任感："穷年忧黎元，叹息肠内热"（《自京赴奉先县咏怀五百字》）是悲天悯人的伟大情怀；"葵藿倾太阳，物性固难夺"（同上）是对国家、对君王的忠贞不移。这些强烈而深沉的感情非常自然地渗透在他的诗作当中，感人至深。这首《悲陈陶》就是汇集了这两种感情的作品。

　　陈陶，即陈陶斜，又名陈陶泽，在长安西北（今陕西咸阳东）。公元756年（即安史之乱爆发的第二年），唐肃宗即位，改元至德，同年十月，宰相房琯自请讨贼，统兵欲收复长安、洛阳，在咸阳东的陈陶开战。房琯效古法用战车，叛军纵火焚之，人马大乱，结果唐军大败，四万余人几乎全军覆没。当时，杜甫被叛军所俘，困于长安，听闻官军惨败的消息，看见安禄山部胜利归来的骄横得意之情形，满腔悲愤，用"史"的笔法，写下了这首《悲陈陶》，真实记录了陈陶一役。

　　全诗共八句，大致每两句构成一种场景，表达一种情绪，几种强烈的情感交织在一起，使本诗具有一种震人心魄的力量。

　　一、二句表达的是诗人一贯的对普通老百姓的仁慈悲悯情怀。可怜这些来自西北各地的良家子弟，在这冰冷的冬天，用一腔热血染红了这陈陶泽中水。这突然间失去生命的四万余人是来自众多普通家庭的兄弟、父亲或儿子。在此句中，作者从个人感情的角度，对这些死难的"良家子"表达了深切的痛惜。

　　三、四句则是站在政治的角度，描写了惨烈的战争，表达了对壮烈牺牲的将士们的崇敬与无尽哀思。诗人没有花费笔墨去渲染战争过程的残酷与血腥，而是选取了大战之后一片死寂的战场作为描写对象：原野空旷，但这里曾经有兵戈相向和熊熊火光；天空清冷，但这里曾经充盈着厮杀与呻吟。天地一片肃穆沉重，因为有"四万义军"刚刚在这里为国捐躯。

五、六句将笔锋转向了叛军（因为安禄山是胡人，其部下也多为胡人，所以称叛军为"群胡"），表达了对叛军的憎恶之情。得胜归来的胡兵猖狂得意至极，在长安的街市上纵酒狂歌，他们的箭上还沾着义军的鲜血。这番骄横嚣张的丑态引起了诗人的极大厌恶与憎恨。在诗人笔下，他们无异于一群凶狠残暴的野兽。

最后两句则写了长安城中的老百姓。他们不仅目睹叛军的丑行，更有国破家亡之忧，抑制不住心底的悲伤，日夜向着肃宗所在的北方啼哭，更加渴望官军能够早日到来。这里边有等待，同时也是一种坚持，相信大唐王朝能够消灭叛军，能够收复长安。这不仅是长安百姓的愿望，更是诗人自己坚定不移的信念，因为诗人对国家有着强烈的热爱与忠贞。

（郭扬波）

◇洗兵马

中兴诸将收山东，捷书夜报清昼同。河广传闻一苇过，胡危命在破竹中。只残邺城不日得，独任朔方无限功。京师皆骑汗血马，回纥喂肉蒲萄宫。已喜皇威清海岱，常思仙仗过崆峒。三年笛里关山月，万国兵前草木风。成王功大心转小，郭相谋深古来少。司徒清鉴悬明镜，尚书气与秋天杳。二三豪俊为时出，整顿乾坤济时了。东走无复忆鲈鱼，南飞觉有安巢鸟。青春复随冠冕入，紫禁正耐烟花绕。鹤驾通宵凤辇备，鸡鸣问寝龙楼晓。攀龙附凤势莫当，天下尽化为侯王。汝等岂知蒙帝力，时来不得夸身强！关中既留萧丞相，幕下复用张子房。张公一身江海客，身长九尺须眉苍。征起适遇风云会，扶颠始知筹策良。青袍白马更何有？后汉今周喜再昌。寸地尺天皆入贡，奇祥异瑞争来送。不知何国致白环，复道诸山得银瓮。隐士休歌紫芝曲，词人解撰河清颂。田家望望惜雨干，布谷处处催春种。淇上健儿归莫懒，城南思妇愁多梦。安得壮士挽天河，尽洗甲兵长不用！

今日读者于古诗，常觉"颂"体诗歌难得佳构。杜甫《洗兵马》似乎是个例外。诗中有句道，"词人解撰河清颂"（南朝宋文帝元嘉年间，河、济俱清，鲍照作《河清颂》赞美），而其本身也可说是热情洋溢的《河清颂》。

此诗于乾元二年（759）春二月，即两京克复后，相州兵败前，作于洛阳。当时平叛战争形势很好，大有一举复兴的希望。故诗多欣喜颂愿之词。此诗凡四转韵，每韵十二句自成段落。

一段（从"中兴诸将收山东"至"万国兵前草木风"）以歌颂战局神变发端。唐室在"中兴诸将"（即后文提到的李、郭等人）的努力下，已光复华山以东包括河北大片土地，捷报昼夜频传。《诗经·卫风·河广》云："谁谓河广，一苇航之。"三句借用以言克敌极易，安史乱军的覆灭已成"破竹"之势。当时，安庆绪困守邺城（即相州，治所在今河南安阳），故云"只残邺城不日得"。复兴大业与善任将帅关系甚大，"独任朔方无限功"既是肯定与赞扬当时朔方节度使郭子仪在平叛战争中的地位和功绩，又是表达一种意愿，望朝廷信赖诸将，以奏光复之功。以上多叙述，"京师"以下两句则描绘了显示胜利喜庆气氛的画面：长安街上随处可见产于边地的名马（"汗血马"），助战有功的回纥兵则在"蒲萄宫"（汉哀帝尝宴单于处，此借用）备受款待，大吃大喝。"喂肉"二字描状生动，从"捷书夜报"句至此，句句申战争克捷之意，节奏急促，几使人应接不暇，亦有破竹之势。以下意略转折。"已喜皇威清海岱"一句束上，时河北尚未完全克复，言"清海岱"（古青、徐二州之域）则语有分寸；"常思仙仗过崆峒"一句启下，意在警告肃宗居安思危，勿忘銮舆播迁、往来于崆峒山（在今甘肃平凉西）的艰难日子。紧接以"三年笛里"两句，极概括地写出战争带来的创伤。安史之乱三年来，笛咽关山，兵惊草木，人民饱受乱离的痛苦。这两句连同上两句，恰是抚今追昔，痛定思痛，淋漓悲壮，于欢快词中小作波折，不一味流走，极抑扬顿挫之致，将作者激动而复杂的心情写出。故胡应麟说"三年笛里"两句"以和平端雅之调，寓愤郁凄戾之思，古今壮句者难及此"（《诗薮》卷五）。

　　二段（从"成王功大心转小"到"鸡鸣问寝龙楼晓"）逆接篇首"中兴诸将"四字，以铺张排比句式，对李豫、郭子仪等人致辞赞美。"成王"即后来的唐代宗李豫，收复两京时为天下兵马元帅，"功大心转小"云云，赞颂其成大功后更加虚心谨慎。随后盛赞中书令郭子仪的谋略、司徒李光弼的明察、尚书王思礼的高远气度。四句中，前两句平直叙来，后两句略作譬喻，铺叙排比中有变化。赞语既切合各人身份事迹，又表达出对光复大业卓有贡献的"豪俊"的钦仰。"二三豪俊为时出"，总束前意，说他们本来就是为重整乾坤，应运而生的。"东走无复"以下六句承"整顿乾坤济时了"而展开描写，从普天下的喜庆到宫禁中的新气象，调子轻快：做官的人弹冠庆贺，不必弃官避乱（"忆鲈鱼"

翻用《晋书》张翰语）；平民百姓也能安居乐业，如鸟之归巢；春天的繁华景象正随朝仪之再整而重新回到宫禁，天子与上皇也能实施"昏定晨省"的宫廷故事。上上下下都是一派熙洽气象。

喜庆的同时，另有一些现象却是诗人断乎不能容忍的。三段（从"攀龙附凤势莫当"至"后汉今周喜再昌"）一开头就揭示一种政治弊端：朝廷赏爵太滥，许多投机者无功受禄，一时有"天下尽化为侯王"之虞。"汝等"二句即对此辈作申斥语，声调一变而为激愤。继而又将房琯、张镐等作为上述腐朽势力的对立面来歌颂，声调复转为轻快，这样一张一弛，极富擒纵唱叹之致。"青袍白马"句以南朝北来降将侯景比安、史，言其不堪一击；"后汉今周"句则以周、汉的中兴比喻时局。当时，房琯、张镐俱已罢相，诗人希望朝廷能复用他们，故特加表彰，与赞"中兴诸将"相表里。张镐于去年五月罢相，改荆王府长史。此言"幕下复用"，措意深婉。这一段表明杜甫的政治眼光。

四段（从"寸地尺天皆入贡"到篇终）先用六句申"后汉今周喜再昌"之意，说四方皆来入贡，海内遍呈祥瑞，举国称贺。以下继续说：隐士们也不必再避乱遁世（"紫芝曲"为秦末号称"商山四皓"的四位隐士所作），文人们都大写歌颂诗文。至此，诗人是"颂其已然"，同时他又并未忘记民生忧患，从而又"祷其将然"：春耕逢旱，农夫盼雨；而"健儿""思妇"犹未得团圆，社会的安定，生产的恢复，均有赖战争的最后胜利。诗人勉励围邺的"淇上健儿"以"归莫懒"，寄托着欲速成其功的殷勤之意。这几句话虽不多，却唱出诗人对人民的关切，表明他是把战争胜利作为安定社会与发展生产的重要前提来歌颂的。正由于这样，诗人在篇末唱出了自己的强烈愿望和诗章的最强音："安得壮士挽天河，尽洗甲兵长不用！"

这首诗基调是歌颂祝愿性的，热烈欢畅，兴会淋漓，将诗人那种热切关怀国家命运、充满乐观信念的感情传达出来了，可以说，是一曲展望胜利的颂歌。诗中对大好形势下出现的某些不良现象也有批评和忧虑，但不影响诗人对整体形势的兴奋与乐观。诗章以洪亮的声调，壮丽的词句，浪漫夸张的语气，表达了极大的喜悦和歌颂。杜诗本以"沉郁"的诗风见称，而此篇在杜甫古风中堪称别调。

　　本诗艺术形式采用了华丽严整、兼有古近体之长的"四杰体"。辞藻富赡，对偶工整，用典精切，气势雄浑阔大，与诗歌表达的喜庆内容完全相宜。诗的韵脚，逐段平仄互换；声调上忽疾忽徐，忽翕忽张，于热情奔放中饶顿挫之致，清辞丽句而能兼苍劲之气，读来觉跌宕生姿，大大增强了诗篇的艺术感染力。

（周啸天）

●严武（726—765），字季鹰，华州华阴（今属陕西）人。严挺之之子，以门荫为太原府参军事。玄宗天宝六载（747），陇右节度使哥舒翰荐为判官，累迁至侍御史。安史之乱期间随玄宗幸蜀，擢谏议大夫、给事中。肃宗乾元中迁剑南西川节度使兼成都尹。代宗时封郑国公。

◇军城早秋

昨夜秋风入汉关，朔云边月满西山。
更催飞将追骄虏，莫遣沙场匹马还。

严武这个名字在唐代星光熠熠的诗歌史上也许是暗淡无光的，一般人对他的了解恐怕更多是因为他是杜甫的好朋友，在其任剑南节度使期间，对前来成都投靠的杜甫多加照顾。其实，严武在唐代算得上是颇有作为的一个人物，其在唐玄宗、唐肃宗时期先后任京兆尹、剑南西川节度使，唐代宗时曾率军击破入侵的吐蕃军队，收复失地，因功加检校吏部尚书，封郑国公。

作为一名统军打仗的武将，严武不仅战功卓著，而且文采风流，从这首《军城早秋》便可见一斑。本诗作于代宗广德二年（764），正值唐军与吐蕃军交战之际。作为全军统帅的那种气魄与心胸在本诗中展现无遗。本诗最大的特色正在于其出自统帅之手，诗歌的思想感情与语言

风格富有突出的个性特征。

　　这是一首写边关战争的诗歌，没有按照常规去描绘战斗的具体场面，而是不落俗套地选取了战争前夜和战斗即将结束这两个时段，开阖跳跃，别具一格。

　　诗的头两句看似写秋景，实则是写战争前夕"山雨欲来风满楼"的紧张气氛。瑟瑟的西风、清寒的月色、昏暗的云层使边塞笼罩在一片肃杀之气当中，渲染出形势的危急。"秋风入汉关"既是对时节的实录，也暗示出边塞受到进攻，战事在即。当时吐蕃屡次进攻，是唐王朝的一大隐患，而我国古代边地的少数民族常常在夏末秋初的季节向内地挑起战争。作为主帅的作者很敏锐地感受到了季节的变化，准确地掌握了时机和敌情，取得了战争的主动权，为战争的胜利奠定了基础。

　　战争即将开始，那接下来是不是该描绘战斗的进程和具体场面呢？诗人并没有顺势写去，而是笔锋陡然间转向了战争的尾声：骄纵无比的敌人（吐蕃军曾经攻入长安）俨然已经成了四下逃窜的手下败将，主将喝令将领率军追击，将敌人一网打尽。"更催飞将追骄虏"一句让我们看到了一位指挥从容、胜利在望的主将形象，"莫遣沙场匹马还"虽然没血淋淋地正面描写，却在体现出将令的威严的同时，让人感受到了战争的残酷与惨烈，但更多的是充满了一种不歼灭敌人绝不后退的决心和大无畏的精神。

　　本诗读起来流畅自然，没有咬文嚼字之感。不过仔细体会，会发现其在动词的使用上仍有值得称道之处。头一句的"入"字体现出了秋风来势之迅猛，道出了战事的紧急；第二句的"满"字顿时让人感受到整个边塞笼罩于一片浓重的肃杀之气当中，战争一触即发；第三句的"催"则展示出主将的意气风发和势如破竹的胜利气势。

　　全诗虽然仅有四句，却能从大处落笔，一气呵成，语言明白晓畅毫不晦涩，而气魄宏大风格刚健，为历代诸多选本收录。

（郭扬波）

●岑参（约715—770），江陵（今湖北省荆州市荆州区）人，郡望南阳（今属河南）。玄宗天宝三载（744）进士及第，天宝间曾两度出塞，充任安西、北庭节度使府掌书记、节度判官。肃宗时历任右补阙、起居舍人、虢州长史等职。代宗大历二年（767）任嘉州刺史，后客死成都。有《岑嘉州诗集》。

◇走马川行奉送封大夫出师西征

君不见走马川，雪海边，平沙莽莽黄入天。轮台九月风夜吼，一川碎石大如斗，随风满地石乱走。匈奴草黄马正肥，金山西见烟尘飞，汉家大将西出师。将军金甲夜不脱，半夜军行戈相拨，风头如刀面如割。马毛带雪汗气蒸，五花连钱旋作冰，幕中草檄砚水凝。虏骑闻之应胆慑，料知短兵不敢接，车师西门伫献捷。

本诗是岑参最重要的代表作之一，天宝十三载（754）后作于轮台。全诗三句一韵，韵脚自解。

前三句写平沙万里的西部风光，其中运用西部地名"走马川""雪海"，令人顿觉有边塞情调。"平沙莽莽黄入天"，既言"平沙"，就不是指飞沙（如"大漠风尘日色昏"），而是展现"平沙万里绝人烟"

的沙碛昼景，为紧接写飞沙走石蓄势。夜来风云突变，打破了日间的寂静，动静相生，构成奇趣。这是怎样一种飞沙走石！民谣颠倒歌中的"直刮得石头满街滚"，在西部却是一种事实，句句有奇趣。友人方牧拟曰"轮台的风吹落斗大陨石，一块雹子砸死一匹骆驼，热海的月亮烙熟葱饼"，颇为神似。风云突变又预示着战局突变和突如其来的军机。果然，气象预兆落实在军情上，本节匈奴的张狂与唐将的从容，形成对照。紧接写夜行军，一句见将士上下一心，一句见军纪严明，一句通过人的感觉写霜风之厉害。黑夜霜风，越是环境艰苦，越是衬托出将士的英勇无畏。夜袭敌人，兵贵神速，又增加了成功的机遇。然后，作者通过马背热汗、砚中墨汁瞬息成冰，以小见大，状出天气酷寒程度，既极富西北生活实感，又颇具奇趣，一再以环境的艰苦，衬托主人公无畏形象。经过两度烘托，决胜信心已溢于言表，故跳过接仗，预想敌人闻风胆丧，大军兵不血刃，捷报倚马可待。干净利落，出乎意外，得其圜中。

这首诗在写景状物、叙事抒情方面颇多奇趣，体现了岑诗的特点。尤其突出的是三句一韵的体式，乃吸收了汉代以后民间歌谣中三三七和七言三句构成句群的形式，扩成长篇，意思三句一转，韵脚三句一变，句位密集，平仄交替，从而形成强烈的声势和急促的音调，成为以语言音响传达生活音响的成功范例。

（周啸天）

◇白雪歌送武判官归京

　　北风卷地白草折，胡天八月即飞雪。忽如一夜春风来，千树万树梨花开。散入珠帘湿罗幕，狐裘不暖锦衾薄。将军角弓不得控，都护铁衣冷难着。瀚海阑干百丈冰，愁云惨淡万里凝。中军置酒饮归客，胡琴琵琶与羌笛。纷纷暮雪下辕门，风掣红旗冻不翻。轮台东门送君去，去时雪满天山路。山回路转不见君，雪上空留马行处。

　　此诗是一首咏雪送人之作。天宝十三载（754）岑参再度出塞，充任安西北庭节度使封常清的判官。武某或即其前任，诗人为送他归京，写下此诗。"岑参兄弟皆好奇"（杜甫《渼陂行》），读此诗处处不要忽略一个"奇"字。

　　此诗开篇就奇突，未及白雪而先传风声，所谓"笔所未到气已吞"——全是飞雪之精神。大雪必随刮风而来，"北风卷地"四字，妙在由风而见雪。"白草"，据《汉书·西域传》颜师古注，乃西北一种草名，王先谦补注谓其性至坚韧。然经霜草脆，故能断折（如为春草则随风俯仰不可"折"）。"白草折"又显出风来势猛。八月秋高，而北地已满天飞雪。"胡天八月即飞雪"，一个"即"字，惟妙惟肖地写出由南方来的人少见多怪的惊奇口吻。

　　塞外苦寒，北风一吹，大雪纷飞，诗人以"春风"使梨花盛开，比拟"北风"使雪花飞舞，极为新颖贴切。"忽如"二字下得甚妙，不仅写出了"胡天"变幻无常、大雪来得急骤，而且再次传出了诗人惊喜好奇的神情。"千树万树梨花开"的壮美意境，颇富有浪漫色彩。南方人见过梨花开繁的景象，那雪白的花不是一朵一朵，而是一团一团，花团锦簇，压枝欲低，与雪压冬林的景象极为神似。春风吹来梨花开，竟至"千树万树"，重叠的修辞表现出景象的繁荣壮丽。"春雪满空来，触处似花开"（东方虬《春雪》），也以花喻雪，匠心略同，但无论豪情与奇趣都得让岑诗三分。诗人将春景比冬景，尤其将南方春景比北国冬景，几使人忘记奇寒而内心感到喜悦与温暖，着想、造境俱称奇绝。要品评这咏雪之千古名句，恰有一个成语——"妙手回春"。

以写野外雪景作了漂亮的开端后，诗笔从帐外写到帐内。那片片飞"花"飘飘而来，穿帘入户，沾在幕帏上慢慢消融。"散入珠帘湿罗幕"一语承上启下，转换自然从容，体物入微。"白雪"的影响侵入室内，倘是南方，穿"狐裘"必很暖和，而此地"狐裘不暖"，连裹着软和的"锦衾"也只觉单薄。"一身能擘两雕弧"的边将，居然拉不开角弓；平素是"将军金甲夜不脱"，而此时是"都护铁衣冷难着"。二句兼指都护（镇边都护府的长官）、将军言之，互文见义。这四句，有人认为表现了边地将士的苦寒生活，仅着眼这几句，谁说不是？但从"白雪歌"歌咏的主题而言，主要是通过人和人的感受，通过种种在南方人视为反常的情事写天气的奇寒，写白雪的威力。这真是一支白雪的赞歌呢。通过人的感受写严寒，手法又具体真切，不流于抽象空泛。诗人对奇寒津津乐道，使人不觉其苦，反觉冷得新鲜，寒得有趣。这又是诗人"好奇"个性的表现。

场景再次移到帐外，而且延伸向广远的沙漠和辽阔的天空：浩瀚的沙海，冰雪遍地；雪压冬云，浓重稠密，雪虽暂停，但看来天气不会在短期内好转。"瀚海阑干百丈冰，愁云惨淡万里凝"，二句以夸张笔墨，气势磅礴地勾勒出瑰奇壮丽的沙塞雪景，又为"武判官归京"安排了一个典型的送别环境。如此酷寒恶劣的天气，长途跋涉将是艰辛的呢。"愁"字隐约对离别分手作了暗示。

于是写到中军帐（主帅营帐）置酒饮别的情景。如果说以上主要是咏雪而渐有寄情，以下则正写送别而以白雪为背景。"胡琴琵琶与羌笛"句，并列三种乐器而不写音乐本身，颇似笨拙，但仍能间接传达一种急管繁弦的场面，以及"总是关山旧别情"的意味。这些边地器乐，对于送者能触动乡愁，于送别之外别有一番滋味。写饯宴给读者印象深刻而落墨不多，这也表明作者根据题意在用笔上分了主次详略。

送客送到军门，时已黄昏，又见大雪纷飞。这时看见一个奇异景象：尽管风刮得挺猛，辕门上的红旗却一动也不动——它已被冰雪冻结了。这一生动而反常的细节再次传神地写出天气奇寒。而那白雪背景上的一点鲜红，那冷色基调画面上的一星暖色，反衬得整个境界更洁白，更寒冷；那雪花乱飞的空中不动的物象，又衬得整个画面更加生动。这是诗中又一处精彩的奇笔。

送客送到路口，这是轮台东门。尽管依依不舍，毕竟是分手的时候了。大雪封山，路可怎么走啊！路转峰回，行人消失在雪地里，诗人还在深情地目送。这最后的几句是极其动人的，成为此诗出色的结尾，与开篇悉称。看着"雪上空留"的马蹄迹，他想些什么？是对行者难舍而生留恋，是为其"长路关山何日尽"而发愁，还是为自己归期未卜而惆怅？结束处有悠悠不尽之情，意境与汉代古诗"步出城东门，遥望江南路，前日风雪中，故人从此去"名句差近，用在诗的结处，效果更佳。

充满奇情妙思，是此诗主要的特色（这很能反映诗人创作个性）。

作者用敏锐的观察力和感受力捕捉边塞奇观，笔力矫健，有大笔挥洒（如"瀚海"二句），有细节勾勒（如"风掣红旗冻不翻"），有真实生动的摹写，也有浪漫奇妙的想象（如"忽如"二句），再现了边地瑰丽的自然风光，充满浓郁的边地生活气息。全诗融合着强烈的主观感受，在歌咏自然风光的同时还表现了雪中送人的真挚情谊。诗情内涵丰富，意境鲜明独特，具有极强的艺术感染力。诗的语言明朗优美，又利用换韵与场景画面交替的配合，形成跌宕生姿的节奏旋律。诗中或二句一转韵，或四句一转韵，转韵时场景必更新：开篇入声、起音陡促，与风狂雪猛画面配合；继而音韵轻柔舒缓，随即出现春暖花开的美景；以下又转沉滞紧涩，出现军中苦寒情事；末四句渐入徐缓，画面上出现渐行渐远的马蹄印迹，使人低回不已。全诗音情配合极佳，当得"有声画"的称誉。

（周啸天）

◇轮台歌奉送封大夫出师西征

轮台城头夜吹角，轮台城北旄头落。羽书昨夜过渠黎，单于已在金山西。戍楼西望烟尘黑，汉兵屯在轮台北。上将拥旄西出征，平明吹笛大军行。四边伐鼓雪海涌，三军大呼阴山动。虏塞兵气连云屯，战场白骨缠草根。剑河风急雪片阔，沙口石冻马蹄脱。亚相勤王甘苦辛，誓将报主静边尘。古来青史谁不见，今见功名胜古人。

　　这首七古与《走马川行奉送封大夫出师西征》（后称《走马川行》）系同一时期、为同一事、赠同一人之作。但《走马川行》未写战斗，通过将士顶风冒雪的夜行军情景烘托必胜之势；此诗则直写战阵之事，具体手法与前诗也有所不同。

　　起首六句写战斗以前两军对垒的紧张状态。虽是制造气氛，却与《走马川行》从自然环境落笔不同。那里是飞沙走石，暗示将有一场激战；而这里却直接从战阵入手：军府驻地的城头，角声划破夜空，呈现出一种异样的沉寂，暗示部队已进入紧张的备战状态。据《史记·天官书》："昴曰髦头（旄头），胡星也。"古人认为旄头跳跃主胡兵大起，而"旄头落"则主胡兵覆灭。"轮台城头夜吹角，轮台城北旄头落"，连用"轮台城"三字开头，造成连贯的语势，烘托出围绕此城的战时气氛。把"夜吹角"与"旄头落"两种现象联系起来，既能表达一种同仇敌忾的意味，又象征唐军之必胜。气氛酿足，然后倒插一笔，"羽书昨夜过渠黎（在今新疆轮台东南），单于已在金山（阿尔泰山）西"，交代出局势紧张的原因在于胡兵入寇。因果倒置的手法，使开篇奇突警策。"单于已在金山西"与"汉兵屯在轮台北"，以相同句式，两个"在"字，写出两军对垒之势。敌对双方如此逼近，以至"戍楼西望烟尘黑"，写出一种濒临激战的静默。局势之紧张，大有一触即发之势。

紧接四句写白昼出师与接仗。手法上与《走马川行》写夜行军大不一样：那里是衔枚急走，不闻人声，极力描写自然；而这里极力渲染吹笛伐鼓，是堂堂之阵，正正之旗，突出军队的声威。开篇是那样奇突，而写出师是如此从容、镇定，一张一弛，气势益显。作者写自然好写大风大雪、极寒酷热，而这里写军事也是同一作风，将是拥旄（节旄，军权之象征）之"上将"，三军则写作"大军"，士卒呐喊是"大呼"。总之，"其所表现的人物事实都是最伟大、最雄壮、最愉快的，好像一百二十面鼓、七十面金钲合奏的鼓吹曲一样，十分震动人的耳鼓。和那丝竹一般细碎而悲哀的诗人正相反对"（徐嘉瑞《岑参》）。于是军队的声威超于自然之上，仿佛冰冻的雪海亦为之汹涌，巍巍阴山亦为之摇撼，这出神入化之笔表现出一种所向无敌的气概。

"三军大呼阴山动"，似乎胡兵将败如山倒。殊不知下面四句中，作者拗折一笔，战斗并非势如破竹，而是异常艰苦。"虏塞兵气连云屯"，极言对方军队集结之多。诗人借对方兵力强大以突出己方兵力的更为强大，这种以强衬强的手法极妙。"战场白骨缠草根"，借战场气氛之惨淡暗示战斗必有重大伤亡。以下两句又极写气候之奇寒。"剑河""沙口"这些地名有泛指意味，地名本身亦似带杀气；写风曰

"急"，写雪片曰"阔"，均突出了边地气候之特征；而"石冻马蹄脱"一语尤奇：石头本硬，"石冻"则更硬，竟能使马蹄脱落，则战争之艰苦就不言而喻了。作者写奇寒与牺牲，似是渲染战争之恐怖，但这并不是他的最终目的。作为一个意志坚忍、喜好宏伟壮烈事物的诗人，如此写战场的严寒与危苦，是在直面正视和欣赏一种悲壮画面，他这样写，正是歌颂将士之奋不顾身。他越是写危险与痛苦，便越发得意，好像吃辣子的人，越辣得眼泪出，就越发快活。下一层中说到"甘苦辛"，亦应有他自身体验在内。

末四句照应题目，预祝奏凯，以颂扬作结。封常清于天宝十三载（754）以节度使摄御史大夫，御史大夫在汉时位次宰相，故诗中美称为"亚相"。"誓将报主静边尘"，虽只写"誓"，但前面两层对战争的正面叙写与侧面烘托，已经有力地暗示出此战必胜的结局。末二句预祝之词，说"谁不见"，意味着古人之功名书在简册，万口流传，早觉不新鲜了，数风流人物，则当看今朝。"今见功名胜古人"，朴质无华而掷地有声，遥应篇首而足以振起全篇。上一层写战斗艰苦而此处写战胜之荣耀，一抑一扬，跌宕生姿。前此皆两句转韵，节奏较促，此四句却一韵流转而下，恰有奏捷的轻松愉快之感。在别的诗人看来，一面是"战场白骨缠草根"，一面是"今见功名胜古人"，不免生出"一将功成万骨枯"一类感慨，盖其同情在于弱者一面。而作为盛唐时代浪漫诗风的重要代表作家的岑参，无疑更喜欢强者，喜欢塑造"超人"的形象。读者从"古来青史谁不见，今见功名胜古人"所感到的，不正如此么？

全诗四层写来一张一弛，抑扬顿挫，结构紧凑，音情配合极好。有正面描写，有侧面烘托，又运用象征、想象和夸张等手法，特别是渲染大军声威，造成极宏伟壮阔的画面，使全诗充满浪漫主义激情和边塞生

活的气息，成功地表现了三军将士建功报国的英勇气概。就此而言，又
与《走马川行》并无二致。

（周啸天）

◇送李副使赴碛西官军

火山六月应更热，赤亭道口行人绝。
知君惯度祁连城，岂能愁见轮台月。
脱鞍暂入酒家垆，送君万里西击胡。
功名只向马上取，真是英雄一丈夫。

诗作于天宝十载（751）六月。开篇就显示出别具一格的特色，不
从酒家送别说起，而从出塞途中必经的"火山"和"赤亭"落笔，极富
新奇感。据地质工作者说，火山确曾有过烈焰熊熊的历史，远在侏罗纪
（中生代第二纪，始于2.01亿年前，约止于1.45亿年前），地层中的煤
层曾发生过自燃，紫红色的烧结层绵延起伏，看上去宛似一条火龙在飞
舞，加之地处吐鲁番盆地，酷热异常，称之火山，更是名副其实。这火
山、赤亭与雪海、大漠一样，给了岑参以太多的灵感，屡现于诗。

本篇一开始就说"火山"与"赤亭"，这两个地名给人的感觉，
都是炎热，使人想起《西游记》中"唐三藏路阻火焰山，孙行者三调芭
蕉扇"的故事，为送别提供了一个特殊的背景。又以常人面对畏途的裹
足不前，反衬诗中人身负使命，明知征途有艰险，越是艰险越向前的气
概。以下再一次信手拈来河西地名——"祁连""轮台"，形成边塞情

调。"轮台月"与"火山"有凉热的不同，形成一番对照，一种跌宕。"轮台月"有何可愁？愁在使人望而思乡。所以"岂能愁见轮台月"，是肯定诗中人以四海为家的襟抱，这是盛唐人胸襟与风貌的体现。而"惯度"二字，传达出一种夸口的语气和不屑一顾的神情。"知君惯度"与"岂能愁见"相呼应，是不容置辩的口气与推心置腹的揣度，料想行者听了，一定浮一大白，道："知我者岑参也。"

正因为前四句写得饱满，写得够味，故以下四句直似骏马下坡一般迅疾，顺势而来。这里仍须注意"脱鞍暂入酒家垆"所表现的壮怀，与"系马高楼垂柳边"同一声口，而地域的莽苍粗犷又有区别。"送君击胡"中嵌入"万里"，表现出一种"匈奴未灭，何以家为"式的豪情。而"功名只向马上取"，也有"乃公居马上而得之，安事诗书"（刘邦语）的胜概。最后以"真是英雄一丈夫"作结，虽直白，却痛快。

（周啸天）

◇武威送刘判官赴碛西行军

火山五月行人少，看君马去疾如鸟。

都护行营太白西，角声一动胡天晓。

天宝十载（751）五月，唐西北边境石国太子引大食（古阿拉伯帝国）等部袭击唐境，当时的武威（今属甘肃）太守、安西节度使高仙芝率兵三十万出征抵抗。此诗是作者于武威送僚友刘判官（名单）赴军前之作，"碛西"即安西都护府。这是一首即兴口占而颇为别致的送行小诗。

首句似即景信口道来，点明刘判官赴行军的季候（"五月"）和所向。"火山"即今新疆吐鲁番的火焰山，海拔五六百米，岩石多为第三纪砂岩，色红如火。当盛夏五月，气候炎热，那是"火云满山凝未开，鸟飞千里不敢来"（《火山云歌送别》）的。鸟且不敢飞，无怪"行人少"了。此句就写出了火山的赫赫炎威。而那里正是刘判官赴军必经之地。这里未写成行时，先出其路难行之悬念。常人视火山为畏途，便看刘判官的了。

接着便写刘判官过人之勇。"看君马去疾如鸟"，使读者如睹这样景象：烈日炎炎，黄沙莽莽，在断绝人烟的原野上，一匹飞马掠野而过，向火山扑去。那骑者身手何等矫健不凡！以鸟形容马，不仅写出其疾如飞，又通过其小，反衬出原野之壮阔。本是"鸟飞千里不敢来"的火山，现在竟飞来这样一只不避烈焰的勇敢的"鸟"，令人肃然起敬。这就形象地歌颂了刘判官一往无前的气概。全句以一个"看"字领起，赞叹啧啧声如闻。

"都护行营太白西"，初看第三句不过点明此行的目的地，说临时的行营远在太白星的西边——这当然是极言其远的夸张，显得很威风，很有气派。细细品味，这主要是由于"都护行营"和"太白"二词能唤起庄严雄壮的感觉。它们与当前唐军高仙芝部的军事行动有关。"太白"，亦称金星，古人认为它的出现在某种情况下预示敌人的败亡（"其出西失行，外国败"，见《史记·天官书》）。明白这一点，末句含意自明。

"角声一动胡天晓"，这最后一句真可谓一篇之警策。从字面解会，这是作者遥想军营之晨的情景。本来是拂晓到来军营便吹号角，然而在这位好奇诗人天真的心眼里，却是一声号角将胡天惊晓（犹如号角能将兵士惊醒一样）。这实在可与后来李贺"雄鸡一声天下白"（《致

酒行》）的奇句媲美，显出唐军将士回旋天地的凌云壮志。联系上句
"太白"出现所预兆的，这句之含蕴意义比字面远为深刻，它实际等于
说：只要唐军一声号令，便可决胜，使西域重见光明。此句不但是赋，
而且含有比兴、象征之意。正因为如此，这首送别诗才脱弃一般私谊范
畴，而升华到更高的思想境界。

此诗没有直接写惜别之情和直言对胜利的祝愿，而只就此地与彼地
情景略加夸张与想象，叙述自然，比兴得体，颇能壮僚友之行色，惜别
与祝捷之意也就见于言外。

（周啸天）

◇逢入京使

故园东望路漫漫，双袖龙钟泪不干。

马上相逢无纸笔，凭君传语报平安。

诗人岑参与同时代许多人一样，有一番功名万里的抱负。尽管他离
开颍阳故居到长安考取进士，但他那颗不安分的心是向往着边塞的。天
宝八载（749），机会终于来了。安西四镇节度使高仙芝入朝，岑参被奏
请为右威卫录事参军，到节度使幕府任掌书记。

人们将要离开自己多年居住的地方，告别亲友远走之际，不免会产
生一种依依惜别之情。岑参这时离开的是繁华的首都长安，诗有《行军
九日思长安故园》，诗中"故园"即指长安旧居。赴边路上备尝艰辛：
"一驿过一驿，驿骑如星流。平明发咸阳，暮及陇山头。陇水不可听，

呜咽令人愁。沙尘扑马汗，雾露凝貂裘。"旅途劳顿，边地荒远，诗人回首来路，不免被唤起对长安故园的眷怀之情。"龙钟"是沾湿淋漓的样子，指袖子被泪打湿了一大片。它夸张地写出了行人内心的冲动，是"泪不干"的形象说明。

三、四句点题，写途中遇到入京使者，委托捎口信的情况。此联全是行者的口吻；因为走马相逢，没有纸笔，也顾不上写信了，就请你口头上替我报告一下平安的消息吧！语气十分安详，洒脱。表面看来，这与诗前半部分感情很不一致，不协调。前半部分感情冲动，后半部分却平和安详；前半部分感情缠绵，后半部分却豪爽。其实二者是统一的。诗人的感情是复杂的，有两个方面，而其中主导的一面是赴边的决心和豪情。他的感情很丰富，却不脆弱，是坚忍的。他的泪是不轻弹之泪。

诗句谓不作家书，仅凭人传语；且言不及身边琐事、儿女之情，只道旅途平安。表面看来，这样做仅仅是因为"马上相逢无纸笔"的缘故。但在前半部分极写相思眷恋的情怀后，以"报平安"片语为口信全部内容，表现出的是一种对前途自信、乐观的态度，使人能体会到这样做不仅是"马上相逢无纸笔"的缘故，更重要的是诗人有广阔的胸襟和不凡的抱负。这种平静安详的口吻，表现的恰是豪迈大度。诵读起来使人觉得气势磅礴，心胸开阔。

李大钊诗"壮别天涯未许愁，尽将离恨付东流"，表现革命志士的豪情壮怀。虽言"壮别"，也并非没有"离恨""别愁"，但他以革命利益高于一切，故能毅然把它们尽付东流。仅从诗中表现的追求理想，勇往直前，战胜个人感伤的积极乐观的精神看，与岑参此诗有类似之处。马背吟诗，其豪迈可与横槊赋诗媲美。

（周啸天）

◇碛西头送李判官入京

一身从远使，万里向安西。
汉月垂乡泪，胡沙费马蹄。
寻河愁地尽，过碛觉天低。
送子军中饮，家书醉里题。

这首诗是岑参天宝八载（749）在安西四镇节度使高仙芝幕中，任右威卫录事参军、充节度使幕掌书记时所作。"碛西"即安西都护府，治所在今新疆库车附近。诗为送同僚李判官去京城长安之作。诗中描写了安西大漠的雄浑景色，寄寓着一片深情的乡思。

这首诗起得十分别致，本为送李判官入京，却先从自己从京入安西着笔。"一身从远使，万里向安西"，说自己在天宝八载受高仙芝之聘，不远万里，从长安来到安西。安西，在唐代是一个十分遥远、荒凉的所在，不少人视为畏途，而诗人却全然不顾这些，对这样遥远、荒凉的地方，他不仅敢于去，而且乐于去。在"一身"与"万里"的悬殊中，见出作者惊人而又超人的胆魄和勇气；同时，"一身"也包含离去家乡亲人之意，为下文写乡愁伏笔。"从""向"二字的连用，又表现出作者一往无前、义无反顾的气概。两句起得十分有力，着墨不多，但却内涵丰富而又形象鲜明，为下面具体描写安西情形作了自然的导引。

中间两联，是全诗的重点，作者着重写了来安西的所见所感。颔联，"汉月垂乡泪，胡沙费马蹄"，写夜间兼程赶路的情形。那在长安与家人见惯了的一轮明月，此时却遥挂在沙漠上，显得有几分愁惨，好像在对人垂泪一样。这里不说自己因对月思乡而垂泪，却反说明月对己垂泪，而自己的思乡之念，已形象地见于言外，这是透过一层，手法十分讲究。并且，这也是将明月拟人化，赋予无生命的月亮以活泼的人格，给在沙漠上行进的孤身一人作陪衬，使得天上地下的景物融成一片，遥相对应，别有情致。在夜中行进，那松软的沙子使坐骑格外吃力，"费马蹄"三字，既包含对马蹄的磨损，更有沙软难行之意，可见行进的艰难，但作者仍然奋进不息。接着，颈联一方面承接颔联，继续写行进，同时又一转，从夜间过渡到白天："寻河愁地尽，过碛觉天低。"这一联景象十分逼真、壮阔。沙漠又称瀚海，在那一望无垠、坦荡如砥的沙碛中，四望天地相接，十分辽阔、浩茫，这是何等雄伟的气象！上句用张骞出使西域寻找黄河源头的典故，意谓简直要走到天地的尽头。通过沙漠时，觉得天也格外低矮了。这里面，既有对旅途艰辛的描写，但更多的却是从一个刚由内地来到西北边陲的人的眼中，以惊愕的神情，来描写那未曾见过的新奇而阔大无比的景象，其中饱含着作者对新鲜生活的追求和对边疆的热爱，充满着由衷的激情。这两联虽有"汉月垂乡泪""寻河愁地尽"的伤感和愁苦，但总的精神却是积极向上的，读来一点也不沉闷，反倒觉得气势格外雄浑。

　　通过这样的层层转接，对万里西行的铺叙、描写，诗情如九曲回环的长江注入东海一样，最后终于写到了给李判官送行，将题目点清："送子军中饮，家书醉里题。"然而，这最后的送行也写得不同一般，饶有特色。首先，绝没有悲切之语，而是在军帐中与李判官痛饮，使临行前的聚会，充满着振奋人心的豪壮气概。其次，作者也没有写旅途珍重之语，因为本诗前三联已经叙述了自己西行的种种情形，而李判官的东归，也是顺着这一条路线，上面的描写中已经暗含旅途艰难、须多保重之意，这里无须再作赘语了。此外，作者此时更多的倒是想到了自己远在长安的家人。他万里西行之后，那久已蕴蓄于心的深切乡思，此时一经李判官入京的触发，如火山喷发一样不可遏止，于是就趁痛饮酒酣之时，在军帐中写信，将心中的万语千言写出，托李判官带回长安家中。"家书醉里题"，一方面表现出作者在醉中仍然没有忘记家乡和亲人，可见乡思之切、之深；另一方面也极为形象地表现了作者在醺然中挥毫疾书、下笔不能自休的情景。一股豪气充满军帐，激荡在全诗的字句中，给读者以深刻的感受。

全诗气魄沉雄，在远行的豪情中有思乡的清泪，在艰辛的磨难中又表现出勇猛奋进的精神。而这些，都是通过对安西新奇而特有的景物的描写，曲折表现出来的。其中，"寻河愁地尽，过碛觉天低"，堪称情景俱佳，为一篇之警策。诗句朴实无华，如从胸中流出，但又耐人咀嚼，情韵无限，使这首诗成为岑参边塞诗中的佳作之一。

（管遗瑞）

◇献封大夫破播仙凯歌六章（录二）

蕃军遥见汉家营，满谷连山遍哭声。
万箭千刀一夜杀，平明流血浸空城。

暮雨旌旗湿未干，胡烟白草日光寒。
昨夜将军连晓战，蕃军只见马空鞍。

对岑参影响最大的人物，应该数封常清。一个瘦瘠跛足的残疾人，凭其谋略战功，迅速升迁，做到安西四镇节度使摄御史大夫兼北庭都护、伊西节度使、瀚海军使，这种传奇般的经历，为唐史所罕见。他博得好奇诗人岑参的钦仰崇拜，是理所当然的。岑参入封常清幕后，为其创作过多篇颂歌，其中不少诗篇成为诗人平生得意之作，除《走马川行》《轮台歌》外，这组《献封大夫破播仙凯歌》（后称《破播仙凯歌》）也是很突出的作品。封常清破播仙（在今新疆且末）事，与同年稍前西征事，史传失载。据岑诗则可补这一阙文。战事当在天宝十三载（754）五月，破播仙则在冬日（详闻一多《岑嘉州系年考证》）。《破播仙凯歌》前四首写凯旋，这里所录为后两首，则追叙战斗情形，"蕃军遥见汉家营"一首最有个性特色，是边塞诗中少有的剽悍之作。

从"蕃军遥见汉家营"及组诗其二的"营幕傍临月窟寒"，可知战前呈两军对垒的形势。从组诗末首的"暮雨旌旗湿未干"，则可知战事告捷有赖雨夜偷袭的成功。"满谷连山遍哭声"则应是夜袭时的实况：蕃兵从睡梦中惊起，已是杀声震天，战场一片鬼哭狼嚎。不过诗人没有完全按实况的顺序安排，而小作腾挪，将这遍地哭声安排在对垒句后，这就产生了一种先夺其斗志的效果。而夺志比夺帅，更是兵家之大忌。唐军决胜，已无待于接仗了。

后二句采用放笔直干的写法，展现夜袭的激烈战斗场面，字里行间充满刀光剑影。"万箭千刀一夜杀"，句中连用三个数目字，露骨地描写了战争的激烈和厮杀的残酷无情。"一夜"云云，就一战而言不可谓短，可见是一场恶战；就整个战役而言又是速决，具有迅雷不及掩耳之势。最后，是一个令人发怵的诗句："平明流血浸空城。"从组诗其四"千群面缚出蕃城"的擒生场面看，唐军尚未野蛮到屠城的程度。实际情况可能是战血和雨水相掺和，红成一片。但在"一夜杀"三字后，推出"流血浸空城"的"镜头"，就产生了一种骇人听闻的感觉。在前句杀声哭声震天的描写后，出现这个红色恐怖画面，又产生了死一般沉寂的感觉。

"乃知兵者是凶器，圣人不得已而用之。"（李白）唐代诗人写边塞战争，大都着眼于安边，而反对滥用武力。王昌龄写一场大战是："大将军出战，白日暗榆关。三面黄金甲，单于破胆还。"（《从军行》）网开一面，自是仁者之师，作者温柔敦厚之意亦见。这种写法，对于有意造奇并追求强刺激的诗人岑参来说，就不够味了。这个个性突出的诗人，他的同情不肯给予弱者，他是极端的英雄主义的歌手。兴会所至，不惜用狂热笔调，歌颂征服，歌颂铁和血的无情，展示出血淋淋的"镜头"。这不免有宣扬暴力之嫌，不宜提倡，但就其突破温柔敦厚的诗教，为诗歌避免过于甜熟的努力而言，这种燥辣的写法，也并非毫无可取。

"暮雨旌旗湿未干"一首在写法上，较接近盛唐人共有的风貌。它采取了"正面不写写旁面"的办法，通过战斗结束后的天明时分，战场上失主的胡人战马"空鞍"，来暗示战斗的激烈，显得含蓄蕴藉得多。"暮雨旌旗湿未干"与"平明流血浸空城"比较，都用"湿"的形象，显示出战事刚刚结束，杀气尚未全消。然而，不露半点烟火气和血腥味，爱好和平的读者，在心理上更容易接受。

（周啸天）

◇赵将军歌

九月天山风似刀，城南猎马缩寒毛。

将军纵博场场胜，赌得单于貂鼠袍。

冬日，西线无战事，诗写军中博戏，却巧含暗喻。

此诗须和李白《送外甥郑灌从军三首》其一参读，方知其别趣。李诗云："六博争雄好彩来，金盘一掷万人开。丈夫赌命报天子，当斩胡头衣锦回。"两诗之同，在以博喻战争。以博喻战争，与以棋局喻战争一样，自是妙喻。

岑参此诗中那个称雄赌场、手气极佳的将军，想必在战场上也运气不坏。"场场胜"，是个常胜将军，是今日的赌神，他日的战神。末句最有意味，纵博场上用来下注的"单于貂鼠袍"，不正是将军部属的战利品吗！不正是将军常胜的一个物证吗！

诗于将军，不写其沙场英姿，而写其赌场风采，何等地举重若轻！读者似乎看见了赵将军手提大刀，刀尖上挑着一领单于貂鼠袍，拍马而回的飒爽英姿。再看前二句描写的严酷环境，更觉其潇洒难得。其人的英勇善战，已见于不言之中，这就是绝句侧面微挑、偏师取胜的办法。相形之下，"报天子""衣锦回"的写法，挑得太明，却略逊一筹。

（周啸天）

●戴叔伦（732—789），字幼公，一作次公，润州金坛（今江苏常州市金坛区）人。早岁师事萧颖士，安史之乱中避地鄱阳。代宗初为秘书省正字，入刘晏幕。德宗建中元年（780）出为东阳县令，四年入江西节度使幕为判官。兴元元年（784）为抚州刺史，翌年封谯县开国男。贞元间授容州（今广西容县）刺史、容管经略使兼御史中丞。

◇塞上曲二首（录一）

汉家旌帜满阴山，不遣胡儿匹马还。
愿得此身长报国，何须生入玉门关。

历代边塞诗中写到玉门关的作品有不少，如王之涣《凉州词》"羌笛何须怨杨柳，春风不度玉门关"，王维《从军行》"青海长云暗雪山，孤城遥望玉门关"，李白《关山月》"长风几万里，吹度玉门关"等。

为什么玉门关能得到众多作家的青睐呢？玉门关位于今敦煌城西北约九十公里处，西汉汉武帝时期正式建立，到宋以后逐渐废止。在这个漫长的历史过程中，因为独特的地理位置，它不仅肩负着边塞要隘的重任，更是中国古代通往西域的重要门户。它北依天山余脉，南接阿尔金山，汉代"丝绸之路"从长安出发经河西走廊到敦煌后就分成南北两道，它就是北道的出发点，张骞两度出使西域都从玉门关出发。而且关内与关外截然不同的自然景观使关口成为征人心目中的生死界地。以上原因使玉门关成为历代诗人歌咏最多的雄关之一。

不少描写玉门关的诗歌或重在表现边塞景色的荒凉与苍茫，或抒发出关以后生死两渺茫的慨叹，而本诗却无一丝悲凉哀怨之意，而是以明快的格调、豪迈的气势展现雄壮的战斗场面和将士们的英雄气概。

首句是借汉写唐代战斗场面的实景，一个"满"字用夸张的手法写出了唐军盛大的气势与规模。第二句则表达将士们誓死杀敌的决心。末两句借用了东汉班超的典故——班超出使西域三十余年，年老时思归乡里，上书言："臣不敢望到酒泉郡，但愿生入玉门关。"班超三十余年驻守西域，老而思乡求返，这本无可厚非。此诗反其意而用之，慷慨表示愿意坚决抵抗敌人，生死亦置之度外。作者在这里也许并无苛责班超之意，只是借用成句表达戍边安疆、以死报国的拳拳之心，有"壮士一去兮不复还"的豪迈而无其悲凉。

全诗以极为浅显通俗的语言直抒胸臆，风格刚健，表达了强烈而感人的报国之心，成为脍炙人口的传世之篇。

（郭扬波）

◇调笑令

边草，边草，边草尽来兵老。山南山北雪晴，千里万里月明。明月，明月，胡笳一声愁绝。

《调笑令》在形式上对复叠修辞有特殊要求，又名《转应曲》。形式上限制较多，内容上则较难舒展。倘能因体制宜，做到笔意回环，音调婉转，有助内容的表达，才是佳作。后面所选韦应物"胡马"之作与戴叔伦此词，都是上乘的作品。

此词开篇的叠句以景物起兴，"边草，边草"，使读者在咏叹声中恍若置身沙塞，看到一片衰草连天的苍茫景象。紧接用顶真的修辞格写出下句。"边草尽来"四字使上述景象一扫而空，就像换了镜头，由秋景转为冬景，使人如见北风卷地、白草尽折的塞上严冬景色。虽只写"草尽"，边塞士兵的处境较往常更加苦寒，也不言而喻，这一句末的"兵老"二字概括性极强，含有"万里长征战，三军尽衰老"（李白《战城南》）十字的内容。看来"草尽"与"兵老"之间还有一层象喻关系，使人联想到"边人涂草莱"（陈子昂《感遇》）、"白骨已枯沙上草"（沈彬《吊边人》）一类沉痛的诗句，从而暗示了词的主题思想乃在同情士卒和非战。

"山南山北雪晴，千里万里月明"两句描绘了边塞严冬之夜的一种特殊情景。"山南山北""千里万里"的复叠，展示出边地山川的广漠。这里是冰雪统治的世界，"雪晴"的天气比下雪更冷，何况又是夜晚。同时雪光的映射，也会使人难以成眠，何况又值"月明"之夜。于是这两句不但画出了边塞之夜月雪并明的奇异风光，而且字里行间已酿足了失眠的戍卒们乡思的情绪。

紧接"明月，明月"的"转应"唱叹，真是意味无穷。"明月"这意象在古典诗歌语汇中是蕴含着乡思、相思等多重意蕴的，这两字虽是"月明"的颠转，但在表现士卒的乡思情绪方面就更加明确，进了一步。词人并未到此为止，他继续采用加倍的手法，写到"胡笳"。关于这种边地管乐器的音调与效果，唐代著名边塞诗人岑参写道："君不闻胡笳声最悲，紫髯绿眼胡人吹。吹之一曲犹未了，愁杀楼兰征戍儿。凉秋八月萧关道，北风吹断天山草。昆仑山南月欲斜，胡人向月吹胡笳。……边城夜夜多愁梦，向月胡笳谁喜闻！"（《胡笳歌送颜真卿使赴河陇》）可见胡笳的声音听起来是凄楚的，而边地习俗又多在月夜吹奏，对于边地士卒的心理有一种特殊的刺激，使他们怀念起乡土与亲人，为归期无日而感到哀怨"愁绝"了。

在唐人边塞诗中，写士卒望月闻乐而思家的，不乏佳作，如李益《夜上受降城闻笛》情景就与此词极为相近。但《调笑令》却别有风味，不同于绝句，戴叔伦充分发挥了词调形式上的特点，一开头就是"边草，边草……"三次叠用，与后面的"……月明。明月，明月"的转应，和中幅"山南山北""千里万里"的复叠，构成一种回环的笔意、婉转的旋律，大有助于词中怨情的抒发，读来特别回肠荡气。

（周啸天）

●韦应物（737—791），唐京兆万年（今陕西西安）人。出身关中望族，玄宗天宝十载（751）以门资恩荫入官为三卫郎。肃宗乾元元年（758）进太学，折节读书。代宗广德元年（763）为洛阳丞。大历九年（774）为京兆府功曹。德宗贞元中曾任左司郎中，世称韦左司。在此前后曾任滁州、江州、苏州刺史，世称韦江州、韦苏州。有《韦苏州集》。

◇调笑令二首（录一）

胡马，胡马，远放燕支山下。跑沙跑雪独嘶，东望西望路迷。迷路，迷路，边草无穷日暮。

此调一名《宫中调笑》，一名《转应曲》，一般以咏物名开始，此词即从"胡马"咏起。

自汉代以来，国中一向推西北地区所产的马匹最为骁腾精良，杜甫咏"房兵曹胡马"道："竹批双耳峻，风入四蹄轻。所向无空阔，真堪托死生。"此词以"胡马，胡马"的叠语起唱，赞美之意益然，能使人想象名马的神情，为全词定下豪迈的基调。"燕支山"，在今甘肃北部，绵延祁连、龙首二山之间，是水草丰美的牧场，亦是古时边防要地。词中地名虽属想象，初非实指，但"燕支山下"，天似穹庐，四野茫茫，写入词中实有壮美之感。加上"远放"二字，更觉景象辽远而又真切。"远放燕支山下"的应是成群的马。时值春来，虽然残雪未消，却是"牧马群嘶边草绿"（李益《塞下曲》），这情景真有无限的壮丽。

草原是那样阔大，马儿可以尽情驰骋，偶尔失群者不免有之。三、四句由仄韵转换为平韵，集中刻画一匹日暮失群的骏马的情态。它抖鬃引颈而独嘶，大约是呼唤远去的伙伴；它焦灼地踱来踱去，四蹄刨起沙和雪（"跑"读作刨，刘商《胡笳十八拍》"马饥跑雪衔草根"），显得彷徨不安；它东张西望，一时却又辨不清来路。这动态的描写极为传神，可谓状难写之景如在目前。仅仅这样说还不足尽此二语之妙，本来马是极具灵性的动物，善跑路亦善识路，不应当迷失方向，但作者却将此反常情事通过具体景象写得极为可信：沙雪无垠，边草连天，空旷而迷茫，即使是马也不免"东望西望路迷"。这就通过骏马的困惑，写尽了草地风光的奇特，堪称神来之笔。从来都说"老马识途"，不道良马也有迷途的时候，这构思既独到而又完全得于无意之中，故尤觉隽永入妙。

"迷路，迷路"，是"路迷"二字倒转重叠，转应咏叹，本调定格如此，颇得顿挫之妙，不仅是说马，而且是对大草原的惊叹赞美，正是在这样充分酝酿之后，推出最后壮阔的景语："边草无穷日暮。"此句点出时间，与前面的写景融成一片：远山、落照、沙雪、边草……其间回荡着独马的嘶鸣，境界阒寂而苍凉，豪迈而壮丽。

现存《调笑令》，以此词为较早。二言与六言相间，凡三换韵，笔意回环，音调婉转。从意境说，此词与一般咏马之作不同，它不拘于马的描写，而意在草原风光；表面只咏物写景，却处处含蕴着饱满的激情。

（周啸天）

●李益（746—829），字君虞，郑州（今属河南）人。代宗广德二年（764）凉州陷于吐蕃前，随家迁居洛阳。大历四年（769）进士及第，六年登制科举。大历九年到贞元十六年（800）间，在唐王朝连年举兵防秋的形势下，辗转入渭北、朔方、邠宁、幽州节度使等幕府，长期从戎。有《李益集》。

◇登夏州城观送行人赋得六州胡儿歌

六州胡儿六蕃语，十岁骑羊逐沙鼠。沙头牧马孤雁飞，汉军游骑貂锦衣。云中征戍三千里，今日征行何岁归？无定河边数株柳，共送行人一杯酒。胡儿起作本蕃歌，齐唱呜呜尽垂手。心知旧国西州远，西向胡天望乡久。回身忽作异方声，一声回尽征人首。蕃音虏曲一难分，似说边情向塞云。故国关山无限路，风沙满眼堪断魂。不见天边青作冢，古来愁杀汉昭君。

夏州，唐属关内道，治所在朔方，即今陕西省靖边县红墩界镇白城则村，南距长安约五百公里。这是诗人在德宗建中二年（781）从军朔方后，登上夏州城楼，观看欢送征人回内地之作。诗歌的核心是要表现流徙到夏州居住的"胡儿"（这是当时用语，泛指突厥、吐蕃等少数民族）对遥远的家乡的深切思念，作者集中笔墨描写欢送征人回乡的情景，通过汉族征人的有家可回，来衬托"胡儿"的无家可归，使无尽的乡思被表现得十分婉曲、深厚而又凄苦。这在唐代的边塞诗中，无疑是具有鲜明特点的作品之一。

首先，是交代环境，酝酿情绪。从"六州胡儿六蕃语"到"今日征行何岁归"六句，写出了夏州边地蕃、汉杂处的特有风情，引出汉族征人思家之念。开始两句就给人以十分新奇有趣之感。在夏州这个地方，向有"六州"即"六胡州"之称，《元和郡县志·关内道》："调露元年于灵州南界置鲁、丽、含、塞、依、契等六州，以处突厥降户，时人谓之六胡州。"从今新疆、青海、内蒙古等广大区域迁来的各种少数民族，大家混居在一起，语言各不相同（"六蕃语"，是对各少数民族语言的统称），听起来别有情趣。这是诗人在城上所闻。再放眼一望，那就更新鲜了：十来岁的小"胡儿"正骑着羊在野地里追赶"沙鼠"（兔类小动物），那机灵可爱、欢呼呐喊的情景，多么活泼有趣，真叫人绝倒。再看远处，在河边沙滩上，穿着貂皮锦衣的汉军游骑正在牧马，空中飞着失群的孤雁，时而传来凄厉的叫声。此时，诗人不禁想到，到这极远的边地（"云中"，本在内蒙古，此泛指边地）防守的汉军征人，不知要到何年才能回归内地的故乡啊！这六句，写景生动活泼，形象如画，中间用"孤雁飞"这个富有特定含义的意象巧妙过渡，使思乡之情油然而生，引发得十分自然，这就为下文的送行场面作了环境和情绪的铺垫、烘染。

其次，是刻画形象，反衬对比。从"无定河边数株柳"到"一声回尽征人首"，写城下送行场面，通过对比，反衬出"胡儿"的望乡深情。诗人看到，在河边（"无定河"是黄河中游的支流，在陕西北部）柳荫下，人们正在为将要回乡的汉军征人饯行，有的折柳相送，有的正在一杯一杯地劝酒；那朝思暮想"今日征行何岁归"的征人，现在居然有了回乡的机会，怎不高兴万分，饯行的场面自然十分欢乐、热烈。
"胡儿"也深受感动，齐声用蕃语唱起呜呜的歌，还跳起垂手舞来，使
饯行的热烈情绪达到高潮。但就在"胡儿"们唱歌、跳舞时，他们也想
到了自己的家乡，不觉驻足停口，久久凝望着遥远的故乡"西州"（在
今新疆），并且转身用家乡的方音同乡友们诉说起思乡之念。此时，饯
行的场面陡然从热烈转为悲伤，那兴高采烈地准备回乡的汉军行人也回
过头来，陷入凄苦的沉思之中。这一段，作者通过场面的渲染，通过一
连串富有特征性的动作，先是刻画汉军行人和"胡儿"欢天喜地的形
象，然后中间突然一跌，用汉军行人的兴奋引出"胡儿"内心的痛苦，
用热闹的送行场面来反衬"胡儿"们望乡的凄苦，造成强烈对比，把
"胡儿"们有乡归不得的更为深切的思念，表现得十分沉痛。

再次，深层揭示，发抒感慨。从"蕃音胡曲一难分"到最后"古来
愁杀汉昭君"，紧接第二段，深入揭示了"胡儿"们向往故乡的情思，
表示了作者深长的感叹。在上一段"一声回尽征人首"的戛然而止之
后，显然，送行的歌舞还是重新开始了，"胡儿"们又唱起歌来，那突
然中断的热烈情绪，终于又恢复了，但"凄凄不似向前声，满座重闻皆
掩泣"（白居易《琵琶行》），那声声"胡曲"全然变成了诉说乡情的
"蕃音"，散在空中，飘向塞云。然而，关山万里，风沙满眼，他们
又怎么能回得去呢，只有空自望乡断魂而已。这当中，表现出作者对
他们的无限同情。最后，作者用西汉王昭君出塞客死异邦，死后坟
上长满青草，以表示对故乡的思念的故事，来表示感慨，意思是说，
汉人有流落异地终究不归的，而"胡儿"也有流落汉区回不去的，
彼此都是一样，你们怕是永远也回不了家乡啊！作者在这样深沉的感
叹中，表现了对少数民族人民亲切友好之意，对他们长期漂流异乡生
发了由衷的同情。中间的描写、叙述，也把他们摆在与汉人同等的位

置，亲密相处，形同一家，绝无轻蔑、贱视之意。

全诗在结构上大起大落，开合动荡，但又转接自然，妙合无痕，体现出作者高超的构思技巧。特别是情景交融的描述，富有浓郁边地情调的生动形象的刻画，字字扣动读者的心扉，读来感人至深。

（管遗瑞）

◇度破讷沙二首（录一）

破讷沙头雁正飞，鸊鹈泉上战初归。
平明日出东南地，满碛寒光生铁衣。

诗题一作《塞北行次度破讷沙》。据说唐代丰州有九十九泉，在西受降城北三百里的鸊鹈泉号称最大。唐宪宗元和初，回鹘曾以骑兵进犯，与振武节度使驻兵在此交战。诗当概括了这样的历史内容。"破讷沙"系沙漠译名，亦作"普纳沙"（《新唐书·地理志七》）。

前两句写部队凯旋渡过破讷沙的情景。从三句始写"平明日出"可知，此时黎明尚未到来。军队夜行，"不闻号令，但闻人马之行声"，时而兵戈相拨，偶有碰撞的声音。栖息在沙上的雁群，却早已警觉，相唤腾空飞去。"战初归"乃正写"度破讷沙"之事，"雁正飞"则是其影响所及。先写飞雁，未见其形先闻其声，造成先声夺人的效果。两句与卢纶《塞下曲》"月黑雁飞高，单于夜遁逃"，机杼略同，匠心偶合。

不过，"月黑雁飞高"用字警策，烘托出单于的惊惶；"雁正飞"

措辞从容，显示出凯旋者的气派：彼此感情色彩不同。三句写一轮红日从地平线喷薄而出（因人在西北，所以见"日出东南"），在广袤的平沙之上，行进的部队宛如游龙，战士的盔甲银鳞一般，在日照下冷光闪闪，而整个沙原上，沙砾与霜华也闪烁光芒，鲜明夺目。

这是何等壮观的景象！风沙弥漫的大漠上，本难见天清日丽的美景，而现在这样的美景竟为战士而生了，而战士的归来也使沙原增辉：仿佛整个沙漠耀眼的光芒，都自他们的甲胄发出。这又是何等光辉的人物形象！这里，境与意，客观的美景与主观的情感得到高度统一。

清人吴乔曾说："七绝乃偏师，非必堂堂之阵，正正之旗，有或斗山上，或斗地下者。"（《围炉诗话》）此诗主要赞颂边塞将士的英雄气概，不写战斗而写战归。取材上即以偏师取胜，发挥了绝句特长。通篇造境独到，声情激越雄健，是盛唐余响。

（周啸天）

◇塞下曲四首（录一）

蕃州部落能结束，朝暮驰猎黄河曲。
燕歌未断塞鸿飞，牧马群嘶边草绿。

唐代边塞诗不乏雄浑之作，然而毕竟以表现征戍生活的艰险和将士思乡的哀怨为多。即使一些著名的豪唱，也不免夹杂危苦之词或悲凉的情绪。当读者翻到李益这篇塞上之作，感觉便很不同，一下子就会被那天地空阔、人欢马叫的壮丽图景吸引住。它在表现将士生活的满怀豪情和反映西北风光的壮丽动人方面，是比较突出的。

诗中"蕃州"乃泛指西北边地（唐时另有蕃州，治所在今广西河池市宜州区，与黄河不属），"蕃州部落"则指驻守在黄河河套（"黄河曲"）一带的边防部队。军中将士过着"岁岁金河复玉关，朝朝马策与刀环"的生活，十分艰苦，但又被磨炼得十分坚强骁勇。首句只夸他们"能结束"，即善于戎装打扮。通过对将士们英姿飒爽的外形描写，表明其善战已不言而喻，所以下句写"驰猎"，不复言"能"，而读者自可神会了。

军中驰猎，乃是一种常规的军事训练。健儿们乐此不疲，早晚都在操练，做好随时迎敌的准备。正是"为报如今都护雄，匈奴且莫下云中"（同组诗其四）。"朝暮驰猎黄河曲"的行动，表现出健儿们慷慨激昂、为国献身的精神和决胜信念，句中饱含作者对他们的赞美。

这两句着重刻画人物和人物的精神风貌，后两句则展现人物活动的辽阔背景。西北高原的景色是这样壮丽：天高云淡，大雁群飞，歌声飘荡在广袤的原野上，马群在绿草地上撒欢奔跑，一片生气蓬勃的气象。

征人们唱的"燕歌"，有人说就是《燕歌行》的曲调。目送远去的飞雁，歌声里诚然有北国战士对家乡的深切怀念。然而，飞鸿望断而"燕歌未断"，这开怀放歌中，也未尝不包含歌唱者对边地的热爱和自豪情怀。如果说这一点在三句中表现得尚不明显，那么读末句就毫无疑义了。

"牧马群嘶边草绿"，在赞美西北边地景色的诗句中，它几乎可与"风吹草低见牛羊"的奇句媲美。"风吹草低"句是写高原秋色，所以更见苍凉；而"牧马群嘶"句是写高原之春，所以有油然生意。"绿"字下得绝佳。因三、四对结，上曰"塞鸿飞"，下对以"边草绿"，可见"绿"字是动词化了。它不仅写出了一片绿油油的草色，而且写出了

"离离原上草"由枯转荣的变化，暗示春天不知不觉又回到了草原上。这与后来脍炙人口的王安石的名句"春风又绿江南岸"，都以"绿"字见胜。在江南，春回大地，是啼鸟唤来的。而塞北的春天，则由马群的欢嘶来迎接。"边草绿"与"牧马群嘶"连文，意味尤长：似乎由于马嘶，边草才绿得更为可爱。诗句所以有味。

（周啸天）

◇夜上受降城闻笛

回乐烽前沙似雪，受降城外月如霜。
不知何处吹芦管，一夜征人尽望乡。

李益早年由于官场失意，曾浪游燕赵一带，并在军中供职。在那个连年征战的时代，他对边塞生活有亲身体验，这成为他诗作的突出题材。他的边塞题材的七言绝句，当时就被谱入管弦，广泛流行。后人一直认为他可以比肩李白、王昌龄。

"受降城"是武则天景云年间，朔方军总管张仁愿为抵御突厥的入侵而筑的，共三座。中城在朔州，西城在灵州，东城在胜州。诗中提到的"回乐（县）"，故城位置在今宁夏灵武西南。据此，这里的受降城当指西城。杜甫有"韩公（指张仁愿）本意筑三城，拟绝天骄拔汉旌"的诗句，可见筑城原是为了国防。然而安史之乱后，征战频仍，藩镇割据，国防力量削弱，杜甫已有"胡来不觉潼关隘"的叹息。到李益时，局面不但没有好转，政治危机反而进一步加深，边疆也不得安宁。战士长期驻守，无法还乡，厌战情绪普遍。

诗的一、二句写登楼所见。万里沙漠和矗立的烽火台，笼罩在朦胧的月色里。月照沙上，白茫茫仿佛积雪，城外地面也像铺上一层白灿灿的霜，令人凛然生寒。边塞景象与内地迥然不同。江南秋夜，月白风清；而塞外尘沙漫天，连月夜也是昏惨惨的。在久戍不归的兵士心中，该会唤起怎样的感情？背井离乡，独为异客的人，明月往往唤起他对亲友的思念；而由月光联想到冰霜，更增添几分寒意。这不仅仅是一种视觉的错乱，更是一种心理作用。

这两句除掉地名方位，写景就在六个字——"沙似雪""月如霜"，却似图画一样生动、鲜明，使人如身临其境，感受到边塞大漠月夜全部的苍凉。诗人何以能以极简的笔墨造成丰富的形象呢？这是因为语言艺术塑造形象，不同于绘画，它不是像绘画那样详尽到每一个细节；其塑造形象是依靠语言典型化的作用，因而比之绘画，具有更大概括性。它抓住对象最有特征的细节予以刻画，往往可以收到事半功倍的效果。契诃夫曾说过：如果能写好一个碎玻璃的反光等等，就能写出整个月夜。诗人抓住"沙似雪""月如霜"这样最有边塞特征的景色，就把整个塞上的单调、凄凉气氛表现出来了，达到了最经济的语言效果。

第三句写登楼所闻，紧承上两句而来。登楼者对着凛然生寒的大漠月色，难以禁受时，寒风忽然吹来一阵凄怨的笛声。"芦管"本是胡笳别名，但诗题已明说"闻笛"，可见此处"芦管"指的就是笛。因为在荒漠的景色中，诗人听到的笛声，萧瑟凄凉，如怨如慕，如泣如诉，简直与呜咽哀怨的胡笳声相似。夜里寂静，而夜晚人的听觉最敏锐，因此，夜声给人的印象也最深，造成的心理影响特别大。笛声随风而至，时断时续，所以说"不知何处"。这同时也表明登楼者在仔细倾听，心弦绷得更紧。

前三句对塞景边声的渲染，直接引起第四句。这句抒情，妙在一个"尽"字，诗人并不就此把思乡之情局限于一身，而是推及所有的"征人"，和《从军北征》所谓"碛里征人三十万，一时回首月中看"一个意思。诗人心事浩茫，想道：此夜塞上何处无月？何处无征人？谁看到这如霜的月光不思家？谁听到这幽怨的笛声不下泪？厌战思归的心理，何止登楼者一人而已！这一个"尽"字，就把诗境大大深化，不但渗透诗人深刻的生活体验，而且容纳了丰富的社会现实内容，使诗歌艺术形象升华，获得了典型性。

（周啸天）

◇从军北征

天山雪后海风寒，横笛偏吹行路难。

碛里征人三十万，一时回首月中看。

这首诗作于德宗贞元元年（785）至四年诗人在朔方军节度使杜希全幕中时，抒写征人怀乡之情，气象开阔，与盛唐边塞诗不同者，是略含苍凉悲慨，是李益边塞七绝的代表作之一。

"天山雪后海风寒"以下二句，写北方将士雪后行军的艰辛。"天山"是世界七大山系之一，呈东西走向，在中国境内占新疆面积约三分之一，海拔很高，常年积雪。"海风"指青海湖方向刮来的风。上句写雪后风寒，以见行军天气的恶劣，甚得物理（雪后必降温）。七个字就将地缘、季节、气候交代清楚。下句"横笛偏吹行路难"，不直接说将士行军之难，而通过哀怨的笛声、笛曲名《行路难》来暗示，语极含蓄耐味。"偏吹"一作"徧（遍）吹"，是形近致误。"偏"是不该，却故意的意思。这就把笛声拟人化了，好像天气故意与行军将士作对，而笛曲又故意赶来加码，具有强烈主观色彩的表达，诗味由此而生，故作"偏"字佳。

"碛里征人三十万"以下二句，写笛声引发戍边战士的思乡之情，难以抑制。这两句极具艺术张力和感染力，来自三个方面：一是"征人三十万"，是借大口气、借大数目字而且是一个整数，不需要任何统计依据的支撑，诗人凭常识、感觉和主观臆测，说得这样信心满满、不容辩驳，说三十万就是三十万，读来极有味道。二是"一时回首"，说得那么肯定，仿佛笛声就是命令，三十万人在做一个规定的动作，读者非但不以为不真实，反而击节叫好，认为诗就该这么写！三是在听觉（笛声）意象上，再加视觉元素——明月、月光，这可是表达乡愁的意象。于是"月中看"三字，就给三十万人的思绪以定位，那就是思念故乡。事实上，叫驻守边关的三十万将士，在同一时刻抬起头来望着东升的月亮，是做不到的。然而诗人的本领就在于使在生活中做不到的事，在诗中铁板钉钉，这就是生活真实与艺术真实的区别。清人黄生评："'回首'望乡也，却藏一'乡'字。闻笛思乡，诗中常事，硬说三十万人一时回首，便使常意变新。"（《唐诗摘钞》）

李益不愧为李白、王昌龄之后最优秀的绝句诗人，这首诗的音节响亮，情思悱恻，尽得征人意态，其风神不减龙标。他的《夜上受降城闻笛》写道："回乐烽前沙似雪，受降城外月如霜。不知何处吹芦管，一夜征人尽望乡。"与此诗同一机杼（月光、乐声、人尽望），然不能相互取代。清人施补华说："'天山雪后'一首、'回乐烽前'一首，皆边塞名作，意态绝健，音节高亮，情思悱恻，百读不厌也。"（《岘佣说诗》）胡应麟认为"七言绝，开元之下便当以李益为第一"（《诗薮》）。虽说文（诗）无第一，但李益七绝成就之高，是得到历代诗家公认的。

（周啸天）

◇听晓角

边霜昨夜堕关榆，吹角当城汉月孤。

无限塞鸿飞不度，秋风卷入小单于。

　　这首诗抒写征人的边愁乡思，也是李益边塞七绝的代表作。题目是《听晓角》，又属于听乐有感一类。与《夜上受降城闻笛》《从军北征》具有同等的感染力，而又不能相互取代。从这几首诗大抵可以看到诗人运思的奥秘，主要表现在诗歌元素或意象的选取。

　　首句"边霜昨夜堕关榆"，出现第一个元素（意象）即霜雪，在此诗是"边霜"，在彼诗可以是"天山雪"，甚至可以是霜雪的变相如"沙似雪""月如霜"，总之是表现边塞气候的苦寒。第二个元素是边关，在此诗是"关榆"，古代关塞边常植榆树，因此"榆"也可以用指边关。众所周知，山海关即称"榆关"，"榆关"也可以泛指边关。不过此诗写的是西部边塞，又为入韵，所以是"关榆"。在别的诗中，可以是"受降城""回乐烽"，以及别的边塞地名，甚至可以是"碛里"，总之是交代空间的概念。而"昨夜堕"三字，则把这两个意象联系起来，成为诗句，表现出持续在时间上的过程：是边塞霜降的时节了，就像读到"天山雪后海风寒"一样，读者感到凛冽的寒气扑面而来。

次句"吹角当城汉月孤"，出现了第三个元素即边乐，在此诗是"吹角"，在彼诗则可以是"吹芦管"，或"横笛偏吹"，这是李益边塞七绝中最重要的意象，而且是听觉意象，就像音乐本身一样，能感染读者，读之如身临其境。"当城"是空间定位，表明角声是城上发出的。第四个元素即月亮，在此诗为"汉月"，在彼诗可以为"月中看"，或"月如霜"，这不仅是乡愁意象、视觉意象，而且代表着夜晚，与梦境、失眠、思家这些意念联系在一起。而形容月亮常用一个"孤"字，这是观察的实感，也是移情于物。

三句"无限塞鸿飞不度"，适时地出现了第五个元素即人物，在此诗变形为"塞鸿"，在彼诗直接是"征人"，并无本质的不同。加上数量的夸张，如"碛里征人三十万""一夜征人尽望乡"等等，或给出确切数目（三十万），或给出模糊概念（尽），在此诗中，"无限塞鸿"的"无限"犹言"无数""无穷"（诗人有"洞庭一夜无穷雁"句），也是模糊概念。这句诗与张若虚的"鸿雁长飞光不度"（《春江花月夜》），语义极为相近。张诗是说飞不出月光的领域，此诗是说飞不出辽阔的关山，均有暗示"行路难"之意。有了夸张，诗情更见充沛。而同一元素在不同诗中的变形，可见诗人艺术手段的丰富，绝不单调。

末句"秋风卷入小单于"，不再出现新的元素，而是对以上元素的复现和重温。"秋风"照应首句的"边霜"，是寒冷、悲凉的意象。《小单于》是唐代"大角曲"的曲调名，在彼诗中则可以是《行路难》，或《梅花落》，等等。《小单于》这个曲名有极强的边塞风情，而"单于"前加"小"字，似可解不可解，令人玩索不尽。而曲声之呜咽悲凉，则如助人雁之叹息。有人说，这首诗中只有一片角声回荡，一群塞鸿在盘旋，始终没有征人出场。正说明上述种种元素，在诗中已融为一片，意极浑涵。

前人点评："塞鸿闻角声尚不能飞度，况《小单于》吹入征人耳乎？与《受降城》一首相印。"（《唐诗别裁集》）又曰："鸿闻不度，人更何如？较《闻笛》《从军》之作，意更微妙。"（《唐人万首绝句选》）可资参考。

（周啸天）

●卢纶（约742—约799），字允言，河中蒲（今山西永济西南）人。代宗大历十才子之一。天宝末举进士不第。安史之乱时避地鄱阳，与吉中孚为林下之友。代宗大历初宰相元载取其文以进，授阌乡尉，迁集贤院学士。官至检校户部郎中。有《卢纶诗集》。

◇塞下曲六首（录三）

鹫翎金仆姑，燕尾绣蝥（máo）弧。
独立扬新令，千营共一呼。

此诗一题《和张仆射塞下曲》。张仆射，有的说是张延赏，有的说是张建封，总之是一位高级军事将领。诗共六首，分别写发号施令、射猎破敌、奏凯庆功等军事活动。这一首写军营整队发令，赞美了将军的威风和军容的严整，场面壮阔，声势浩大。

"卢纶较为特出的地方，是他长于在短篇绝句中为人物造像。"（周啸天《唐绝句史》）这首诗充分体现了这一特点。前两句用严整的对仗，精心刻画出将军威猛而又矫健的形象。"鹫翎金仆姑"，是写将军的箭。"金仆姑"，箭名，《左传》："乘丘之役，公以金仆姑射南宫长万。"箭用"金"制成，可知其坚锐，并且用一种大型猛禽"鹫"的羽毛（"翎"）来做箭羽，不仅美观，其发射后的迅疾有力，也可想而知。"燕尾绣蝥弧"，是写将军手执的旗帜。"绣蝥弧"，一种军中用作指挥的旗帜，《左传》："颍考叔取郑伯之旗蝥弧以先登。"这种像燕子尾巴形状的指挥旗，是绣制而成的，在将军手中显得十分精美。这两句并没有写将军的形貌，只是从他身上令人注目的弓箭、旗帜着笔，而将军的身影已经屹立在读者面前，这样衬托，也起到了画龙点睛般地描写形象的作用。诗中还点到"鹫"和"燕"两种飞禽，一以勇猛著名，一以轻捷见称，象征人物既有"鹫"的勇敢，也有"燕"的机灵，这是借物传神。通过这两句的描写、刻画，一位威武而又精明干练的军事将领的形象，从诗中跃然而出，给读者以强烈印象。

后两句就写发布新令。将军岿然独立，只将指挥令旗轻轻一扬，那肃立在他面前的千营军士，就齐声发出呼喊，雄壮的呐喊之声响彻云天，震动四野，显示出豪壮的军威。"独立"二字，使前两句中已经出现的将军形象更加挺拔、高大，并且与后面的"千营"形成极为悬殊的数字对比，以表明将军带兵之多，军事地位之显要，进一步刻画了将军的威武形象。那令旗轻轻一扬，就"千营共一呼"，在整齐而雄壮的呐喊声中，"千营"而"一"，充分体现出军队纪律的严明，以及将军平时对军队的严格训练，显示出了无坚不摧、攻无不克的战斗力。这一句看来好像平平叙述，但却笔力千钧，使这位将军的形象更为丰满，得到了完美而有力的表现。

在唐代最短小的近体诗——五言绝句中，描写场面如此壮阔、声势如此浩大的作品，极为少见。前两句是工对，在严整中力量内敛，后两句改为散句，将内敛的力量忽然一放，气势不禁奔涌而出。这一敛一放，在极少的文字中，包含了极丰富的内容，显现出极大的力量。

（管遗瑞）

林暗草惊风，将军夜引弓。
平明寻白羽，没在石棱中。

　　此为组诗的第二首，写将军夜猎，见树林深处风吹草动，以为有
虎，便弯弓猛射。天亮一看，箭竟然射进一块石头中去了。通过这一典
型情节，表现了将军的勇武。诗的取材，出自《史记·李将军列传》。
据载，汉代名将李广猿臂善射，在任右北平太守时，就有这样一次富有
戏剧性的经历："广出猎，见草中石，以为虎而射之。中石没镞，视之
石也。因复更射之，终不能复入石矣。"
　　首句写将军夜猎场所是幽暗的深林；当时天色已晚，一阵阵疾
风刮来，草木纷披。这不但交代了具体的时间、地点，而且制造了一

种气氛。右北平是产虎地区，深山密林是百兽之王猛虎的藏身之所，而虎又多在黄昏夜分出山。"林暗草惊风"，着一"惊"字，就不仅令人自然联想到其中有虎，呼之欲出，渲染出一片紧张异常的气氛，而且也暗示将军是何等警惕，为下文"引弓"做了铺垫。次句即续写射，但不言"射"而言"引弓"，这不仅是因为诗要押韵，而且因为"引"是"发"的准备动作，在"惊"之后，将军随即搭箭开弓，身手敏捷之至。

后二句写"中石没镞"的奇迹，把时间推迟到翌日清晨（"平明"），将军搜寻猎物，发现中箭者并非猛虎，而是石头，令人读之，始而惊异，既而嗟叹，原来箭头竟"没在石棱中"。这样写不仅更为曲折，有时间、场景变化，而且富于戏剧性。"石棱"即石头的棱角，箭头要钻入几不可想象。《史记》原文只说"没镞"，并没有说得这样具体。这一颊上添毫的笔墨，特别尽情够味，只觉其妙，不以为非。

清人吴乔曾形象地以米喻"意"，说文则炊米而为饭，诗则酿米而为酒（见《围炉诗话》），其言甚妙。因为诗须诉诸读者的情绪，一般比散文形象更集中，语言更凝练，更注重意境的创造，从而更令人陶醉，也更像酒。《史记》一段普普通通的文字，一经诗人提炼加工，便升华出如此富于艺术魅力的小诗，不正是化稻粱为醇醪吗？

（周啸天）

月黑雁飞高，单于夜遁逃。

欲将轻骑逐，大雪满弓刀。

此诗原列第三。它通过雪夜追击逃敌的情节，着重表现并热情歌颂了边防将士的不畏艰苦和英勇威武。

前两句写敌军趁夜遁逃。第一句"月黑雁飞高",极力烘托寒夜气氛:彤云密布,没有月光,是漆黑阴森的夜。"雁"点出季节。塞下秋来,寒风凛冽,下雪是不必待到隆冬的。夜空飞雁,是凭听觉感到的。雁的啼声从远空传来,"高"就表达出了这种实际的感觉。黑夜雁飞,是很反常的现象。因为雁群晚来投宿沙滩或芦塘,要白天再次降临才能继续远征。这种鸟儿十分警觉,一有动静即相呼而起。夜空惊雁的一笔,表明黑茫茫的夜幕正掩蔽着一个诡秘的军事行动,这就紧紧逼起下句:"单于夜遁逃"——乃是惊雁的原因了。"月黑雁飞高",既是赋,又兼有比兴作用。黑暗中作高空飞行的大雁,又是趁夜撤退的敌军的一种象征。

后两句,以一极有力的"欲"字领起,写警觉的边防军已洞察敌人的动静,即将以轻骑兵追击。这时气氛突变,一瞬间漫天大雪纷飞。出击的情形,战斗的后果,被诗人一概舍去,独取一个特写镜头——"大雪满弓刀":黑夜看不清人和马,雪光映射在战士们的刀剑上,发出凛凛冷光。所以在追兵中独见"弓刀",这是极真切的描写。由于前两句诗充分地烘托了气氛,第三句只用"轻骑逐"三字,便极含蓄地写出了战斗胜利在望的气势,写出了将士们勇猛追击的精神面貌。它使人联想到"将军金甲夜不脱,半夜军行戈相拨,风头如刀面如割""虏骑闻之应胆慑,料知短兵不敢接,车师西门伫献捷"等诗句。其所写将士坚毅的意志,昂扬的士气,决胜的信心,此诗与之毫无二致。第四句写临发时突如其来的大风雪,于行军不利,然而这正是将士们坚忍不拔、一往无前的英勇气概的有力衬托。这可说是诗中最精彩的一笔。从句式上看,以"欲将"领起二句,有意造成一种引而不发、欲擒故纵的气势,诵读起来音情摇曳,回肠荡气,语极豪放又含蓄不尽。追击成功与否,诗人不写,读者已心领神会了。

(周啸天)

◇逢病军人

行多有病住无粮，万里还乡未到乡。

蓬鬓哀吟古城下，不堪秋气入金疮。

此诗写一个伤病离役在还乡途中的军人，从诗题看可能是以作者目睹的生活事件为依据的。诗人用集中描画、加倍渲染的手法，着重塑造人物的形象。诗中的这个伤兵退伍后，很快就发觉等待着他的仍是悲惨的命运。"行多"，已不免疲乏；加之"有病"，赶路的人就越发难堪了。病不能行，便引出"住"意。然而住又谈何容易，离军即断了给养，长途跋涉中，干粮已尽。"无粮"的境况下多耽误一天多受一天罪。第一句只短短七字，写出"病军人"的三重不堪，将其行住两难、进退无路的凄惨处境和盘托出，这就是加倍手法的妙用。

次句承上句"行"字，进一步写人物处境。分为两层："万里还乡"是"病军人"的目的和愿望。尽管家乡也不会有好运等着他，但叶落归根，"病军人"不过是愿死于乡里而已。虽然"行多"，但家乡远隔万里，未行之途必更多，就连死于乡里那种可怜的愿望怕也难以实现呢。这就使"未到乡"三字充满难言的悲愤、哀怨，令读者为之鼻酸。这里"万里还乡"是不幸之幸，对于诗情是一纵；然而"未到乡"，又是喜尽悲来，对于诗情是一擒。这种擒纵之致，使诗句读来一唱三叹，低回不尽。

诗的前两句未直接写人物外貌，只闻其声，不见其人。然而由于加倍渲染与唱叹，人物形象已呼之欲出。在前两句铺垫的基础上，第三句进而刻画人物外貌，就更鲜明突出，有如雕像被安置在适当的环境中。"蓬鬓"二字，极生动地再现了一个疲病冻饿、受尽折磨的人物形象。"哀吟"直接缘于病饿，尤其是创伤发作。"病军人"负过伤（"金疮"），适逢"秋气"已至，气候变坏，于是旧伤复发。从这里又可知道其衣着的单薄、破敝，不能御寒。于是，第四句又写出了三重"不堪"。此外还有一层未曾明白写出而读者不难意会，那就是"病军人"常恐死于道路、弃骨他乡的内心绝望的痛苦。正由于有交加于身心两方面的痛苦，才使其"哀吟"令人不忍卒闻。这样一个"蓬鬓哀吟"的伤兵形象，作者巧妙地把他放在一个"古城"的背景下，其形容的憔悴，处境的孤凄，无异于十倍加剧，使人感到命如蝼蚁一样的他随时都可能在城边死去。

　　这样，通过加倍手法，有人物刻画，也有背景的烘托，把"病军人"饥、寒、疲、病、伤的苦难集中展现，"凄苦之意，殆无以过"（范晞文《对床夜语》）。它客观上是对社会的控诉，也流露出诗人对笔下人物的深切同情。

（周啸天）

●戎昱（约744—约800），荆州（今属湖北）人。少举进士不第，来往于长安、洛阳、齐赵、泾州、陇西之间。大历元年（766）春经剑门入蜀，次年东下至江陵，荆南节度使卫伯玉辟为从事。建中三年（782）一度为侍御史，次年出为辰州刺史。贞元七年（791）前后任虔州刺史。

◇塞下曲六首（录一）

北风凋白草，胡马日骎骎（qīn）。

夜后戍楼月，秋来边将心。

铁衣霜露重，战马岁年深。

自有卢龙塞，烟尘飞至今。

　　在唐代，边塞诗作很多，有的写气候的酷寒，有的写山势的险峻，有的写战斗的激烈，等等，以显征战之苦。而此诗却别具一格，它着重在描写人物，通过刻画一位戍边老将的形象，表现了经久不息的残酷战争给边塞将士带来的苦难，寄寓着渴望和平的美好愿望。

　　首联"北风凋白草，胡马日骎骎"，写出了边塞紧张的战场气氛，其势如风雨骤来，令人惊心动魄。《汉书·西域传》王先谦补注谓白草"春兴新苗与诸草无异，冬枯而不萎，性至坚韧"。白草为北风所凋，其风之大，其气之寒，可以想见。另外，《诗经·邶风·北风》有"北风其凉，雨雪其雱"，朱熹在《诗集传》中认为北风象征国家的危乱。那么此处也指边境形势十分险恶。故下句紧接着写边疆民族军队正在加紧扰边，步步向要塞逼近，军情非常紧急。骎骎，马走得很快的样子。这两句，把边塞的环境，战场的情势，写得清清楚楚而又形象生动，显得笔势凌厉。虽然边将这个形象还没有出场，却已经事先作了很好的渲染、烘托和铺垫。

中间四句，着力刻画边将的形象，揭示其久戍不归的痛苦心理："夜后戍楼月，秋来边将心。铁衣霜露重，战马岁年深。"在秋天的夜晚，清冷的月光照着城楼上的戍边老将，他凝望着秋空中的明月，不禁想到万里之外的家人，心中涌起一阵凄苦的感情。渐渐地，他的铁衣上凝结了一层厚厚的霜花，他的相依为伴的战马时而发出嘶鸣，似乎也感叹戍边的岁久年深。秋月本为寻常之物，但和戍楼联系起来，就暗示出了边将的思家之念。铁衣乃边将随时披戴之物，覆以重重的霜花，可见边地之苦寒，边将的心情也可想而知。战马，更是边将不可须臾离开的伙伴，连牲口也苦于久戍边地，何况人乎！四句诗中，作者选取了与人物紧密相关的景物、事物，使之不着痕迹地高度融合，组成形象的画面，而人物的心情，即从画面中自然流出，收到了感动人心的效果。

这四句诗在句法上也很有特色。前两句诗实际上只是两个名词性词组，中心词是"月"和"心"，而读者却可以从与"心"字相对的"月"中去体味、领悟丰富的含义，找到对"心"的理解的钥匙。后两句又变换句法，改为主谓结构，重点突出了"铁衣"和"战马"，实际上突出了对边将形象的描写。这种句式上的变化，既强调了重点，突出了形象，又带来了节奏上的轻重变化，读来更富音乐性，表现了作者娴熟精湛的技巧。

最后两句，"自有卢龙塞，烟尘飞至今"，是作者从边将的形象中自然引发出来的深深的感叹，表示了对从古至今延绵不断的战争的厌恶。"卢龙塞"，古地名，三国魏称卢龙郡，在今河北迁安西。此地形势险要，为兵家必争之地。唐置卢龙节度使，以抵御突厥、契丹、回纥的进攻，战争很少停息。作者从月夜戍楼中的老将，想到了久远的历史，想到残酷的战争至今不息，给人们带来了无穷无尽的苦难。他的感叹实已远远超出了唐代，并且把对人的怜惜扩展到了对战争本身的厌恶，从而使本诗的思想上升到了一个新的高度。当然，作者的用意主要还是针对当时唐帝国对边防的无力，久久不能平息边患，因而使得将老兵疲，非但战争不能止息，也给将士带来了痛苦的情况，因而期望战争早日结束，具有讽喻作用。如果说，第一联只是展示老将出场的背景，为人物形象出现预作安排，那么尾联就是在人物形象跃然纸上之后，作者对其内心所作的更深层次的解剖和引申，使思想在形象的基础上得到了自然的升华，从而显示出更为深远的意义。首尾两联相互照应，互相补充，互相映发，又使得中间两联所描写的老将的形象更为生动，增强了艺术感染力。

这首诗不仅句法富有变化，而且用字也特别凝练、准确、形象。动词"凋"字，用来表示北风对白草的强大威力，"飞"字用来说明烟尘的接连不断和弥漫无际，都极为有力、准确。形容词"重"字、"深"字，更具有双重含义，不仅写出霜重、年深的情况，而且进一步表现出边将内心的深重痛苦，十分形象而又含蓄。这些字，显然是经过仔细推敲而慎重写下的，但是又极为自然，没有雕琢的痕迹，体现出作者纯熟的技巧。前人评价戎昱的诗"滥觞晚唐"，但他的不少诗与晚唐部分诗人只求字句的工稳贴切，而不顾全篇内容的作品相比，显然不能同日而语。这首《塞下曲》，既有工整的一面，也不乏浑成之气，是边塞诗中不可多得的佳作。

（管遗瑞）

●柳中庸（？—约775），名淡，以字行，蒲州虞乡（今山西永济东）人。大历年间进士，曾授洪府户曹参军，未就。与卢纶、李端为诗友。

◇征人怨

岁岁金河复玉关，朝朝马策与刀环。
三春白雪归青冢，万里黄河绕黑山。

柳中庸是唐大历年间进士，中唐诗人。此时的国力不再如盛唐强大，诗人们所写的边塞诗也从慷慨豪情更多地转向抒写边塞将士们的生活状况。这首诗所反映的就是一个长年驻守边关的征人的哀怨。诗中所提到的几个地名，都在现在的内蒙古自治区境内，唐时属单于都护府。

"岁岁金河复玉关，朝朝马策与刀环。"年复一年，东西奔波，往来边城；日复一日，跃马横刀，征战不休。从时间与空间两方面落笔。"岁岁""朝朝"表现时间上的无休无止，年复一年。"金河""玉关"两地相距甚远，更显奔波之苦。"马策"，马鞭。"刀环"，战刀上的铜环。两者都是军旅生活的代表性事物，足以使人联想到征战生涯。一个"复"字，一个"与"字，显出单调而无尽头，透露出征人的疲惫与无奈。

　　"三春白雪归青冢，万里黄河绕黑山"，三月时节，内地已届晚春，但征人所在的边塞却还是白雪纷纷。"青冢"是汉元帝时与匈奴和亲的王昭君的墓地，有人说在内蒙古自治区的呼和浩特境内，传说塞外草皆白，唯独昭君墓上草色发青，故称"青冢"。这里不一定是实指，只是表明征人所在的位置是在塞外。末句"万里黄河绕黑山"，写边塞的山川形势：万里黄河绕过绵绵黑山，继续奔腾向前。黄河、黑山本不在一地，黄河绕黑山的情形是不可能实际出现的。诗人把这些地名牵到一处，皆因这些都是征人转战跋涉常经之地、常见之景。从"白雪青冢"与"黄河黑山"两幅画面中，我们不仅看到了边塞的苦寒荒凉，更可以感受到戍边将士们的辛苦辗转。

　　四句诗四个画面，表面上看来不相统属，但用标题一贯穿，却产生了连环画般的效果。一个在苦寒单调的环境中长年奔波不已的戍边将士的形象一下子生动了起来。虽通篇无一"怨"字，却使我们感受到了一股浓浓的怨气，收到了"不着一字，尽得风流"（司空图《诗品》）的艺术效果。而其对仗之工整，色彩之绚丽，用字之凝练，在绝句中实属上品。

（陈坦）

●李涉，生卒年不详，自号清溪子，洛阳（今属河南）人。宪宗元和时，为太子通事舍人，后贬为峡州司仓参军。穆宗时曾为太学博士，敬宗时以事流南方，浪游桂林。

◇再宿武关

远别秦城万里游，乱山高下出商州。
关门不锁寒溪水，一夜潺湲送客愁。

这首诗大约是诗人大和中第二次罢官出京过武关时写的。"武关"，在商州（今陕西丹凤东南），为秦时南面的重要关隘，又名南关。

诗中"秦城"为地名，在今陕西陇县。"远别""万里游"暗示诗人因事罢官流放南方之事。"远别"意味着与仕途告别。"万里游"并非游山玩水，而是被迫飘游。次句"乱山"指商州附近的商山。商山山势高下曲折，有七盘十二绕之说。"乱山高下"四个字，写出商山重峦叠嶂、回环曲折的气势和形貌。一个"乱"字用得出神入化，就像王昌龄"平明送客楚山孤"的"孤"一样，不仅是说山，也折射出人的思想感情，即心烦意乱。"高下"有高低起伏的感觉，也是乱的表现。"出"字则使静止的山活动起来，不仅是说山，同时也是写人——总之，这句诗将人和山、人和路交织起来，既写出旅途的艰辛，更表现了心情的苦闷。

　　三、四句写夜宿武关。诗人不正面诉说羁旅怀乡之苦闷、孤馆寒灯之凄凉，却因古关静夜、溪水潺潺引起浮想联翩——古关旁溪流的潺潺之声，仿佛承载着诗人绵绵无尽的离愁长流远去。"关门"是用来锁人的，本来就不锁溪流，诗人却有些埋怨的意思：关门啊，你为什么不锁住寒溪水呢？这和王之涣"羌笛何须怨杨柳"的写法相近，无理语正好抒情。诗人抱怨什么呢？"一夜潺潺"——暗示他一夜难眠，这就别出心裁地通过对水声的描写，把内心"剪不断，理还乱"的离愁别恨，曲折细腻地描摹出来。清沈德潜评曰："一夜不寐意，写来偏曲。"（《唐诗别裁集》）

　　反复玩味，总觉得末句有些含糊，"一夜潺潺送客愁"，是说客愁减轻了呢，还是说客愁加重了呢？表面上是在说减轻，实际上却不可能减轻。尽管水在流，水声却长在耳畔，恰如李白所说："抽刀断水水更流，举杯销愁愁更愁。"（《宣州谢朓楼饯别校书叔云》）这一夜水流的声音，也应该是这个感觉。可见末句造语之妙。

（周啸天）

●韩愈（768—824），字退之，河南河阳（今河南孟州）人，郡望昌黎。德宗贞元八年（792）进士及第，任节度推官，其后任监察御史等职。十九年因触怒权臣，贬为阳山令。宪宗即位，量移江陵府法曹参军。元和元年（806）召拜国子博士。十二年从裴度讨淮西有功，升任刑部侍郎。十四年劝谏烧毁佛骨，贬为潮州刺史。次年穆宗即位，召拜国子祭酒。长庆二年（822）转吏部侍郎、京兆尹。卒谥文。有《昌黎先生集》。

◇次潼关先寄张十二阁老使君

荆山已去华山来，日出潼关四扇开。
刺史莫辞迎候远，相公新破蔡州回。

此诗作于淮西大捷后作者随军凯旋途中。当时唐军抵达潼关，即将向华州进发。作者以行军司马身份写成此诗，由快马递交华州刺史张贾，一则抒发胜利豪情，一则通知对方准备犒军。所以诗题"先寄"。"十二"是张贾行第；张贾曾做属门下省的给事中。当时中书、门下二省阁员通称"阁老"；又因汉代尊称州刺史为"使君"，唐人沿用。此诗曾被称为韩愈"平生第一首快诗"（蒋抱玄），艺术上显著特色是一反绝句含蓄婉曲之法，以刚笔写小诗，于短小篇幅见波澜壮阔，是唐绝句中富有个性的佳构。

前两句写凯旋大军抵达潼关的壮丽图景。"荆山"一名覆釜山，在今河南灵宝境内，与华山相距二百余里。华山在潼关西面，巍峨耸峙，俯瞰秦川，辽远无际；在华山观黄河，波涛澎湃，景象十分壮阔。第一句从荆山写到华山，仿佛凯旋大军在旋踵间便跨过了广阔的地域，开笔极有气魄，为全诗定了雄壮的基调。清人施补华说它简劲有力，足与杜甫"齐鲁青未了"的名句比美，是并不过分的。对比一下作者稍前所作的同一主题的《过襄城》第一句"郾城辞罢过襄城"：它与"荆山"句句式相似处是都使用了"句中排"（"郾城—襄城""荆山—华山"）复叠形式，然而"郾城"与"襄城"只是路过的两个地名而已，而"荆山""华山"却具有感情色彩，在凯旋者心目中，雄伟的山岳，仿佛也为他们的丰功伟绩所折服，络绎不绝地奔来表示庆贺。拟人化的手法显得生动有致，相形之下，"郾城"一句就起得平平了。

在第二句里，作者抓住几个突出形象来展现迎师凯旋的壮丽情景，气象极为廓大。此诗作于冬天，当时隆冬多雪，已显得"冬日可爱"。"日出"被采入诗中和具体历史内容相结合，形象的意蕴便更为深厚了。太阳东升，冰雪消融，象征着藩镇割据局面一时扭转，"元和中兴"由此实现。潼关古塞，在明丽的阳光下焕发了光彩，此刻塞门大开，由"狭窄不容车"的险隘一变而为庄严宏伟的"凯旋门"。虽未直接写人，壮观的图景却蕴含在字里行间，给读者留下更广阔的想象空间：军旗猎猎，鼓角齐鸣，浩浩荡荡的大军抵达潼关；地方官吏远出关门相迎迓；百姓箪食壶浆，载欣载奔，夹道慰劳王师。"写歌舞入关，不着一字，尽于言外传之，所以为妙。"（程学恂《韩诗臆说》）关于潼关城门是"四扇"还是两扇，清代诗评家曾有争论，其实诗歌不比地理志，是不必拘泥于实际的。试把"四扇"

改为"两扇"，那就怎么读也不够味了。加倍言之，气象、境界全出。所以，单从艺术处理角度讲，这样写也有必要。何况出奇制胜，本来就是韩诗的特色呢。

诗的后两句换用第二人称语气，以抒情笔调通知华州刺史张贾准备犒军。潼关离华州尚有一百二十里地，故说"远"。远迎凯旋的将士，本应不辞劳苦，不过这话得由出迎一方道来，才近乎人情之常。而这里"莫辞迎候远"，却是接受欢迎一方的语气，完全抛开客气常套，却更能表达得意自豪的情态、主人翁的襟怀，故显得极为合理合情。《过襄城》中相应有一句"家人不用远来迎"，虽措辞不同而意近。然前者语涉幽默，轻松风趣，切合喜庆环境中的实际情况，读来倍觉有味；而后者拘于常理，反而难把这样的意境表达充分。

第四句"相公"指平淮大军实际统帅——宰相裴度，淮西大捷与他运筹帷幄之功分不开。"蔡州"原是淮西强藩吴元济巢穴。元和十二年十月，唐将李愬雪夜攻破蔡州，生擒吴元济。这是平淮关键战役，所以诗中以"破蔡州"借代淮西大捷。"新"一作"亲"，但"新"字尤妙，它不但包含"亲"意在内，而且表示决战刚刚结束。当时朝廷上"一时重叠赏元功"，而人们"自趁新年贺太平"，那是胜利、自豪气氛到达高潮的时刻。诗中对裴度的由衷赞美，反映了作者对统一战争的态度。以直赋作结，将全诗一语收拢，山岳为何奔走，阳光为何高照，潼关为何大开，刺史远出迎候何人，这里有了总的答复，成为全诗点睛结穴之所在。前三句中均未直接写凯旋的人，在此句予以直点。这种手法，好比传统剧中重要人物的亮相，给人以十分深刻的印象。

综观全诗，一、二句一路写去，三句直呼，四句直点，可称是用刚笔，抒豪情。大胆地用了"没石饮羽之法"，别开生面。由于它刚直中有开合，有顿宕，刚中见韧，直而不平，"卷波澜入小诗"（查慎行），饶有韵味。一首政治抒情诗，采用犒军通知的方式写出，抒发了作者的政治激情，实是一般应酬之作望尘莫及的了。

（周啸天）

●常建，生卒年不详，玄宗开元十五年（727）进士及第，仕途颇不得意，天宝间曾为县尉。《全唐诗》存诗一卷。

◇吊王将军墓

嫖姚北伐时，深入强千里。

战余落日黄，军败鼓声死。

尝闻汉飞将，可夺单于垒。

今与山鬼邻，残兵哭辽水。

此诗所凭吊的王将军，即唐朝将军王孝杰（？—697）。王孝杰的一生很是奇特，仪凤年间，他以副总管从工部尚书刘审礼攻吐蕃，战败被俘，赞普见他貌似其父，免死，不久便放了他。武后长寿元年（692），他为武威道总管，又讨吐蕃，大立战功。万岁登封元年（696），又在素罗汗山与吐蕃战，败，被削职免官。重被起用后，在与契丹军作战中战死。纵观王孝杰一生征战，有胜有败，但不失爱国之心。他最后一战，以身殉国，可歌可泣。常建不以成败论英雄，把王孝杰作为英雄来凭吊、来歌颂，其持论也是可取的。

诗吊王孝杰，不是泛泛而写，而是选取了他一生的最后一战，意在渲染王孝杰为国捐躯的悲壮，以寄寓诗人深沉的哀悼之情。该诗苍凉悲壮，是一曲挽歌，也是一首颂歌。

诗开头两句，以汉代名将霍去病借比王孝杰的骁勇善战。霍去病官为嫖姚校尉，曾六次率军北伐匈奴，进军千里，一直深入到狼居胥山。"强"，是超过之意。诗以霍去病的战绩，借比王孝杰率军北讨契丹，深入敌后超过了千里。自然，王孝杰的战绩不如霍去病显赫，这里仅是借比映衬而已，是一种写作技巧。接下来"战余落日黄，军败鼓声死"两句，是以高度概括凝练的笔触，来正面描写唐军与契丹军的激战场面。全诗正面描写战场也只这两句。"战余落日黄"是形容战斗异常激烈残酷，直杀得天昏地暗，直到战罢，落日昏黄无光。鼓声是进军的号令，"军败鼓声死"是写唐军一直在进击，没有退缩，直到全军覆没。"鼓声死"三字，不仅透出了军败的全部信息，而且写出了悲剧意味和悲壮气氛。接下来"尝闻汉飞将，可夺单于垒"又是一个借比，以汉飞将李广借比王孝杰的声威人品。汉名将李广爱兵如子，深受士兵拥戴。据《史记·李将军列传》："（李）广居右北平，匈奴闻之，号曰'汉之飞将军，避之数岁，不敢入右北平'。"结尾"今与山鬼邻，残兵哭辽水"两句，悲剧氛围更浓，表达了诗人对王孝杰兵败殉国的惋惜、痛惜和哀思。"辽水"，即辽河，在今辽宁省，当年契丹居住在辽河上游一带，契丹后改称辽。

唐代殷璠的《河岳英灵集》对常建的诗有过精辟的评论："（常）建诗似初发通庄，却寻野径，百里之外，方归大道。所以其旨远，其兴僻，佳句辄来，唯论意表……然一篇尽善者，'战余落日黄，军败鼓声死''今与山鬼邻，残兵哭辽水'。属思既苦，词亦警绝。潘岳虽云能叙悲怨，未见如此章。"《吊王将军墓》的构思，确实用心精苦，不落俗套，出人意表。全诗八句，前后四句的结构大体相似，都是先有两句以他人借比，再来两句正面实写，虚实结合，不重写过程，重在渲染悲壮气氛。在遣词造句上也确实警绝，一个"黄"字，一个"死"字，一个"鬼"字，一个"哭"字，写出了王孝杰的含恨壮烈而死，把诗的悲壮、哀绝气氛烘托无遗。诗人特别善于写"哭"，如"哀哀哭枯骨"（《塞上曲》）、"坟上哭明月"（《昭君墓》）等。这首诗虽然写的是悲剧，但读后丝毫没有颓丧感，让人感受到的是一种悲壮美、崇高美。鲁迅先生说过："汉唐虽然也有边患，但魄力究竟雄大。"（《看镜有感》）我们读此诗，同样聆听到了充满自信的盛唐之音。

（贾炳棣）

◇塞下曲四首（录一）

　　玉帛朝回望帝乡，乌孙归去不称王。
　　天涯静处无征战，兵气销为日月光。

　　《塞下曲》是常建所作七绝组诗，这首诗是第一首。此诗立足民族和睦的高度，讴歌化干戈为玉帛，勾勒出和平生活的愿景，在唐代边塞诗中是为数不多的阳光之作，符合各族人民的愿望，实属难能可贵。

　　"玉帛朝回望帝乡"二句，称颂西汉王朝与乌孙族友好交往的历史。"玉帛"是朝觐时使臣携带的贡品，语出《左传·哀公七年》"禹合诸侯于涂山，执玉帛者万国"。这就是"化干戈为玉帛"一语的出处。"望帝乡"是描写使臣归途中对帝京长安恋恋不舍的样子。"乌孙"是汉代生活在伊犁河谷一带，连接东西方草原交通的最重要的游牧民族。据《汉书》记载：汉武帝为了彻底击败匈奴，采纳张骞的建议，以厚赂招引乌孙，使之东归敦煌旧地，同时下嫁公主，与乌孙约为兄弟，共同夹击匈奴。"乌孙归去"即乌孙使臣朝觐归去，缔结了友好、平等、互惠的关系；"不称王"，即不与汉王朝相对立。

"天涯静处无征战"二句，进而表达弭兵的理想及对世界和平的憧憬。"天涯静处"承上两句，指汉朝与乌孙实现了区域的和平，从此不再有战事发生。诗人笔下出现"天涯静处无征战"的情景，是难得的、值得羡慕的，其实是带有很强的理想化色彩的愿景。有这样的愿景，也才有希望。"兵气销为日月光"，更是一种浪漫的表达。"兵气"（非兵器）即杀气，战争气氛，语出《汉书》："谋事不成，妖祥数见，兵气且至，奈何？"（《汉书·燕刺王刘旦传》）古诗中常见，如"烽火夜似月，兵气晓成虹"（卢照邻），"鼓声鸣海上，兵气拥云间"（李白），"昨闻羽书飞，兵气连朔塞"（王昌龄）等等。有时径作"杀气"，如"杀气三时作阵云"（高适），"杀气毒剑戟，严风裂衣裳"（李白），"杀气南行动坤轴"（杜甫），"但使玄戈销杀气"（戚继光）等等。"兵气"（杀气）可以直犯白日，如"聂政之刺韩傀也，白虹贯日"（《战国策·魏策四》），"军门压黄河，兵气冲白日"（刘希夷）。反之，"兵气"销尽，则"日月"（偏义于日）会大放光明。"兵气销为日月光"这一表达，比杜甫《洗兵马》的"安得壮士挽天河，净洗甲兵长不用"更浪漫、更有味，兼用屈原"与日月兮同光"（《九章·涉江》）而语有创新，难怪清人沈德潜赞之："句亦吐光！"

明人吴逸一称此诗"四语并壮，落句更与'秦时明月'七字争雄。然王语沉，此语炼，正未易优劣"（《唐诗正声》）。清人贺裳说："唐三百年，《塞下曲》佳者多矣，昌明博大，无如此篇。出自幽纡之笔，故为尤奇。"（《载酒园诗话又编》）不为无见。应该指出，唐玄宗晚年穷兵黩武，所以这首诗绝不是什么"太平颂圣奇语"（谭元春），反倒是一种不露痕迹的谲谏。

（周啸天）

●许浑，生卒年不详，字用晦，一作仲晦，润州丹阳（今属江苏）人。唐文宗太和六年（832）进士，历官虞部员外郎，转睦、郢二州刺史。有《丁卯集》。

◇塞下

夜战桑干北，秦兵半不归。
朝来有乡信，犹自寄征衣。

《塞下》即《塞下曲》，边塞诗乐府旧题之一。这首诗通过写发生在桑干河北的夜战，表现战争的残酷性，为战死者及家属深表悲哀。

"夜战桑干北"二句，写发生在桑干河北的夜战。按八世纪下半叶，李唐王朝与契丹、奚屡有战事发生于桑干河北。桑干河为永定河上游，发源于山西，流经华北平原。兵不厌诈，夜袭、夜战之事是经常发生的。这里不是写某一次具体的夜战，而是概括性地描写华北边地的战争，借以表达诗人对战争的看法。"秦兵半不归"，因为李唐王朝首都长安在关中，属秦朝故地，所以诗中以秦代唐，与以汉代唐一样，在唐诗中属于惯例。如"秦王"多代指唐太宗，或唐宪宗。或以为不用"汉"而用"秦"，是为了避免犯孤平，此说不符合唐代五绝写作的实际讲究。或以为是将唐王朝比作暴秦，亦属画蛇添足之说。"半不归"，写战斗中牺牲之惨重，兵员锐减一半，这也是兵家常事。或谓安史之乱使唐王朝元气大伤，波及边庭战事屡屡失利，此说可参。

"朝来有乡信"二句，写夜战后的清晨，军中还收到战死者家书，而家书的内容，是"犹自寄征衣"，即军服（府兵制规定征衣由家人备办）已经寄出，注意查收，收到盼复等。十个字内涵深厚：这封家书，应该是家属数月之前所写，而这件"征衣"即使随信寄到，战死者也是用不着了，此其一。战死者家中，还不知道亲人亡故的消息，还在盼望亲人早日穿上家中备办的征衣，还在为亲人祈祷平安，翘首以待亲人早日归来吧，此其二。家人会收到阵亡的消息吗？如果能，那将是多久以后？收到阵亡消息的那一刻，该是一个什么样的情景呢？此其三。总之，"借寄寒衣一事，写出征人死别之苦，却妙不犯尽"（李锳），表现出诗人深厚的人文关怀。"'夜'字、'朝'字、'犹'字、'自'字，写得酸楚不可言。"（许培荣）

此诗与陈陶《陇西行》（"誓扫匈奴不顾身，五千貂锦丧胡尘。可怜无定河边骨，犹是春闺梦里人"）在构思上有异曲同工之妙，苦于不知情。而陈诗就同一时间写不同空间，属于虚拟，此诗则写实景，"陈语神，许语质，非蹈袭也"（唐汝询）。全篇取材典型，以小见大，只叙事实，不着议论，含蓄沉痛，则并无二致。

　　　　　　　　　　　　　　　　　　　　（周啸天）

●李贺（790—816），字长吉，唐宗室郑王之后，福昌（今河南宜阳西）人。宪宗元和二年（807）赴洛阳应进士举，妒之者以犯父名讳为由，加以阻挠。仕途失意，为奉礼郎，两年后因病辞官。有《昌谷集》。

◇雁门太守行

黑云压城城欲摧，甲光向日金鳞开。

角声满天秋色里，塞上燕脂凝夜紫。

半卷红旗临易水，霜重鼓寒声不起。

报君黄金台上意，提携玉龙为君死。

此诗作于元和初。张固《幽闲鼓吹》谓韩愈为国子博士分司东都，李贺以歌诗干谒，韩极困欲睡，门人呈卷，旋解带，旋观首篇，即此诗，才读前二句，却援带命邀之，一时传为佳话。雁门在今山西北部，是古时交兵之地。诗题是汉乐府《相和歌辞·瑟调曲》旧题，六朝及唐人拟作多以咏叹征戍之苦，而李贺此篇则显得新异。

诗中战争虽属虚拟性质，其中提到的地名如雁门、塞上、易水、黄金台，均在河东、河北，参诸李贺其他作品，论者一般将它与唐代藩镇作乱的历史背景相联系，言之成理。

开篇写对阵，着力气氛烘托，有先声夺人的效果：黄昏时分，城下大军压境，天上黑云压城，而四角亮得出奇（是暴风雨即将到来的征兆），落日惨淡的光辉照得城头城下金甲鱼鳞般闪闪发光。两军对垒，整个空气是凝滞的，处于爆发前的寂静。其实敌人兵临城下未必同时乌云密布，这完全是诗人的艺术构思，是象征、描述意象的叠加，效果是双倍的。三、四句于战斗不正面描写，偏致力于角声、秋色、夜色的描写，仍有惊心动魄的效果。那胭脂凝夜紫的夜色，是晚霞还是战血？无疑是隐喻、描写双重意象的叠加，是场面的感性显现，不是解说而是呈示一场战争，诉诸读者的视听感官。五、六句写驰援，"临易水"的字面暗示"壮士一去兮不复还"的意念。至于接下来的遭遇战，仍只侧面描写，"霜重鼓寒声不起"暗示的明显不是势如破竹，而是困难重重，只把战争的困难限在气候，却能收到侧面微挑的效果。

诗不讳言敌强，不讳言牺牲和困难，甚至不讳言死，其所突出的只在"雁门太守"的一片忠诚。黄金台是战国时燕昭王建于易水东南，以招揽天下士的处所，诗用这故事，写出将士以身许国的赤胆忠心。故清人萧琯评此诗"颇类睢阳（张巡）激励将士诗"。

这首诗写得十分凝重。它是一首七古，篇幅却相当一篇七律，但读之不觉其短。首先在于诗人着重侧面的烘托，他没有采用正面叙写的语言，却专重烘托气氛和展示意象，启发读者的想象和联想，自能一以当十。其次是很大的意象密度，诗中常将描述的、比喻的、象征的意象叠加，颠扑不破，耐人反复吟味。三是夜色浓重，几乎每一句都色彩鲜明，其中金黄、胭脂、紫红等艳丽的彩色，与黑、白（玉）等非彩色交织运用，构成色彩斑斓的艺术效果，也是令人百读不厌的。这种情况在杜、韩诗中只偶尔一见（杜如"香稻"一联），并不形成特色，而在李贺的诗歌中，则是其擅长的绝活，达到了旁人难以企及的高度。

（周啸天）

●雍陶，生卒年不详，字国钧，成都人。大和八年（834）进士，历任侍御史、国子毛诗博士、简州刺史。《全唐诗》存其诗一卷。

◇塞路初晴

晚虹斜日塞天昏，一半山川带雨痕。
新水乱侵青草路，残烟犹傍绿杨村。
胡人羊马休南牧，汉将旌旗在北门。
行子喜闻无战伐，闲看游骑猎秋原。

既然以《塞路初晴》为题，这当然是一首边塞诗。一般的边塞诗，总是着重写激烈的战斗，字句中充满着烟尘烽火和刀光剑影，给人以苍凉、悲壮甚至恐怖的感觉。这首诗却迥然而异，它以满腔热情，讴歌了边塞初秋时节雨后新晴的明丽风光，使人感到清新、宁静和安谧，令人神往，从中寄寓着诗人希望和平的良好愿望。

前四句以简练的笔墨和秾丽的色彩，写作者在塞路上行进时所见，为读者展示了一幅饶有边塞情趣的美好画图。在草原上，傍晚时分，大雨刚过，斜日反照，一道绚烂的彩虹横跨天际，山岭、川原在水汽迷蒙中，还残留着大雨的痕迹。雨后新水在青草丰茂的路上到处乱流，袅袅炊烟正在被绿杨簇拥的村庄上盘绕不去，显得依依不舍。这一切，是多

么动人的景象！作者是成都人，他以南方人的新奇的眼光，来审视这塞
北的美景，字里行间充溢着欢喜、愉快的感情。

　　这四句诗，第一、二句正面点题，时间、地点都十分明确，特
别是重点突出了初晴，具有统摄全诗的作用。第一句"晚虹斜日塞天
昏"，乍看来，在点明时间上似乎叠床架屋，有些重复，但仔细咀
嚼，却发现其中暗寓着作者深刻的用心。"晚虹"，亦即傍晚的彩
虹，是作者在草原上行进时，最先映入眼帘的景物，这当空舞动的七
色彩练，将作者的视线不由自主地引入广远的空间。一个"晚"字，
点明了时间。在广阔的天空中，与"晚虹"相对的，是那发射着光辉
的"斜日"，唯其斜挂天际，才能与天边彩虹遥相呼应，使得画面
极为开阔，表现出边塞雄壮的特色。在这里，"斜日"不是用来点

明时间的，而是用来描写实有景象。"塞天昏"的"昏"字，也不是用以表明时近黄昏，而是用以形容草原上大雨刚过，经强烈阳光的照射，水汽上升而形成的略带迷蒙的景象，这是草原初晴时的显著特征。这一句与下句"一半山川带雨痕"，组成了一幅壮阔的图景，是从远处着笔。第三、四句由远而近，写诗人脚下之路，然后又稍稍推开去，写附近散落在草原上的村庄。天上地下，远处近处，景物富于变化，极有层次。

同时，作者摄入诗中的景物，在颜色的搭配上，也颇有特点。"晚虹""斜日""青草""残烟""绿杨"，组合在一起，色彩非常秾丽，但秾丽中又有清新之感，风光宛如江南的旖旎，但旖旎中又有北国的雄浑。颜色上的搭配，与空间位置上的变化结合在一起，从而将草原风光形象准确地传达给了读者，使人如身临其境。

第五、六句写作者在看到这一派大好风光时的感想，是全诗的骨干。"胡人羊马休南牧，汉将旌旗在北门。"贾谊《过秦论》："胡人不敢南下而牧马。"北方游牧民族常向南扩展势力，故"南牧"实含有攻击的意味。"汉将"即指唐将，此是唐诗中的习惯用法。"北门"即北方门户，《旧唐书·郭子仪传》："朔方，国之北门。"这两句是警告北方游牧民族，休得南下进攻，因为强大的唐军正驻扎在北方，是卫国的长城。诗句显得义正词严，有凛然不可侵犯之概。为了加强气势，作者采用因果倒装的手法，将"胡人羊马休南牧"的警告语前置，放在突出地位上，以逆笔取势，显得更为有力。这两句初读时似觉与前四句有些脱节，但细味诗意，不难看出，它是承上"新水乱侵青草路"而来，由于雨水充足，草原上青草长势茂盛，因而想到羊马南牧。从内在联系上看，非常自然，非常紧密，在突然性的跳跃中，隐含着细针密线的连缀。

　　最后两句："行子喜闻无战伐，闲看游骑猎秋原。"前一句是紧承第三联。如果说上一联中还隐含着作者对战争的戒备心理的话，那么，经过打听，证实现在确乎没有战争了，作者的戒备心理也就随之消失，不禁欣然于怀了。一个"喜"字，生动地传达出了作者此时的高兴情怀。于是，他悠然地看着三三两两的游骑在草原上打猎，往来驰逐，心情轻松愉快。一个"闲"字，与上句"喜"字相呼应，进一步表现了作者的愉快心情。"秋原"二字，又将读者的想象引回到前四句，那雨后初晴的美景，又生动地展现在读者面前。并且，在前四句的静景的描写上，又增加了动态的游骑，动静结合，使整个草原更富有生气，把景色装点得更加美好。于是，那明丽清新的画图，愈益清晰地浮现在读者眼前；那悠然绵邈的韵味情致，也令人回味无尽。

　　这首诗前四句平平叙起，在节奏上舒缓平稳。第三联异峰突起，在内在旋律的起伏上，猛然形成高潮，给读者以强烈印象，也使得全诗有了刚健挺拔的气势。然后，到尾联又逐渐平稳，并且回复到前四句去。这样，在起伏跌宕之中，显出明显的变化，在回环往复的结构上，又表现出浑然天成的统一，表现了很高的艺术技巧。

（管遗瑞）

●刘驾（822—? ），字司南，江东人。初举进士不第，寓居长安。宣宗大中六年（852）进士及第，后官至国子博士。有《刘驾集》。

◇乐边人

在乡身亦劳，在边腹亦饱。
父兄若一处，任向边头老。

生活中常常会出现反常的现象，特别在底层社会。例如一般人视监狱为畏途，可也有人苦于无食无家，对入狱求之不得。在封建时代，赴边打仗对一般人是不得已而为之的苦事，连盛唐英雄之士也道"孰知不向边庭苦"（深知不必到边庭受苦），可见未有以戍卒即"边人"生涯为安乐者。此诗题为《乐边人》，首先就令人诧异，不免想看个究竟了。

"在乡身亦劳，在边腹亦饱"，诗篇开门见山，直入情事。似乎有一个即将赴边的角色在那里权衡"在乡"与"在边"二者的优劣，两句诗便是其人的内心独白。"在乡身亦劳"，这句暗示着更多的一层意思，即"在边身亦劳"。两下打成平手。这是一比。"在边腹亦饱"，也暗示着更多的一层意思，即"在乡腹难饱"，于是"在边"就胜了一筹。这是再比。一再权衡，则此人赴边之志已决。这种比较的方法，可说无可奈何中有其情实。老百姓在乡土迫于饥寒，难以为生，只有当兵吃粮的路了。此外，这比法又明显有自欺自慰的成分，它根本不管"在乡"的更多好处——所谓"在家千日好"和"在边"的更多险处，所谓"也知塞垣苦"（岑参《初过陇山途中呈宇文判官》），以此下驷，对彼上驷，又像是不得已中寻求心理平衡。所以这两句值得我们体味。

至此，一个农家汉子的形象已经跃然纸上，他大约是一个募兵对象。从第三句看，其人有"父兄"而不能团聚，那这"父兄"何在呢？可能已先他从军"在边"了，也可能彼此离散，他猜想亲人终不免走上同一条路。这使他大做其白日梦："父兄若一处，任向边头老。"要是亲人能再相聚，那真可以边地终老，乐不思乡了。想得未免太美，赴边又不是卜宅移居，哪能那样舒服地养老？"君不见青海头，古来白骨无人收。"（杜甫《兵车行》）这未免又成自欺，为自己安然赴边寻找理由罢了。"任向边头老"，或即"任向边头死"之一转语。

这首小诗就这样曲尽其致地剖析着心理，似乎是面临当兵者的自嘲。笑有时比哭难看，乐有时自悲极而生，服从中往往夹有矛盾或逆反心理。通过"乐边人"的反常情事，诗人深刻揭示出一种生活底蕴。

（周啸天）

●张乔，生卒年不详，字伯迁，一说字松年，池州（今属安徽）人。懿宗咸通中进士及第，当时与许棠、喻坦之、郑谷等合称"咸通十哲"。黄巢起义后，退隐九华山。《全唐诗》存诗二卷。

◇河湟旧卒

少年随将讨河湟，头白时清返故乡。
十万汉军零落尽，独吹边曲向残阳。

湟水源出青海，东流入甘肃与黄河汇合。湟水流域及与黄河合流的一带地方称"河湟"。诗中"河湟"指吐蕃统治者从唐肃宗以来所占的河西陇右之地。宣宗大中三年（849），吐蕃以秦、原、安乐三州及石门等七关归唐；五年，张义潮略定瓜、伊等十州，遣使入献图籍，于是河湟之地尽复。近百年间的战争给人民造成巨大痛苦。此诗所写的"河湟旧卒"，就是当时久戍幸存的一个老兵。诗通过这个人的遭遇，反映出了那个动乱时代的影子。

此诗叙事简淡，笔调娴雅平和，意味却不易穷尽。首句言"随将讨河湟"似乎还带点豪气；次句说"时清返故乡"似乎颇为庆幸；在三句所谓"十万汉军零落尽"的背景下尤见生还之难，似乎更可庆幸。末了集中为人物造像，那老兵在黄昏时分吹笛，则耐人寻味。

诗中字里行间，尤其是"独吹边曲向残阳"的图景中，流露出一种深沉的哀伤。"残阳"二字所暗示的日薄西山的景象，会引起一位"头白"老人什么样的感触？那几乎是气息奄奄、朝不虑夕的一个象征。一个"独"字又交代了这个老人目前的处境，暗示出他从军后家园发生的重大变故，使得他垂老无家。这个字几乎抵得上古诗《十五从军征》的全部内容：少小从军，及老始归，而园庐蒿藜，身陷穷独之境。从"少年"到"头白"，多少年的殷切盼望，俱成泡影。

他毕竟是生还了，而更多的边兵有着更悲惨的命运，他们暴骨沙场，永远回不到家园了。"十万汉军零落尽"，就从侧面落笔，反映了唐代人民为战争付出的惨重代价，这层意思却是《十五从军征》所没有的，它使此绝句所表达的内容更见深广。这层意思通过幸存者的伤悼来表现，更加耐人玩味。而这伤悼没明说，是通过"独吹边曲"四字见出的。边庭的乐曲，足以勾起征戍者的别恨、乡思，他多年来该是早已听腻了。既已生还故乡，似不当吹，却偏要吹，而且是西向边庭（"向残阳"）而吹之，当饱含对于弃骨边地的故人、战友的深切怀念。"十万汉军零落尽"，而幸存者又陷入不幸之心境。《十五从军征》铺叙详尽，其用意与好处都易看出；而"作绝句必须涵括一切，笼罩万有，着墨不多，而蓄意无尽，然后可谓之能手，比古诗当然为难"（陶明濬《诗说杂记》），此诗以含蓄手法抒情，从淡语中见深旨，故为人称道。

（周啸天）

●曹松（约830—约902），字梦徵，舒州（今安徽潜山）人。早年栖居洪州西山，后依建州刺史李频。昭宗光化四年（901）进士及第，授校书郎。《全唐诗》存诗二卷。

◇己亥岁

泽国江山入战图，生民何计乐樵苏。
凭君莫话封侯事，一将功成万骨枯。

此诗题作《己亥岁》，题下注："僖宗广明元年。"按，"己亥岁"本为广明前一年即乾符六年（879），诗大约是在广明元年追忆去年时事而作。《己亥岁》这个醒目的诗题，就点明了诗中所写的是活生生的社会政治现实。

唐末发生大规模农民起义，唐王朝进行穷凶极恶的镇压，大江以南都成了战场，这就是所谓"泽国江山入战图"。诗句不直说战乱殃及江汉流域（"泽国"），而只说这一片河山都已绘入"战图"，表达委婉曲折，让读者通过一幅"战图"，想象到兵荒马乱、铁和血的现实，这是诗人运用形象思维的一个成功例子。

随战乱而来的是生灵涂炭。打柴为"樵"，割草为"苏"。"樵苏"生计本来艰辛，无乐可言。然而，"宁为太平犬，勿为乱世民"，在流离失所、挣扎于生死线上的"生民"心目中，能平平安安打柴割草以度日，也就快乐了。只可惜这种"樵苏"之乐，今亦不可复得。

古代战争以取首级之数计功，战争造成了残酷的杀戮和人民的大量死亡。这是血淋淋的现实。诗的前两句虽然笔调轻描淡写，字里行间却有斑斑血泪。这就自然逼出后两句沉痛的呼告。

"凭君莫话封侯事，一将功成万骨枯。"这里"封侯"之事，是有现实针对性的：乾符六年（即"己亥岁"）镇海节度使高骈就以在淮南镇压黄巢起义军的"功绩"，受到封赏，无非"功在杀人多"而已。对老百姓痛恨的战争，军阀却很感兴趣，无怪诗人闭目摇手道"凭君莫话封侯事"了。一个"凭"字，意在"请"与"求"之间，语调比言"请"更软，意谓：行行好吧，可别提封侯的话啦。词苦声酸，全由此一字推敲得来。

末句更是一篇之警策："一将功成万骨枯。"首先，它词约而意丰。与"可怜白骨攒孤冢，尽为将军觅战功"（张蠙《吊万人冢》）之句相比，字数减半而意味倍添。它不仅同样含有"将军夸宝剑，功在杀人多"（刘商《行营即事》）的现实内容，还更多一层"士卒涂草莽，将军空尔为"（李白《战城南》）的意味，即言将军封侯是用士卒牺牲的高昂代价换取的。其次，一句之中运用了强烈对比手法："一"与"万"、"成"与"枯"的对照，令人触目惊心。"骨"字极形象骇目。这里的对比手法和"骨"字的运用，都很接近"朱门酒肉臭，路有冻死骨"的惊人之句。它们从不同侧面揭示了封建社会历史的本质，具有很强的典型性。前三句只用意三分，词气委婉，而此句十分刻意，掷地有声，相形之下更觉字字千钧。

（周啸天）

●沈彬，生卒年不详，字子文，唐筠州高安（今属江西）人。乾符中游湖、湘，隐云阳山数年。又游岭表，约二十年，始还吴中。与僧虚中、齐己为诗友。南唐时，李璟以旧恩召见，赐粟帛，官其子。

◇吊边人

杀声沉后野风悲，汉月高时望不归。
白骨已枯沙上草，家人犹自寄寒衣。

唐人尚武，咏边关征戍之事，历初、盛、中、晚唐四期不衰，风貌气象却有不同。初盛唐扬慷慨激昂之气，中晚唐多萧飒悲凉之音，这主要是时代环境使然。在初盛唐诗人笔下，即使是渴望和平生活的反战题材，仍充满胜利的憧憬与豪迈的精神。中唐讽喻诗与边塞诗对战争或揭露鞭挞，或矛盾两端，仍不失沉着庄重气度。至晚唐，国运诗脉不绝如缕，近黄昏的夕阳已无可挽回。如沈彬《吊边人》，气竭力尽，悲苦满纸，"日之夕矣，羊牛下来"（《诗经·王风·君子于役》），已非田园风的牧歌，而是为战争祭坛的牺牲做弥撒了。

凭吊这类题材，一般有两种写法：出乎其外与入乎其内。前者冷，后者热；前者超脱，后者沉溺；前者主理，后者主情；前者概括而深，后者具体而微。《吊边人》明显属于后者，凭吊即自吊也。一要有真实的环境，二要有真实的性情，三要有真实的感受。譬如一名滑铁卢战后的法国士官生从积尸中爬出，如果他不是雨果笔下那个利欲熏心之徒，且具有某种历史意识与哲学修养，也许会从亲历身受发出惊心动魄的苍茫咏叹，而成就不朽之作。《吊边人》亦可作如是观。

"杀声沉后野风悲"，酷烈的血战刚刚结束，"杀声"从旷远的战场"沉"落，是大海退潮后的沉寂，夕阳坠海时的悲壮。天地间只要有些微响声，便会刺激难以承受的感官神经。起句从侧面下笔，一"沉"一"野"，于无声处写有声，于死寂间写流动，凝重中透着空灵。"汉月高时望不归"，以汉代唐乃唐诗惯例，此处则别蕴新意，至少有两点值得玩味：一是时间概念的伸展，如"秦时明月汉时关"，非专指一朝一代；二是战争胜负的暗示，此处原为汉唐故地，而今却成番汉对垒战场，照应"边人"，其国势羸弱、武备松弛和败亡结局可想。有了以上时空纵横做铺垫，"望"字便被赋予比一般征戍诗更深沉的历史内容与感情内涵：不仅是盼望，也不局限于思妇征夫，而是弥漫全篇的浓重的绝望阴影。热望与绝望错综，生别与死离交叠，那才是人世间最大悲苦。三、四句"白骨已枯沙上草，家人犹自寄寒衣"，便是从"望不归"化出。白骨沙原草同枯，本属并列，改为动宾句式，两者互文生义，尤突出"白骨"（边人）不泯的长恨。"寒衣""枯骨"是一对矛盾，集中对比抒写，强化其误会与细节构成，更显示出诗的戏剧性与悲剧效应。试比较"可怜闺里月，长在汉家营"（沈佺期《杂诗三首》其三），"少妇城南欲断肠，征人蓟北空回首"（高适《燕歌行》），如果说存者团聚有日，死者魂归何时呢？与唐代陈陶的《陇西行》（"可怜无定河边骨，犹是春闺梦里人"）虽属同一构思，然一乃判断，一为描述，一在梦里，一为实境，两者似又有不同。

沈彬存诗十九首，咏征戍题材居半，如"千征万战英雄尽，落日牛羊食野田”（《金陵杂题二首》），“鸢觑败兵眠白草，马惊边鬼哭阴云”（《入塞二首》），“贰师骨恨千夫壮，李广魂飞一剑长”（《塞下三首》），多咏兵败战死，充满悲凉意况。

（方牧）

●敦煌曲子词，1900年，在甘肃敦煌石窟内发现了数万卷唐人手写的经卷，其中夹杂有数以千百计无名民间词家写的词。其中整理出来的唐五代词典，被称为"敦煌曲子词"。它们的出土证明了词这种新兴的文学样式最初应当是来自民间创作。

◇菩萨蛮

敦煌古往出神将，感得诸蕃遥钦仰。效节望龙庭，麟台早有名。　　只恨隔蕃部，情恳难申吐，早晚灭狼蕃，一齐拜圣颜。

敦煌曲子词中有许多表现爱国情怀的作品，它们赞美了大唐的繁荣和各民族的团结统一，表达了对国家的忠贞与热爱。本词便是盛唐时期边防军人抒发爱国情思的作品。

本词充满着一种强烈的信心，对国家实力的信心，对战斗必将取胜的信心，对建功立业的信心。这是与大唐国力的强大相对应的。上片首先以充满自豪与自信的语调说明自己驻守的敦煌自古以来就是出神勇将士的地方，他们威名远播，震慑关外，具有强大的感召力，周围诸多少数民族部落即使相隔遥远，也衷心表示钦仰。末尾两句与开头呼应，将士们郑重许下宏愿：早晚要平定那些作乱的敌军，战斗结束后，我们不仅要回到祖国的怀抱，还要带领那些甘愿臣服的少数民族部落一同朝拜大唐天子。这两句洋溢着乐观、积极的精神，体现出强烈的民族自豪感。

同时，本词以直抒胸臆的方式表达了戍边将士的爱国热忱。远离家乡、亲人，身处自然环境非常恶劣的边塞，在艰苦环境中还要与敌作战，这种生活并没有让将士们发出哀叹，而是以为国效力为荣。"效节望龙庭，麟台早有名"意为：将士们一心效忠于大唐王朝，自己戍守边关的功劳早已列入国家的英名册之上。有的部落不肯臣服，要与大唐为敌，守边战士不得不连年征战在外，不得返回故土，这成了边关将士们无法回到祖国的阻碍。但将士们感叹的不是自身的安危，也不是对故土的思念，而是苦于这番忠心报国的赤诚心情无法申诉。大唐国力强盛，生气勃勃，以报效国家、建功立业为荣的思想成为当时社会的主要风气。这首词的思想情感正是这种风气的反映。

本词极具民间歌谣的特色，语言不加修饰，通俗直白，质朴无华，真实而生动。

（郭扬波）

◇生查子

　　三尺龙泉剑，匣里无人见。一张落雁弓，百支金花箭。为国竭忠贞，苦处曾征战。先望立功勋，后见君王面。

敦煌曲子词取材广泛，思想内容多而复杂，作者范围很广，多出于社会下层，包括歌伎、边客、游子、闺妇、士兵、役夫、儒生等。这首词便是出自一位边防战士之口，表达了其质朴而强烈的爱国情怀。

从这首词中，我们可以体会唐代典型的时代精神——尚武精神和进取精神，这是和当时强大的边防和规模宏大的边塞战争相对应的。在此精神的感召之下，投笔从戎、赴边立功、建功立业成为读书人的普遍理想。

上片通过所佩带的兵器来展示一个军人英武过人的雄姿。作品站在军人的角度，采取第一人称的写法：我腰悬一把著名的龙泉宝剑，剑长三尺，锐利无比。只是平时它装在剑鞘里，光芒内敛，无人知道这是一把吹毛断发的宝剑，只有在战场上才可一见它的风采。身上还携有一支良弓，弓弦一响便可惊落飞雁；百支神箭上装饰着光彩夺目的金花。这些都是军人珍爱的兵器，它们陪伴着主人四处征战。这首词一半的内容是对兵器进行精心描摹，而且难掩一种夸耀和自豪的情绪，我们不难体会到从中体现出来的尚武精神。

词的下片则写了军人为国苦战的经历和他的宏愿：我对国家忠贞不贰，甘心为了国家的安危竭尽全力，不顾艰苦与危难，四处征战，冲锋陷阵。我渴望自己能杀敌立功，有朝一日能够走上朝堂，得到天子的召见。这种心理应该说代表了当时从军将士的普遍心声，也体现了当时的价值观。一方面表达出了强烈的爱国热情——戍边打仗虽然艰苦，但为了民族的利益，为了国家的强大，军士们甘愿做出牺牲和奉献；另一方面，把破敌立功、凯旋归来看得非常重要，而且认为自己定能取胜，坚信凭自身之力能为国做出贡献。这实际上是对国家充满了信心，表现出了强烈的民族自豪感。我们也可从中感受到大唐强盛的国力和高度自信的时代风气。

纵观全篇，这是一篇风格刚健的边塞词，文字直白通俗，表达感情直截了当，洋溢着乐观自信的精神和为国立功的豪情，鲜明地体现了盛唐的时代精神。

（郭扬波）

●范仲淹（989—1052），字希文，苏州吴县（今江苏苏州市吴中区）人。真宗大中祥符八年（1015）进士及第。仁宗宝元三年（1040）任陕西经略安抚招讨副使，兼知延州。庆历三年（1043）任参知政事，推行新政。后因夏竦等中伤，罢政，出任陕西四路宣抚使。卒谥文正。有《范文正公集》。

◇渔家傲

塞下秋来风景异，衡阳雁去无留意。四面边声连角起。千嶂里，长烟落日孤城闭。　　浊酒一杯家万里，燕然未勒归无计。羌管悠悠霜满地，人不寐，将军白发征夫泪。

《渔家傲》是北宋新产生的词牌，主要由仄韵的七言律句组成，中间插入三字句，句句入韵以寓风情。此词为范仲淹镇守北宋西北边疆（陕甘）、经略对西夏的防务时作，约在康定元年（1040）至庆历三年间。

上片描写边塞荒凉、大军戍守的艰苦情况。"风景异"的"异"字下得妙，不说好也不说坏，令人于下句中玩味。古人相传，北雁南飞至湖南衡阳而止，故当地有回雁峰。次句词序倒腾，意即"雁去衡阳无留意"。"雁去"而"无留意"，极具主观感情色彩，边地之

苦寒尽在不言中。"边声"一词涵盖很广，包括边地的天籁地籁及人籁，李陵《答苏武书》所谓"侧耳远听，胡笳互动，牧马悲鸣，吟啸成群"即可为之注脚。"角"是边塞军中号角，本属边声之一，此句将它独立出来，与"边声"并列，是强调、突出它在词中的主导地位，从而词情也就落到军事上来。"千嶂里"两句，展现的是驻军边城日常情况，不是"孤城落日斗兵稀"，而是"长烟（平安火）落日孤城闭"。如此，则边城的荒寒、寂寞与其对于维持和平的重要性，俱浑涵于句中，故耐读耐味。

下片写将士灭敌报国的雄心和雄心无着的悲苦心情。"酒一杯"与"家万里"句中字面的相对，形成的意味就不只是两桩事实（饮酒、思家），同时还使两者发生联系：这一杯酒——且是"浊酒"，能消除万里乡愁么？以下更生联想，乡愁何来？这里反用后汉窦宪击败匈奴、勒石燕然（今称杭爱山，在蒙古国）的典故，同时写出将士杀敌报国的雄心和雄心无着的悲哀——比"归无计"更深一层的悲哀，是词中主题之句。"羌管悠悠"使人想到王之涣《凉州词》"羌笛何须"二句而见缠绵。"霜满地"使人想到李白《静夜思》——但这是真霜，故更凄凉。最后两句"人不寐"是一总，"将军白发""征夫泪"是一分，极具唱叹韵味。末句为名句，故特别发人寻思。"白发"不只是说老，同时是愁的一转语。是则将军的愁与战士的泪是感情上的投合，将军的白发与满地银霜是设色上的映带。凡此，都增加了词句的韵味。

据说欧阳修曾戏称此词为"穷塞主词"，这当然是句开玩笑的话。然而发人深省的是，范仲淹居塞上三年，筑城练兵，号令严明，屡挫敌锋，边地人歌曰"军中有一范，西贼闻之惊破胆"，西夏人也说"范小老子（老头）胸中自有甲兵百万"。为什么恰恰是他写出了这样一首以"燕然未勒归无计"为主题的"穷塞主词"，而并无治军之才的别人（庞籍）反以同一词调写成"战罢挥毫飞捷奏"的颂歌呢？这里首先有一个深入生活、体察下情的问题，什么是深刻、什么是肤浅，几乎一目了然。只有像范仲淹这样具有"先天下之忧而忧，后天下之乐而乐"的胸襟抱负的人，才写得出这样深具忧患意识的词。其次，北宋王朝对武将防范甚严，枢密有发兵之权而无握兵之重，将帅有握兵之重而无发兵之权，大大削弱了军队的作战能力，成为从根本上消除边患的重大障碍。此词反映的，正是在这样一种政局下边防将士的生活、思想和情绪。宋代国势不振，军事软弱，从此词已见端倪。从这一点上说，此词纯属宋调而不同于唐音，有异于唐人边塞诗。

范仲淹毕竟是个具有非凡襟抱的人物，虽面对现实，深觉悲愤，骨子里却决不消沉。这就同时赋予此词以开阔和悲壮的基调。从这一点上讲，它仍可比美于唐贤，从而成为宋代边塞词的压卷之作。此词无论从题材还是风格上，对于传统都是一种突破，也当得起"一洗绮罗香泽之态，摆脱绸缪婉转之度"之评，从而下开苏辛。

（周啸天）

●柳永（约987—约1053），字耆卿，原名三变，字景庄，世称柳七，崇安（今福建武夷山市）人。景祐进士。官至屯田员外郎，故又称柳屯田。卒于润州。有《乐章集》。

◇八声甘州

对潇潇暮雨洒江天，一番洗清秋。渐霜风凄紧，关河冷落，残照当楼。是处红衰翠减，苒苒物华休。唯有长江水，无语东流。　　不忍登高临远，望故乡渺邈，归思难收。叹年来踪迹，何事苦淹留？想佳人，妆楼颙望，误几回、天际识归舟。争知我，倚阑干处，正恁凝愁！

此词曲调来源于唐人边塞旧曲，"天宝乐曲皆以边地为名，若《凉州》《伊州》《甘州》类"（王灼），配合的歌词原为七言绝句，后来才出现了八声慢词。所谓"八声"，指歌词共八个韵脚。此词为暮秋所作，是柳永羁旅行役之名篇。全词上片写景，下片抒情，界限分明。

上片写登楼眺望所见秋江景物。开头就用一个去声字"对"字领起两个七字句、五字句，一气勾勒出秋江暮雨及雨过天晴的景色变化过程。一个"洒"字，形象生动，使人如闻其声。加上一个"洗"

字，虽然没有具体描绘雨后山水景象，却写出了景色令人神清气爽的效果。"清秋"这个双声辞藻，更加强了上述感觉。紧接着用一个去声的"渐"字顶住上面两句，领起下面三个波澜壮阔的四字句。"霜风凄紧"以下三句承"洗清秋"，继续写暮雨之后天气降温。这时冷风骤至，凄然而遒劲，直令衣单之游子有不可禁当之感。这里"凄紧"双声、"冷落"双声、"残照"双声，其发音皆在舌齿间，气势肃杀，层层紧逼，仿佛天地间所有悲哉之秋气，都聚向楼头，要词人一齐承当。这里的景物形象是开阔博大的，声音气势是铿锵劲健的，强有力地抒发出秋士失意之悲慨，具有很强的感染力。难怪一向不轻易许可柳词的苏东坡，也由衷地发出了"此语于诗句不减唐人高处"（《侯鲭录》）。叶嘉莹论词绝句云："休将俗俚薄屯田，能写悲秋兴象妍。不减唐人高处在，潇潇暮雨洒江天。"实际上"渐"字另起的这三个短句，作用还在于让歌者换一换气，使篇首"对"字之意一直贯到煞拍的"无语东流"为止，使上片声情之凄壮，得未曾有。以下"是处"贯两句，概言秋来物候不可逆转的推移和变化。"红衰翠减"乃用李义山诗语，倍觉精警。"苒苒"字近写"红衰翠减"，而与"渐"字遥遥呼应。"唯有"又贯两句，是以限定性副词引发感慨，承上"物华休"语意，言是事秋来皆休，唯有长江不休，虽则不休，却是"无语东流"。语本高蟾《秋日北固晚望》"何事满江惆怅水，年年无语向东流"，而妙在更多一重转折。"无语"之妙，可与王禹偁"数峰无语立斜阳"比勘。

下片写远望中的怀思之情。换头处以"不忍"字领起，就"登高临远"的当前情景作转折翻腾，赓即用一去声的"望"字顶住上句，领起两个四字句，这"望"字又和篇首的"对"字取得呼应。说明之所以"不忍"，是因为本以远望当归，结果不但未能，反而使归思一发不可收拾。下面又用一个去声的"叹"字顶住上文，转出两个四言、五言句的一问，从感伤转入理性的思索，表现出一种感情的挣扎，显得非常有力。未明言"何事"，说穿了就是柳永自制曲《戚氏》所谓"念名利、憔悴长萦绊"，恨自己未能从根本上抛开名缰利锁的羁勒，还不如当初"未名未禄，绮陌红楼，往往经岁迁延"来得痛快。接着又是一个上声的"想"字，顶住上两句，转出两个六言、七言的参差变化、摇曳生姿的句子来，撇开自己，纯从对方设想，即《陟岵》式"己思人而想人亦思己"，或温词所谓"照花前后镜，花面交相映"的写法，使词情倍加深厚。而在两句中还加了一个去声的"误"字，作为换气的环节。"天际识归舟，云中辨江树"本南齐诗人谢朓名句，著"误几回"即反其意而用之，将思妇望穿秋水的情态刻画得异常形象。结尾再折进一层，用"争知我"三字承上启下，领两个四字句关合情景，作成总结。离别的双方，男方能准确体贴女方的处境，而女方不可能确知男方的情况，这是完全符合过去时代的社会实际的。而词中写出男性主人公为此而感到双重苦恼的复杂心态，则是发前人所未发的新意，也是作者词心深微之所在。"倚阑干处"这个四字句声律、节奏都很特别，为"仄平平仄"和一二一节奏，使中二字连成一气，才和上面的"争知我"、下面的"正恁凝愁"联系得十分紧凑，显示出一种激楚苍凉的音节，构成一个错综变化的统一体。

《八声甘州》这个词调在结构上最能反映慢词开拓的新境界，具有与令词不同的显著特色。上下片各四韵，韵与韵之间字句较长；而韵脚之间的句读，大部分不过是呼吸上的停顿即歌唱中的换气，而非文意上的断句，大都保持着可以一气读到押韵处的语气。在句法上，多用领字。柳永很善于驾驭这个词调的声情，在重要环节上放上许多有力的去声字，更加强了云行水流、绵绵不断的气势。

　　从这首词的分析可以看出，慢词较之五七言诗乃至令词，更适合通过缓急轻重的语气，表达人物内心情绪的起伏变化。这首词之所以能成为第一流的作品，与作者得心应手地驾驭词调的音情及句法有直接的关系。

（周啸天）

●苏轼（1037—1101），字子瞻，一字和仲，号东坡居士，眉州眉山（今属四川）人。苏洵子。嘉祐进士。曾上书力言王安石新法之弊，后以作诗"谤讪朝廷"下御史狱，贬黄州。哲宗时任翰林学士，曾出知杭州、颖州，官至礼部尚书。后又贬谪惠州、儋州。历州郡多惠政。卒谥文忠。有《东坡七集》《东坡易传》《东坡书传》《东坡乐府》等。

◇祭常山回小猎

青盖前头点皂旗，黄茅冈下出长围。
弄风骄马跑空立，趁兔苍鹰掠地飞。
回望白云生翠巘，归来红叶满征衣。
圣朝若用西凉簿，白羽犹能效一挥。

本诗作于熙宁八年（1075）冬，当时苏轼由杭州通判调任密州知州。苏轼在密州期间经常于公务之暇登山临水，遍览密州境内的名胜古迹，了解当地的风土民情、历史文化，并留下大量相关的诗词文赋。这首《祭常山回小猎》就是诗人到位于城南的常山黄茅冈一带会猎习射所作的著名作品。

一般来说，以出猎为题材的诗歌多数是重在描绘出猎的盛大场面、出猎者的飒爽英姿及其高超的射猎技术，如王维的《观猎》、韩愈的

《雉带箭》等。但本诗不仅描绘了规模宏大的会猎场面，而且表达了诗人报效祖国的忠心、愿抗击敌人的豪情壮志，将壮观的围猎情景和慷慨的爱国激情结合在一起，从而使本诗具有更深刻的主题。

首联总写会猎的盛大场面：首领站在具有王者之风的青盖车前，点好人马，统领众人冲出长围。这里仿佛不是在举行一次狩猎活动，倒像是在进行一场声势浩大的战斗。如果说首联是电影中的远距镜头，颔联则是近距离的特写镜头：骏马在风中奔跑自如，不时昂然挺立，高举前蹄，威风凛凛；追逐狡兔的苍鹰从高空急冲而下，擦过地面，迅猛无比，令人胆寒。颈联转入狩猎活动结束后众人满载而归的情景，用景物来表达诗人愉悦而自豪的心情：回望来路，但见悠悠白云飘出翠绿的山谷，美丽的红叶落满征衣。尾联则直抒报国热情，用晋朝善用兵的西凉主簿谢艾和手挥羽扇从容退敌的顾荣这两个人物自况。谢艾本是书生，而善用兵，诗人以此自比，意为自己若被起用，将不逊于谢艾，抒发了渴望得到朝廷重用、报效国家的心情。

本诗整体气势磅礴，看似一气呵成，但其实在选词用字上仍然十分讲究，尤其是在动词与表示色彩的形容词的运用上别具匠心，形象细腻，极富动感。诗的前三联用了一系列生动、准确的字词描摹了这次会猎的场面，极有气势："点"和"出"字表现出会猎队伍是何等气派和威风；"弄"字展现了骏马潇洒自如的风采，"趁"字则生动勾勒出苍鹰凶猛而矫健的身姿；"生"字赋予了白云灵动的生命力，"满"字则形象地反映出红叶飘飞的美景。"青""皂""苍"这类色彩较凝重的词用来表现驰马射猎的雄壮场面，"白""翠""红"等明快、艳丽的颜色词烘托了胜利而归的猎手们愉快的情绪。这些词语的运用使原本紧张、肃穆的会猎场上色彩流动，形象鲜明。

（郭扬波）

◇江城子·密州出猎

　　老夫聊发少年狂，左牵黄，右擎苍。锦帽貂裘，千骑卷平冈。为报倾城随太守，亲射虎，看孙郎。　　酒酣胸胆尚开张，鬓微霜，又何妨。持节云中，何日遣冯唐？会挽雕弓如满月，西北望，射天狼。

　　熙宁八年冬，作者祭常山回，与同官习射放鹰，乃作。写"出猎"的题材，且出之以粗豪的笔墨，从内容到手法对传统词风有更大的突破。

　　上片写习射放鹰的具体情事。《梁书·张充传》载，充少时出猎，"左手臂鹰，右手牵狗"，作者暗用这个典故，并以"苍""黄"两个形容词代替鹰、犬以协韵，好比射猎的特写镜头。作者系文士，年近不惑，年龄和呼鹰嗾犬的举止不大相当，故在"老夫"与"少年狂"中系一"聊"字。"锦帽貂裘"二句写从猎人员众多，声势浩大。"为报倾城"以下三句，写观猎者之众，和抒情主人公一试身手。"亲射虎"用孙权事（见《三国志·吴书·吴主传》），直启下片以身许国之情。

　　过片以酒兴再抒豪情，"鬓微霜"二句与首句"老夫"云云相呼应，略寓老当益壮之志。《史记·冯唐传》载，汉文帝时，魏尚为云中太守，抵御匈奴有功，以小故获罪去职，经冯唐劝谏，文帝始命冯持节起复之。按熙宁三年西夏大举进攻环、庆二州，四年陷抚、宁诸城，八年宋廷并割地于辽。所谓"西北望，射天狼"，主要指抗御西夏的侵略，也兼关消除来自东北（辽）的威胁。作者因五年前与王安石持不同政见，乞外任避之，自出任杭州通判后，仕途一直失意。故希望朝廷重新起用，委以重任，以为国效力。

本篇不仅将"出猎"这一非传统题材引入词体创作，而且涉及抵抗辽夏进攻的重大主题，将民族感情和爱国题材引入词作；词中抒发的不只是一般的豪气，同时表现了一种英雄气概，从内容到写法都可以说是南宋爱国词的滥觞。

（周啸天）

●贺铸（1052—1125），字方回，号庆湖遗老。卫州（今河南卫辉）人。宋太祖孝惠皇后族孙。授右班殿直。元祐中，通判泗州，又倅太平州。晚居吴下。有《庆湖遗老集》《东山词》（《东山寓声乐府》）。

◇六州歌头

少年侠气，交结五都雄。肝胆洞，毛发耸。立谈中，死生同，一诺千金重。推翘勇，矜豪纵，轻盖拥，联飞鞚，斗城东。轰饮酒垆，春色浮寒瓮。吸海垂虹。闲呼鹰嗾犬，白羽摘雕弓，狡穴俄空，乐匆匆。　似黄粱梦，辞丹凤。明月共，漾孤篷。官冗从，怀倥偬，落尘笼，簿书丛。鹖弁如云众，供粗用，忽奇功。笳鼓动，渔阳弄，思悲翁，不请长缨，系取天骄种。剑吼西风。恨登山临水，手寄七弦桐，目送归鸿。

此词作于哲宗元祐三年（1088）秋，作者时年三十七，在和州（今安徽和县）任管界巡检，词的要旨与抗夏有关。

上片追昔。回忆从十七八岁到东京，靠门荫当上一名低级侍卫武官，其后过了六七年的豪侠生活。"少年侠气"二句总冒。"肝胆洞"到"矜豪纵"七句写少年同伴的侠义品格。"轻盖拥"至煞拍十句，写彼此豪纵生活，展示了一轴弓刀武侠的生动画卷，雄姿壮采，不可一

世。虽然尚未说到立功，但前途看来是未可限量的。

　　下片抚今。过片以"似黄粱梦"陡转，"辞丹凤（辞阙）"到"忽奇功"十句，写二十四岁离京至今十三年来南北羁宦、沉沦下僚、抱负难展。"鹘弁如云众，供粗用，忽奇功"至为重要，反映了北宋朝廷重文轻武，武士们都干些地方杂活，劳碌于案牍之间，无法建功立业。一腔牢骚，倾泻而出。"笳鼓动"六句，写元祐三年三月西夏攻德靖砦，六月犯塞门砦，消息传来，激发起词人老兵的热血。然而当时朝廷对出兵与否尚有争议，作者人微言轻，请缨无路，忠愤填膺，托之于"剑吼西风"。这对苏轼《江城子·密州出猎》"会挽雕弓如满月，西北望，射天狼"的壮声，是一个有力的回应，而更具紧迫感和悲慨。篇末"手寄七弦桐"以下二句，化用自嵇康《赠兄秀才入军》"目送征鸿，手挥五弦"，转激烈为平和，悲凉中仍抱有一种殷切期望。

此词是宋词中值得注意的一首爱国主义杰作，上继苏轼《江城子·密州出猎》，下开张孝祥《六州歌头》先声。较苏词更加豪放，得辛派词风之先。这个词调较长，却以短句居多，贺词平上去三声通押，三十九句而入韵就有三十四句之多，形成连珠炮般的语气，不只"不为声律所缚，反能利用声律之精密组织，以显示抑塞磊落，恣纵不可一世之气概"（龙榆生）。

（周啸天）

●朱敦儒（1081—1159），字希真，号岩壑，洛阳（今属河南）人。早年隐居不仕。绍兴三年（1133）补右迪功郎。五年赐同进士出身，为秘书省正字，擢兵部郎中，迁两浙东路提点刑狱。秦桧当国时除鸿胪少卿，桧死，亦废。晚居嘉禾。有《岩壑老人诗文》《樵歌》等。

◇相见欢

金陵城上西楼，倚清秋。万里夕阳垂地大江流。

中原乱，簪缨散，几时收？试倩悲风吹泪过扬州。

朱敦儒是跨越南北两宋的著名词人，他一生经历了宋王朝昔日的繁荣与南渡后的衰败，其词风也由早年的飘逸潇洒变成后期的慷慨忧愤。这首词就是他南渡后客居金陵，登上金陵城西门城楼远眺时所写的。

登楼抒怀是古典诗歌的一个典型主题。时代不同，个人遭遇不同，登楼望远，油然而生的种种心情与感受便各有不同：或是怀念故土，如"日暮乡关何处是，烟波江上使人愁"（崔颢《黄鹤楼》），"不忍登高临远，望故乡渺邈"（柳永《八声甘州》）；或是思古怀人，如"解道澄江净如练，令人长忆谢玄晖"（李白《金陵城西楼月下吟》）；或是忧国伤时，如"花近高楼伤客心，万方多难此登临"（杜甫《登楼》），"独自莫凭栏，无限江山，别时容易见时难"（李煜《浪淘沙》）。作者在这里要表达的是深沉曲折的亡国之痛和慷慨激昂的爱国之情。

上片并未有一个"悲"字，读之却备感伤感凄凉，原因便在于作者借"清秋""夕阳"和"大江"，以景抒情，融情于景。秋天，西风萧瑟，草木枯黄，这种悲凉的氛围，使之从宋玉开始便成为伤感的季节："悲哉，秋之为气也，萧瑟兮草木摇落而变衰。"（《九辨》）悲秋成为一种文学传统被后世文人继承下来，如杜甫《登高》中的"万里悲秋常作客"，李煜《相见欢》中的"寂寞梧桐深院锁清秋"，等等，不胜枚举。所以一个交代时间的"清秋"二字便奠定了本词的基调。

秋天为四季中最让人伤怀的时节，而日暮黄昏又为一日之中最易勾起感叹的时分，如"夕阳无限好，只是近黄昏"（李商隐《登乐游原》），"梧桐更兼细雨，到黄昏，点点滴滴"（李清照《声声慢》）。"夕阳垂地"表明这时正值日薄西山，暮色渐渐苍茫，万里大地都笼罩在残阳的余晖中。江水奔涌向前，一去不回，无穷无尽，仿佛诗人心中的悲愁。

下片则回首那段惨痛的历史，以抒情的方式来表达自己的亡国之痛。靖康之难，战火烧遍中原，北宋的世家贵族纷纷逃散。"簪缨"，是指贵族官僚们的帽饰，簪用来连结头发和帽子，缨是帽带，这里用来代指贵族和士大夫。这种局面何时才能结束呢？"几时收"既是作者渴望早恢复中原，还于旧都的强烈心愿的直接表露，同时也是对朝廷苟安旦夕，不思恢复的愤慨和斥责。结句移情于物，请这悲凉的秋风将自己的满腔热泪吹到扬州去。原本无知无觉的风因作者之主观感受被赋予了情感色彩。为什么要把眼泪送到扬州去呢？因为扬州是当时的抗金前线、国防重镇，这表达了作者对国家存亡的关注，也暗含了作者对收复中原这一前景的悲观心态。

（郭扬波）

●胡世将（1085—1142），字承公，常州晋陵（今江苏常州）人。崇宁进士。历任监察御史、尚书右司员外郎、中书舍人等职。存词一首。

◇酹江月·秋夕兴元使院作，用东坡赤壁韵

神州沉陆，问谁是、一范一韩人物。北望长安应不见，抛却关西半壁。塞马晨嘶，胡笳夕引，赢得头如雪。三秦往事，只数汉家三杰。　　试看百二山河，奈君门万里，六师不发。阃外何人回首处，铁骑千群都灭。拜将台欹，怀贤阁杳，空指冲冠发。阑干拍遍，独对中天明月。

本词约作于宋高宗绍兴十年（1140），胡世将时任川陕宣抚使，是当时抗金西线的主帅。兴元，今陕西汉中市。建炎三年（1129）张浚首任川陕宣抚使，即治兵于兴元，此后历任川陕宣抚使，就常以兴元为驻地。绍兴九年七月，南宋名将川陕宣抚使吴玠卒后，胡世将代领其职，统率陕西诸军担负起保卫川蜀门户的职责。词题云"秋夕兴元使院作"，说的是此词作于胡世将自成都初至兴元时。

胡世将在政治上是竭力主战的，这一主张在本词中有着鲜明的体现。本词通过对几个历史人物的追思，痛斥南宋朝廷"六师不发"的妥协政策，期待有抱负有才能的报国之士实现恢复大业，表达了对现实深

切的忧愤，体现了作者深挚的爱国主义情怀。

作者慷慨悲歌，赞叹历史上或保家卫国或成就大业的人物："一范一韩人物"是指北宋名臣范仲淹与韩琦，当时他们同为陕西经略安抚副使，驻守西北边境，为抵御西夏、巩固西北边防起了重要作用。据史载，当时曾有这样的歌谣流传："军中有一韩，西贼闻之心胆寒；军中有一范，西贼闻之惊破胆。""汉家三杰"就是辅助刘邦夺取天下的张良、萧何与韩信。刘邦于秦亡后被项羽封为汉王，定都南郑。刘邦后来出关向东讨伐项羽，并最终取胜，主要就是依靠了张良、萧何、韩信。"拜将台"，在今陕西汉中市南郑区，为刘邦筑台拜韩信为将处。欹，倾斜。"怀贤阁"一句是怀念三国时北伐的诸葛亮，"怀贤阁"在今陕西汉中市南郑区，诸葛亮于此出师北伐，亮死后，蜀后主建阁以祀。

而当今"神州沉陆"之时，究竟有谁是"范""韩"这样的英雄？当"北望长安应不见"，中原沦陷于金人之手，唯剩半壁残破山河时，功勋卓著的"汉家三杰"早已成为如烟往事，难再重现。"拜将台"已经倾斜欲倒，"怀贤阁"也昏暗不可见。作者其实是在追慕先贤的同时，深深叹息当今国家危难的情势之下，却没有这样的人物，暗寓"时无英雄"之慨。

面对金人的进攻，胡世将、岳飞这样的将领为了恢复中原正在前线奋勇杀敌，而朝廷却是"六师不发"，空有满腔报国热情的志士们纵然悲愤，也只能无奈叹息。末尾写"空指冲冠发"，真是激愤之极。作者最后的命运同此词表达的情感一样，令人悲愤：绍兴十一年九月，朝廷严令胡世将班师，十一月宋金和议成，朝廷下死命令，川陕宣抚司"只许保存疆界，不得出兵生事"，并把坚决抗金的西线主帅胡世将强行召回。不久，岳飞被害，两个月之后，一代名将胡世将悲愤而死。

（郭扬波）

●吕本中（1084—1145），字居仁，世称东莱先生，寿州（治所在今安徽凤台）人。绍兴六年（1136）赐进士出身。官至中书舍人兼侍讲，兼权直学士院。以忤秦桧罢官。有《东莱先生诗集》。

◇兵乱后自嬉杂诗二十九首（录一）

晚逢戎马际，处处聚兵时。
后死翻为累，偷生未有期。
积忧全少睡，经劫抱长饥。
欲逐范仔辈，同盟起义师。

吕本中是北宋末到南宋初的一位重要诗人，其诗受黄庭坚、陈师道的影响很大，其诗风、理论，又基本上体现着诗歌由北宋转向南宋的一个转变过程。靖康元年（1126），金兵攻破北宋都城汴梁，次年四月掳走徽钦二帝。这就是历史上著名的"靖康之耻"。吕本中当时正陷于贼中，目睹了金兵围攻并攻陷汴京的过程及宋朝军民在汴京保卫战中的表现。在金兵退出汴京以后，诗人以"兵乱后"为主题作了一组诗，写了自己的所见所闻所感，从不同角度展示了在敌人铁蹄践踏之后宋朝人民的生活境况，深刻而沉痛。

战争是一种特殊的状态，经历过一场战争之后，一个人的很多观念，包括人生观、价值观、生死观都可能发生改变。这一年，诗人四十多岁，按照古代的标准，这已经是晚年。晚年应该过安定随意的生活，没想到却遭遇如此重大的变故。从社会角度看，都城被洗劫，君王被掳走，国家灭亡；从个人角度而言，家园难存，亲人流离失所，生活难以维持。经历了这番沧桑与磨难之后，幸存下来的诗人却发出了这样的感叹：活着成为沉重的负担，遥无尽头，死，反而是早日的解脱。

"积忧全少睡，经劫抱长饥"两句精炼地写出了战乱后生活的痛苦：饱尝国恨家仇之后，忧愤成疾，凤夜难寐；辗转兵荒马乱之中，粮食匮乏，饥肠辘辘。身为朝廷命官的诗人尚且如此，那广大百姓的生活就可想而知了。据宋代学者徐梦莘所著《三朝北盟会编》记载，靖康之变后，汴京城被破，因缺乏粮食，不少百姓饿死，金兵北去后，二麦成熟，却无人收割。可以想象出原本繁荣富庶的汴京在遭此浩劫后的惨状。

但诗人想要表达的是否就是沉重的叹息和无奈的哀怨呢？是否就这样苟且偷生地活着呢？答案是否定的。诗的前六句，无处不笼罩着沉痛阴霾之气，读之心颤，但尾联却笔锋陡转，发出了振聋发聩的抗金高呼。此诗本有"近闻河北布衣范仔起义师"的自注，不难推测出，范仔可能是于民间发动并组织人民起来抗击金兵的爱国志士。诗人虽是一介书生，且已年迈，但有生之年仍愿意追随这样自发的抗金组织，并与各地义军结为同盟，兴师讨贼。表现出了诗人在国家危急、民族危难之时渴望驱除侵略者，恢复山河的报国之心。这番爱国热情着实令人感动。

（郭扬波）

●岳飞（1103—1142），字鹏举，相州汤阴（今属河南）人，出身农家。北宋末投军，任秉义郎。南宋时随宗泽抗金，历少保、河南北诸路招讨使，进枢密副使。反对与金议和，终为秦桧所害。孝宗时追谥武穆，宁宗时追封鄂王。有《岳武穆遗文》。

◇池州翠微亭

经年尘土满征衣，特特寻芳上翠微。
好水好山看不足，马蹄催趁月明归。

岳飞是南宋初年的抗金名将。宋徽宗宣和四年（1122），十九岁的岳飞从军，绍兴十二年（1142）三十九岁时，被秦桧陷害遇害身亡。生于北宋末年的岳飞，亲眼看见了祖国的山河破碎，国破家亡。少年时，岳母在他背上刺下"尽忠报国"几个字，以激励他的爱国热情。他青年从军，以"还我河山"为己任。"三十功名尘与土，八千里路云和月"，冒矢石，受风霜，为的是"收拾旧山河"。在这种特定的历史情况下，岳飞对祖国山川怀着特殊的感情。正是在这样的情感支配下，这位连年征战的青年将军，在戎马倥偬之际，面对祖国大好河山，热爱之情油然而生，发而为诗。只要了解了作者的身世、经历，就能较深地体味到诗中强烈的爱国感情。

　　为了抵抗金兵南下，保卫南宋的半壁河山，进而收复中原，诗人长期转战在今两湖、浙、赣、皖、苏一带。绍兴四年和十一年，就曾两次在庐（治所在今安徽合肥）击败金兵，十一年还驻军舒州（治所在今安徽安庆）。"尘土满征衣"，这一细节即是诗人实际生活的写照——他长年驰骋沙场，风尘仆仆，可能是无暇换衣，也可能是换了衣服又扑满尘土，还可能是无衣可换。首句从一个独特的视角，勾勒出长期征战的军人形象。第二句让人生疑，这么忙的一位将军，怎么有时间寻芳踏春呢？联系时代背景可知，宋军曾取得过胜利，驻军舒州。这才使这位将军紧张的神经稍有松弛，能登上池州（今安徽池州市贵池区）东南齐山上的翠微亭，看一看美丽的春色。忙中偷闲是显而易见的，"特特"理解为马蹄声更好，表现诗人此时轻快的心理，又与后面诗人骑马离开相照应。

　　翠微亭的风景美丽吗？当然，好水好山看不足嘛。怎么诗人又那么急于离去呢？走得那么急，星夜奔驰，还快马加鞭。这看似矛盾，但如果结合诗人的身份，就能立刻明白，正是大好河山，坚定了诗人保卫她的决心。于是快马加鞭赶到前线，想早点把侵略者赶出去。离开，是为了回来更好地欣赏美景。这两句展示了诗人对祖国的浓厚感情。

　　诗的首句叙述自己的经历，从而把登池州翠微亭放在一个特定的背景下面，使读者感受到时代和诗人的脉搏是一致的。第二句把自己的戎马生活与对大好河山的感情联系起来，同时，在结构上又起到了转折的作用，把感情抒发的重心移到对故国的怀念上来，为最后一联直抒胸臆做了铺垫。三、四两句为全诗的中心，倾泻了一个驰骋沙场、为国而战的诗人的炽热感情。

　　这首诗明白如话，不假雕饰，也没有用事用典，完全出之以口语、常言，却十分感人，其奥妙全在于以情取胜。这种情感是发自肺腑的，它冲口而出，是那样自然、真挚。苏轼有一首论诗的诗："冲口出常言，法度法前轨。人言非妙处，妙处在于是。"这恰好道出了岳飞《池州翠微亭》的艺术特点。

（郭扬波）

●陆游（1125—1210），字务观，号放翁，越州山阴（今浙江绍兴）人。"中兴四大诗人"之一。南宋绍兴中应殿试，为秦桧所黜。孝宗即位，赐其进士出身，曾任镇江、隆兴通判。乾道六年（1170）入蜀，任夔州通判。乾道八年，入四川宣抚使王炎幕府。官至宝谟阁待制。晚居山阴镜湖。有《剑南诗稿》《渭南文集》《南唐书》《老学庵笔记》等。

◇金错刀行

黄金错刀白玉装，夜穿窗扉出光芒。丈夫五十功未立，提刀独立顾八荒。京华结交尽奇士，意气相期共生死。千年史策耻无名，一片丹心报天子。尔来从军天汉滨，南山晓雪玉嶙峋。呜呼！楚虽三户能亡秦，岂有堂堂中国空无人！

此诗作于乾道九年诗人任嘉州（今四川乐山）代理知州时。诗借刀以言志，抒发抗金复国的壮志豪情。共三段，各段自为韵。

一段咏刀入题，写急于复国立功的情结。"黄金错刀"语出张衡《四愁诗》"美人赠我金错刀，何以报之英琼瑶"，指环把上黄金错络的佩刀，"白玉装"谓刀匣。首两句谓宝刀夜出光芒，是活用龙泉宝剑气冲斗牛的典故，与他篇写"匣中宝剑夜有声"一样，是对刀主"逆胡未灭心未平"的暗示。"丈夫五十"（陆游时年四十九）以下二句，与李白《行路难》"停杯投箸不能食，拔剑四顾心茫然"，同出于鲍照《拟行路难》"对案不能食，拔剑击柱长叹息。丈夫生世会几时，安能蹀躞垂羽翼"，痛感"年光过尽，功名未立"（刘克庄），而"提刀独立顾八荒"更有男儿顶天立地的意思，从而对未能建功立业更为于心不甘。

二段回忆青年时期，即所谓"交结台谏，鼓唱是非，力说张浚用兵"（《宋史·陆游传》）那一时期激动人心的往事。"京华"指南宋都城临安，包括建康一线。"京华结交"以下两句谓结交奇士，风义相期，绝非泛说，而有十分丰富的具体生活内容。"千年史策耻无名"，字字磊落光明，为烈士写心。"名"乃功名，非虚名。"一片丹心报天子"，此心此志，可对天日，而后来遭遇的挫折，不说也罢。读诗须联系作者生平，方能因声求气。

三段转而说到从军南郑，抗金热情复炽。从汉水之滨，遥望终南积雪，缅怀盛唐气象，令人热血沸腾。于是情不自禁地想到历史上楚亡于秦后，楚人那充满义愤的誓言："楚虽三户，亡秦必楚！"这个誓言最后是实现在楚霸王身上了的。诗中"中国"指赵宋。想当年楚国是倾巢覆没，而赵宋至少还拥有江南半壁河山，岂无希望耶？前言京华奇士，此言岂曰无人，前后呼应，自信心与自豪感洋溢纸上。诗作于嘉州，豪情亦如岑嘉州。岂偶然耶？

（周啸天）

◇长歌行

　　人生不作安期生，醉入东海骑长鲸。犹当出作李西平，手枭逆贼清旧京。金印煌煌未入手，白发种种来无情。成都古寺卧秋晚，落日偏傍僧窗明。岂其马上破贼手，哦诗长作寒螀鸣？兴来买尽市桥酒，大车磊落堆长瓶。哀丝豪竹助剧饮，如巨野受黄河倾。平时一滴不入口，意气顿使千人惊。国仇未报壮士老，匣中宝剑夜有声。何当凯旋宴将士，三更雪压飞狐城！

　　淳熙元年（1174），陆游四十九岁，作此诗于离蜀州通判任，寓居成都安福院僧寮时。诗借饮酒豪兴抒写胸中积郁和难以扑灭的报国宏愿。

　　前四句先写报国宏愿。谓人生即不做高蹈之仙人，犹当为济世之忠臣，一反前人功成追仙的说法，用退后一步的口气，实在因为成仙不可为，而忠臣可为。"李西平"指唐德宗时平朱泚之乱、收复西京、功封西平郡王的名将李晟。"旧京"借长安以喻汴京。四句以"人生"为主语，保持着一气到底的气势，所谓大江无风，波浪自涌，神似李白。"金印煌煌"以下六句，一跌而到现实而今眼目下，意在马上破贼之身，却闲处于古寺僧舍之下，如寒虫一般苦吟。究其原因，实在是金印不在手，东风不与便的缘故。"岂其"以下二句，实为一句，似平空提起，实照应"犹当出作李西平"意来，气颇不平。

　　"兴来买尽"以下六句说到借酒消愁，却并不消沉，表现出放翁诗的一个重要特点。这里强调"平时一滴不入口",可见本非酒徒;而"意气顿使千人惊",则暗寓不鸣则已、一鸣惊人之意;形容剧饮"如巨野受黄河倾",则有涤荡中原之意味,从而再度掀起感情的高潮。

结尾四句再为抑扬,"国仇未报"一抑,宝剑夜鸣一扬,末二句更从饮酒生发雪夜举行凯旋庆宴一念,将诗情扬至高峰。"飞狐城"即飞狐口(今河北涞源),为北方边郡军事要道。诗用乐府古题《长歌行》,其实并不太长,也可以题为《将进酒》,诗的抒情方式和大起大落的节奏,酷肖李白其诗。作者在诗中大发"牢骚",却并不流于消沉,而是燃烧着希望之火,给读者以积极的鼓舞和教育,又颇具自己的特色。方东树《昭昧詹言》推此诗为陆游诗的压卷之作,是有相当理由的。

(周啸天)

◇关山月

和戎诏下十五年,将军不战空临边。朱门沉沉按歌舞,厩马肥死弓断弦。戍楼刁斗催落月,三十从军今白发。笛里谁知壮士心,沙头空照征人骨。中原干戈古亦闻,岂有逆胡传子孙!遗民忍死望恢复,几处今宵垂泪痕。

《乐府解题》云:"《关山月》,伤离别也。"这首借乐府古题抒发对国事的现实感愤的诗,是陆游于淳熙四年在成都时作。五年前诗人到过南郑前线,职衔是四川宣抚使司干办公事兼检法官,与主将王炎关系亲密。他们热心筹划恢复大业时，南宋政策变为对金求和，王炎被调离前线，随即罢官，从此西线无战事。在诗中，陆游更把"将军不战"的局面追溯到十五年前的隆兴和议，批判的锋芒直指朝廷。"和戎诏下十五年，将军不战空临边"，这两句是全诗的纲，写出了一个大气候。以下两句再写上层腐化生活和战备不修的状况："朱门沉沉按歌舞，厩马肥死弓断弦。"厩马肥死，与将军不战，英雄髀肉复生，同可发人一慨。战马的形象从来是"锋棱瘦骨成"（杜甫）、"向前敲瘦骨，犹自带铜声"（李贺）的，其死不足悲，可悲在于肥死——一"肥"字耐人玩味。则南宋一朝的文恬武嬉，于此可见一斑。

"戍楼刁斗催落月"以下四句用特写镜头加内心独白，写出等闲白头的战士月下的悲哀。诗中"三十从军今白发"的征戍者，实是一代健儿的写照。战声的低落使他感到消沉，在月夜想起无数阵亡的战友，他们洒血抛骨，作了徒然的牺牲，叫幸存的人为之难过，这种悲愤尽管宣泄于笛声，却是"我心伤悲，莫知我哀"（《诗经·采薇》）。和戎诏下有伤军心也若此！

"中原干戈古亦闻"以下二句是抒情性议论。古代也有边患，汉唐也发生过和周边民族的战争，甚至也有胡马窥江之事，然而，让周边民族贵族集团几十年盘踞中原奴役百姓的事则闻所未闻。这实际上是谴责南宋最高统治者的无能与不肖。结尾诗人想象沦陷区人民对南宋王朝寄予的厚望和失望，及其在铁蹄蹂躏下的悲痛境遇："遗民忍死望恢复，几处今宵垂泪痕。"和戎诏下大失民心也若此！

七言古体诗一般宜于铺叙刻画和酣畅地抒情，唐以来作者动辄数百言，乃至上千言，而陆游的七古没有超出三百字的，故《石遗室诗话》云："放翁古诗善于用短。"像这首《关山月》几乎概括了南宋一代社会现实，却只有十二句八十余字。诗人从长达十五年广阔的社会生活图景中挑选出三个很典型的画面——朱门、戍地、沦陷区的情景，而"朱门沉沉按歌舞""沙头空照征人骨""几处今宵垂泪痕"这些空间距离很大的画面，却由于时间的统一，即发生在同一个月夜，而紧密联系起来。

（周啸天）

◇五月十一日夜且半，梦从大驾亲征

天宝胡兵陷两京，北庭安西无汉营。五百年间置不问，圣主下诏初亲征。熊黑百万从銮驾，故地不劳传檄下。筑城绝塞进新图，排仗行宫宣大赦。冈峦极目汉山川，文书初用淳熙年。驾前六军错锦绣，秋风鼓角声满天。苜蓿峰前尽亭障，平安火在交河上。凉州儿女满高楼，梳头已学京都样。

此诗淳熙七年作于江西抚州，诗人时任提举福建常平茶盐公事。多年岁月蹉跎，诗人还不肯放弃他的恢复之梦。诗题和诗序合一，长达四十八字："五月十一日夜且半，梦从大驾亲征，尽复汉唐故地，见城邑人物繁丽，云西凉府也。喜甚，马上作长句，未终篇而觉。乃足成之。"所言不止调兵遣将，而且大驾亲征；不只收复淮北，而且尽复汉唐故地；不待觉后援笔，而且早在梦中马上作诗：凡此皆可见意兴的酣畅。全诗四段，各段自为韵，平仄互转。

一段写大驾亲征。四句当注意者，是诗人站在中国历史的高度，眼界超出赵宋一朝，追溯民族恨史。盖唐自天宝乱后，国势渐弱，北庭、安西两都护（后置方镇），在德宗贞元间为吐蕃攻占，同时陷落的，还有河西走廊前沿的凉州（即题中西凉府）。从那时起，近五百年间，又有后晋石敬瑭割燕云十六州献契丹，使中原政权退居白沟（巨马河流经河北定兴部分）以南；赵宋仍之，尔后发生靖康之变，中原政权又退居淮河以南，可谓每况愈下。诗人梦收汉唐故地，是其在潜意识中抓住了宋代积弱的历史原因，实能追本溯源，眼光不可谓不远。

"熊罴百万"以下四句写尽复失地。虽然百万雄师，却又兵不血刃，孙子曰，"凡用兵之法，全国为上，破国次之""百战百胜，非善之善者也；不战而屈人之兵，善之善者也"，这是一种最理想的战争结局。皇帝在行宫中排列仪仗，宣布大赦，可见不尚杀戮、不事劫掠，是王者仁义之师。字里行间充满王师浩然正气。

"冈峦极目"以下四句写全胜的喜悦。北南政令归一，一切文书皆使用大宋年号、历法。须知文物典章制度在民族文化心理上是高于一切的，"中原文书用胡历"乃诗人平生最痛心疾首之事，方知此句所包含的大欢喜。大驾前六军军容整肃，战袍鲜明耀眼，秋风飒飒，鼓角齐鸣，声震长空，这是盛大庆典场面，写得浓墨重彩，是全诗抒情的高潮。

末四句写一统后边区的和平气象。"苜蓿峰"（见于岑诗，疑在今甘肃西部）与"交河"（在今新疆吐鲁番西）皆边塞地名，各各俱已设防，烽火则报道平安的信息。不意盛唐气象复睹于兹。最后二句以旖旎的笔墨，用凉州儿女发式的改变，见微知著地表现出统一带给边区人民的大欢喜。京都，向来领导着服装发式新潮流。"梳头京样"是唐人歌曲《内家娇》歌唱当时女性赶时髦的风习。而凉州儿女数百年来久厌胡服，不图今日重见汉官，立刻也就梳头都京样了。这充满柔情的笔墨，为全诗的壮采平添几分风韵，最见作者才情。

陆游平生记梦诗近百首，多是反攻复国之梦，如："梦里都忘困晚途，纵横草疏论迁都"（《记梦》），"三更抚枕忽大叫，梦中夺得松亭关"（《楼上醉书》），"夜阑卧听风吹雨，铁马冰河入梦来"（《十一月四日风雨大作》），"梦里都忘闽峤远，万人鼓吹入平凉"（《建安遣兴》），等等。赵翼说："人生安得有如许梦！此必有诗无题，遂托之于梦耳。"这九十余篇记梦，当然不必全是真梦，梦在这里是作者借以实现其理想的一种方式，也就是浪漫主义的创作方法。在诸多记梦诗中，本篇是写得最恣肆的，它场面宏丽，气魄雄迈，洋溢着激情，绝不提梦觉后的悲哀，具有一种奇情壮采。

题面中"喜甚"二字，在诗中并无直接抒写，但通过一系列具体场景——大驾亲征、尽复故地、筑城进图、宣赦改历、烽火平安、凉女妆梳等，自然流露喜不自胜之情。

（周啸天）

◇书愤

早岁那知世事艰，中原北望气如山。
楼船夜雪瓜洲渡，铁马秋风大散关。
塞上长城空自许，镜中衰鬓已先斑。
出师一表真名世，千载谁堪伯仲间。

此诗作于宋孝宗淳熙十三年春，陆游退居山阴六年后，这时以朝奉大夫权知严州军州事起用，因作此诗追怀往事并抒发报效祖国的热情，须知这年诗人已六十一岁，所以难免有失时之悲。

二十年前，诗人在镇江通判任上就以光复河山为己任，与驻扎在建康（今江苏南京）的爱国主战派将领张浚之子张栻及幕府中人交好，鼓吹抗战。瓜洲在长江边上与镇江斜相对峙，当时是宋的国防前沿，故有战舰水师驻扎。又在十多年前，诗人曾从军南郑，参与爱国将领王炎进攻中原的军事部署，曾几次亲临"大散关"（今宝鸡西南）前线，那时又做过一次反攻复国的好梦。这两段宝贵的生活经历，就被熔铸在前四句诗中。"那知"犹言"岂料"，"世事艰"三字概括了民族所遭逢的深重灾难，是一抑；"中原北望气如山"写志在恢复的英雄气概，是一扬。

"楼船夜雪瓜洲渡，铁马秋风大散关。"叙事中兼写景象，于四时中特别抉出隆冬和深秋的季候来写，就造成了严寒萧瑟的气氛，"瓜洲渡""大散关"这两个地名前置以"楼船夜雪""铁马秋风"的描写，便觉叙事精警，声色动人，为全诗增色不少。然而，在镇江也好，南郑也好，希望都落了空：由于符离兵败，张浚被罢职，诗人也落下交结台谏、鼓唱是非、力说用兵的罪名，丢了官；另一次则因王炎调职，北伐计划成为泡影。

从"早岁那知世事艰"到"铁马秋风大散关"，一气贯注，须一气读下，笔力之矫健仿佛李杜。史载刘宋文帝将杀大将檀道济，檀投帻怒叱曰："乃坏汝万里长城。"诗人说自己也是"塞上长城空自许，镜中衰鬓已先斑"，心情是悲愤的，但他并不泄气，最后通过标榜诸葛亮鞠躬尽瘁，死而后已的精神来激励自己："出师一表真名世，千载谁堪伯仲间。"杜甫称赞诸葛亮"伯仲之间见伊吕"，偏重于他的谋略，而陆游这里称赞诸葛亮，偏重于他的献身精神。诗中并没有直抒个人此时怀抱，但读者已经心领神会了。

这首七律句句经得起推敲，又给人以一气呵成之感；虽说是一气呵成，又饶有抑扬顿挫之致：说早岁不知世事之艰是一抑，紧接写北望中原气壮山河便是一扬，至"楼船夜雪""铁马秋风"二句更是酣畅之至，以下便用"空自许"三字一收，又挽合到"世事艰"，概何胜言，末二句则推开以自励作结，诗情复得振作。全诗磊落不平，令人百读不厌，可见作诗不仅要有材料，有技巧，尤贵以感兴驱使而为之。没有较深的感兴，勉强逞才藻饰，读来哪得如此上劲！

（周啸天）

◇十一月四日风雨大作二首（录一）

僵卧孤村不自哀，尚思为国戍轮台。

夜阑卧听风吹雨，铁马冰河入梦来。

南宋孝宗淳熙十六年，陆游被加上"嘲弄风月"的罪名，再度被免去官职。此后的二十年间，诗人基本上是闲居家乡山阴农村。此诗作于南宋光宗绍熙三年（1192）十一月四日，即回乡后的第三年。当时诗人已是一位年近古稀的老人，但爱国热情丝毫未减，收复国土的强烈愿望依然时刻萦绕在心中。在一个风雨大作的夜里，诗人触景生情，感慨万千，在梦中实现了金戈铁马驰骋沙场的愿望。此诗字里行间充溢着诗人的爱国主义激情，感情深沉悲壮。原题有两首诗，这是其中的第二首。

作者首先用了"僵卧孤村"四个字来形容自身的状态。"僵卧"，僵硬、挺直地躺着，指年老，行动已经很不灵活；同时，因无法抗敌报国只能偏居一隅，又暗含此种生活无异于行尸走肉之意。"孤村"二字道出作者居处偏僻，更重要的是罢官回乡后思想苦闷，没有知音。四字道出了作者寂寞的生活现状，笼罩着一种悲凉的气氛。但作者却无心顾及自身的处境，"不自哀"笔锋一转，豪情顿现。作者无暇自哀的原因是心中夙愿是为国家守卫边疆，哪怕已垂垂老矣，这种理想依然存在。一个"尚"字表示作者年老而壮心不减。这两句诗也是诗人的理想和人格的最佳注脚。纵观诗人一生，不正是因为"喜论恢复"、热心抗敌才屡屡受打击，最后罢官闲居的吗？即使已经年迈多病，依然怀抱"为国戍轮台"的壮志，不由让人肃然起敬，和那些屈辱投降或尸位素餐的人相比愈发显得崇高。

头两句是诗人的"思"，因有所思而夜阑不能成眠，窗外又是一片风吹雨打声，也暗合国家正处于风雨之中。于是，作者的满腔忧思幻化成梦境：披着铁甲的战马驰骋在中原冰封的河流之上。一个六十七岁的老人，纵然僵卧孤村，但心驰神往的却仍是披甲杀敌的壮举，可以想见诗人的爱国热情是何等强烈。后两句重点集中在一个"梦"字上，写得形象感人。诗人因关心国事而形成戎马征战的梦幻，以梦的形式再现了"戍轮台"的志向，同时，"入梦来"也反映出政治现实的可悲：诗人有心报国却遭排斥而无法杀敌，"为国戍轮台"的豪情壮志只能诉诸梦境。

南宋虽然是一个偏安且软弱的朝代，但有很多仁人志士念念不忘收复失地，其中不乏像陆游这样空怀报国之心而不能施展才华的人，比如说岳飞、辛弃疾等。正是这些悲壮而豪迈、执着而忠贞的精神构成了南宋感天动地的民族气节，构成了我们中华民族伟大不朽的民族之魂。

（郭扬波）

◇诉衷情

当年万里觅封侯，匹马戍梁州。关河梦断何处？尘暗旧貂裘。　　胡未灭，鬓先秋，泪空流。此生谁料，心在天山，身老沧州。

乾道八年主战将领四川宣抚使王炎聘陆游为干办公事，延至幕中襄理军务。于是，陆游换上戎装，驰骋在当时国防前线南郑一带，过了一段铁马秋风、豪雄飞纵的军旅生活。这一段军旅生活让作者以后一直念念不忘，特别是在罢官闲居之后，更成了作者魂牵梦萦的壮丽回忆。

本词是作者晚年隐居山阴农村以后写的。头两句作者以激情澎湃的笔触为我们展现了昔日胸怀报国宏图，在抗金前线守卫边防的生活图景。"觅封侯"语出《后汉书·班超传》，班超投笔"以取封侯"，后来在西域立了大功，真的被封为"定远侯"。这里用此典故是说明作者当年曾经也像班超那样胸怀壮志，希望为恢复中原建功立业。不过，作者当年的理想并未变成现实。随着时光的无情流逝，当年戍守过的边关只能在梦中重现，而梦一醒，则再也无迹可寻；物是人非，只有当年在军队中穿过的战衣仍在，只是已经黯淡无光，灰尘暗生了。"旧貂裘"一语作者是以苏秦自况，表达长期不被任用的苦闷。据《战国策》记载，苏秦曾十次上书秦王，却一直未被采纳，直至黄金散尽，貂裘破旧，只好离开了秦国。上片的前四句实际上是今与昔、理想与现实的对照，当年的理想越宏大，曾经的经历越辉煌则衬托出今日的处境越凄凉。

　　下片是抒发对国事的牵挂与个人身世的感慨，两者其实是融合在一起，无法分开的。时光匆匆，霜华渐染，作者并没有为个人的变化而伤感，而是慨叹敌人仍横行在我疆土之上，而自己已年老体衰，再无力为国效力；想到国土尚未收复，自己这一生亦壮志难酬，不禁悲愤难耐，热泪长流。结尾三句悲凉透骨，一个"谁料"道出对朝廷主和政策的不满和对个人命运的无奈。"身老沧州"与"心在天山"是对诗人一生的总结：一直念念不忘的是前线的战事和国土的收复，但可恨自己被迫退隐，只能空度余生。这是无法调和的矛盾，也是人生的悲剧。深切的痛楚和无奈的苍凉浸润在字里行间，同时诗中充满慷慨雄浑、矢志不渝的爱国主义激情。

（郭扬波）

●范成大（1126—1193），字致能，号石湖居士，苏州吴县（今江苏苏州）人。"中兴四大诗人"之一。绍兴二十四年（1154）进士。历任处州知府、知静江府兼广南西道安抚使、四川制置使、参知政事等职。曾使金。晚居故乡石湖。有《石湖居士诗集》《石湖词》《桂海虞衡志》《吴船录》等。

◇州桥

州桥南北是天街，父老年年等驾回。
忍泪失声询使者，几时真有六军来？

此诗作于宋孝宗乾道六年（1170）诗人出使金邦时。"州桥"指北宋汴京（开封）城内横跨汴河的天汉桥。

前二句写使至旧京"州桥"的怅触。题下原注："（自州桥）南望朱雀门，北望宣德楼，皆旧御路也。"次句感慨尤在"父老"二字。盖汴京沦陷已达四十四年之久，范成大本人尚且是第一次见到"州桥"，对昔日汴京的了解仅限于书本。而沦陷区的中年以下，尤其青少年，故国的观念自是相当淡薄。唯年纪在五六十岁以上的老者才有故国故君之思，然而盼了一年又一年，仍旧希望渺茫。作者使金所写日记《揽辔录》载："遗黎往往垂涕嗟啧，指使人云'此中华佛国人也'。"可叹。

后二句构思了一个遗民拦道哭问南宋使者情节，问题传神在"真有"二字上。写出父老望眼欲穿的心情，看来他们还完全被南宋隐忍求和的国策蒙在鼓里，教使者无言以对。这里同时也就暗含对南宋当局的指责。

后来陆游《夜读范至能〈揽辔录〉，言中原父老见使者多挥涕，感其事作绝句》云："公卿有党排宗泽，帷幄无人用岳飞。遗老不应知此恨，亦逢汉节解沾衣。"对《州桥》的不尽之意，做了进一步的发挥。

（周啸天）

●辛弃疾（1140—1207），字幼安，号稼轩，历城（今山东济南）人。绍兴三十一年（1161），聚义抗金，归耿京，为掌书记。奉京命奏事建康，京为张安国杀害，擒诛安国。次年率部渡淮南归。历任湖北、江西、湖南、福建、浙东安抚使等职。有《稼轩长短句》。

◇木兰花慢·席上送张仲固帅兴元

汉中开汉业，问此地，是耶非？想剑指三秦，君王得意，一战东归。追亡事，今不见；但山川满目泪沾衣。落日胡尘未断，西风塞马空肥。　　一编书是帝王师，小试去征西。更草草离筵，匆匆去路，愁满旌旗。君思我，回首处，正江涵秋影雁初飞。安得车轮四角，不堪带减腰围。

这是一首送别友人的词。张仲固，名坚，镇江人，于宋孝宗淳熙七年（1180）秋受命知兴元府（治所在今陕西汉中）兼利州东路安抚使，当时作者任知潭州（今湖南长沙）兼荆湖南路安抚使，虽已接受改任知隆兴府（今江西南昌）兼江南西路安抚使之命，但尚未赴任。此词是在张仲固卸江西转运判官任后，取道湖南赴任，作者设宴相送时作的。

本词没有从常见的离情别绪入手，而是独辟蹊径，从友人即将赴任的地方起笔，是用一个极有气势的反问点明了汉中的历史地位——汉朝大业开创之地。接下来回顾了汉高祖刘邦当年从汉中挥师东进，直指关中，把据守关中的秦军三将章邯、司马欣和董翳相继击溃的往事。那样的丰功伟绩令后人神往。而如今是何情形呢？往事已经消散在历史的烟尘之中，大好河山风光依旧，而生活在金人铁骑下的大宋百姓只能是泪下沾衣。金军的铁蹄在中原大地之上肆意践踏，扬起的滚滚尘土从来就没有间断过。西风渐起，又是一个秋天到来了，而南宋朝廷守卫边关的战马，却因无战事养得膘肥体壮。这与前文的慷慨激昂形成鲜明对比。汉王之所以能夺得天下，一个很重要的原因是能够任贤用能，如起用韩信为大将，屡建奇功。但现在，朝廷不思征战，自己的抗金主张也不被采纳，报国无路，但见胡尘遮天、铁骑横行，与当年刘邦开创伟业时的局面不可同日而语。

以这种方式道离别，也可看出作者与友人志同道合，俱胸怀国事，力主抗金，都是不以个人情感为怀的热血男儿。

下片表达了对朋友的劝勉并抒发了离情。因同为"张"姓，作者借张良以《太公兵法》成为刘邦的谋士定鼎天下的典故，勉励张仲固像张良一样，建功立业。此番到西北前线主持军政，不过是牛刀小试，将来一定还有更大的作为。但当今朝廷并不积极主张抗金以收复失地，这样匆忙受命，离开楚地，赶赴西北前线，能不能旗开得胜，还是让人忧虑的。当作者饯别张仲固时，他本人也已奉调江西并即将赴任。当张仲固抵达任所汉中时，他已到了南昌任上，那已经是秋雁初飞之时了。别酒一杯后，二人都将各自踏上征途，日后的重聚就不知是何夕了，所以，作者这里借用唐代诗人陆龟蒙《古意》中"君心莫淡薄，妾意正栖托。愿得双车轮，一夜生四角"的句意，幻想张仲固的车子生出四个角，使张仲固不能即刻远行，大家还可以多聚一会儿，并设想分别以后，将会因对友人的想念而衣带渐宽。

词中的"山川满目泪沾衣"出自李峤《汾阴行》，"江涵秋影雁初飞"则出自杜牧《九日齐山登高》，虽借用了古人的原诗句，却显得非常自然贴切，毫无斧凿痕迹。这也是辛词为人所称道的一大特点。

（郭扬波）

◇鹧鸪天

　　壮岁旌旗拥万夫，锦襜突骑渡江初。燕兵夜娖银胡䩮，汉箭朝飞金仆姑。　　追往事，叹今吾，春风不染白髭须。却将万字平戎策，换得东家种树书。

短短五六十个字的小令，通过前后对比的手法，为我们展现了诗人截然不同的过去与现在。这种对照不仅鲜明，而且近乎残忍，读者正在为诗人在战场上叱咤风云的英勇事迹而热血沸腾时，转眼间却不得不为他被闲置家中、英雄无用武之地而扼腕悲叹。这种强烈的落差形成一种巨大的情感张力，也是本词历来所受评价甚高的重要原因所在。

宋高宗绍兴三十一年，金主完颜亮率大军南下，山东济南的农民耿京趁机组织义军，人数达二十余万。当时才二十一岁的辛弃疾，也组织了二千多人的起义队伍，归附耿京幕下任掌书记。第二年春，辛弃疾奉表归宋，在建康谒见宋高宗。不料他完成任务北还时，在海州就听说叛徒张安国已暗杀了耿京，投降金人。辛弃疾立即就地组织了五十余骑，连夜奔袭金营，突入敌阵中，生擒了张安国，日夜兼程将张安国献给南宋朝廷处置。这一英勇果敢的行动，震惊了敌人，大大鼓舞了南方士气。作者在上片就是回顾这一段充满传奇色彩的光辉经历。

"壮岁"一句是说自己年轻时曾经组织并参与过抗金义军，可以想见作者少年英雄、意气风发的模样，与下片的"白髭须"形成鲜明对比。"锦襜"句是回顾自己和一群义士身着锦衣骑着快马擒获叛徒张安国南下。"燕兵"和"汉箭"两句则是对当时自己带领义士突破金军追堵的惊险场景的描绘："胡䩮"是装箭的箭筒，夜间可以探测远处的音响；"金仆姑"是箭名。这两句是说金兵在夜里提着兵器追赶，而义军则用箭回射敌人。作者带领极少数人马，夜闯金营，而且是生擒叛徒，最后顺利突破重围，真是惊心动魄的一幕。这番令人击节赞赏的壮举也成为作者一生的骄傲。

但这样一位智勇双全、文武兼善的奇才，竟然空怀一腔报国热忱，在等待被朝廷起用中虚掷过了二十年，青春年华也悄然逝去，岁月风霜浸染了白发。诗人曾向朝廷提出过一些在政治上、军事上都很有价值的抗金意见书，如《美芹十论》《九议》等。但这些凝聚作者心血的平戎策都未引起朝廷的重视，倒不如用来交换别人的种树书，后者至少在实际生产中还有一些实用价值，而前者不过成为一堆废纸。结尾这两句看似平常语，却是通过这辛酸的自嘲，极为鲜明、生动地表现了失望、愤懑、无奈、沉痛等情感，我们被他的爱国之心深深感动时也不禁为如此英雄掬一把同情之泪。

（郭扬波）

●崔与之（1158—1239），字正子，一字正之，号菊坡，增城（今属广东）人。绍熙四年（1193）进士。端平元年（1234），授广东经略安抚使兼知广州。二年，除参知政事。三年，拜右丞相兼枢密使。嘉熙三年（1239）致仕卒。有《崔清献公集》。

◇水调歌头·题剑阁

万里云间戍，立马剑门关。乱山极目无际，直北是长安。人苦百年涂炭，鬼哭三边锋镝，天道久应还。手写留屯奏，炯炯寸心丹。　　对青灯，搔白发，漏声残。老来勋业未就，妨却一身闲。梅岭绿阴青子，蒲涧清泉白石，怪我旧盟寒。烽火平安夜，归梦到家山。

崔与之是南宋一代名臣，他开创了以"雅健"为宗旨的岭南词风，对后世岭南词人影响很大，被奉为"粤词之祖"。本词是崔氏的代表作，也是粤东词坛的扛鼎之作，风格激昂雄壮，颇有苏辛之风，毛泽东曾经手书此词，原件现存广州博物馆。

这首词应该是作者出任成都知府兼成都府路安抚使时，登临剑阁所写的。这时，淮河、秦岭以北的大片国土，尽陷于金人手中。词人立马剑门雄关，遥望中原大地，感叹国事家恨，不胜唏嘘，挥笔写下了这首气势恢宏、苍凉沉郁的传世佳作。

上片主要写国事，写战争带来的灾难，表达作者忧国忧民的思想情感；下片的立足点则退回到个人遭际——国家大业未就从而归隐故园暂难实现，真实感人地展现了作者家国难以两全的矛盾且复杂的心理。

以"万里"起笔，气势恢宏，基调豪迈，既描绘出了剑门关雄伟的气势，也体现出了作者作为一方主帅的气魄与胸襟。"立马"一句显出军人本色。作者骑马立于剑门关这一重要军事关隘，心念中原，往北极目远眺，故都汴京（古代诗词中常用长安来代指都城）就在那个方向。作者到底看到了什么呢？中原早已沦陷，百姓生活在金军的铁蹄之下，生活屈辱而艰难。"人苦"以下二句概括了北宋灭亡以来中原百姓的悲惨遭遇：百年以来，生灵涂炭，边境一带尤为严重，无数军民在战火中死难，场面惨不忍睹。这两句深刻地描绘了战乱带来的巨大灾难和黎民百姓所受之苦，包含着作者对人民的深切同情和对敌人的无限愤慨。接下来，笔锋一转，"天道久应还"一语掷地有声，表明了作者对战争的胜利有着非常坚定的信念，也流露出作者对收复失地的强烈渴望。上片末两句则表明了自己要亲上奏章，坚守边关，恪尽职守，保护辖区的百姓不受金军的伤害。这两句话慷慨豪迈，情恳意切，道出了作者为国为民的一片心声。

下片作者的思绪从剑门雄关回到了现实，将笔触转回赋词时的场景：青灯长夜，漏声将尽，搔着白发，忆昔伤今，不禁感叹岁月催老而功业未就。这里的功业既包括个人的事业，更是指国家的兴复大业。国家大业未成，则隐退赋闲的个人夙愿难以实现。怀着对故乡的深切热爱，作者回忆了故乡梅岭的绿荫青子，蒲涧的清泉白石，如今它们仿佛都在埋怨作者已经忘记回乡归隐、与之为伴的约定。这两句词借用清泉梅子之语，曲折表达了作者对故乡山水的刻骨思念。最后两句则是对前文的一个交代：虽然我有负故乡山水之约，但那是因为金人未逐、战火未息，每个战局暂稳的"烽火平安夜"，我的梦魂就会回到故乡。

上片铿锵有力的报国之声，与下片深情委婉的故园之思相结合，让读者感受到了作者丰富的内心情感和刚柔并济的词风。

（郭扬波）

●戴复古（1167—?），字式之，号石屏，台州黄岩（今浙江台州市黄岩区）人。一生不仕。长期浪游江湖，享年约八十。曾师从陆游。有《石屏诗集》《石屏词》。

◇频酌淮河水

有客游濠梁，频酌淮河水。东南水多咸，不如此水美。春风吹绿波，郁郁中原气。莫向北岸汲，中有英雄泪。

戴复古是南宋时期一位颇具个性的诗人。他终身布衣，却关心国家时事，常常以诗词抒写忧国伤时的情怀。其生性正直耿介，不逢迎权贵，大胆指陈时弊，不少诗歌表达了对祖国统一的渴望和对朝廷苟安的斥责，本诗即是其中著名的一首。

戴复古生活的主要时期是南宋后期。开禧二年（1206），南宋朝廷以主战将领韩侂胄的首级与增加岁币贡品为条件，又一次平息了北伐的战争，以耻辱换取了苟安。不仅整个朝廷不敢再提"恢复中原"，而且文人士大夫们报国雪耻的壮志也逐渐消退为悲哀与无奈。本诗要表达的就是对淮北失地的眷恋与对苟安现状的悲愤沉痛。与其他一些直接表达爱国之情的诗歌不同，本诗把全部情感都寄寓在了淮河水中，以淮河水作为情感的载体，别具一番韵味。

　　首句写作者游至濠水桥，情不自禁一次又一次地舀起河水，细细品尝，发出了由衷的赞美：这水如此甘美，比偏安东南方的南宋都城——临安的水好喝多了。作者为什么会如此钟情于此水呢？原来濠水乃淮河的一条支流，而当时的淮河正是宋、金之间的界河。淮河的北岸就是被金人统治的原大宋之地。因此，在诗人眼里，这条河水既是一道象征国土两分的深深烙印，也是维系淮北失地与南宋的一条纽带。作者在这里表达的对淮河水的赞美与热爱，实际上就是对北方失地、对沦陷的中原大地的爱恋与想念。

　　作者站在濠水桥上，河水在静静流淌，温暖的春风吹过水面，绿波荡漾。这来自淮河的特有的风，不仅吹动了生命的萌发，也带来了中原大地生机蓬勃的气息。这气息如此浓郁，如此令人振奋。这究竟是怎样一种气息呢？其实作者要赞美的是中原人民在金统治下，不甘被奴役，勇于抵抗、顽强抗争的气节与不屈精神。

　　诗的结尾则把全诗的情感推向高潮。诗人郑重地告诫自己，不要喝淮河北岸的水，因为其中正流淌着中原人民的英雄泪。他们身处沦陷区，生活在金统治者的铁蹄之下，眼看着大好河山落入贼手，但"直把杭州作汴州"的南宋朝廷却孱弱怯懦，苟安一隅，不图恢复。中原地区的人民空有洗雪耻辱、报国杀敌的激情与理想，却看不到挥师复中原的希望，悲愤不已，潸然泪下。在此，诗人对于北岸人民的敬爱与对南宋朝廷的斥责表露无遗。

（郭扬波）

●刘克庄（1187—1269），初名灼，字潜夫，号后村居士，莆田（今属福建）人。以荫入仕。淳祐六年（1246）赐同进士出身。官至工部尚书兼侍读，以龙图阁学士致仕。卒谥文定。有《后村先生大全集》。

◇北来人二首（录一）

试说东都事，添人白发多。
寝园残石马，废殿泣铜驼。
胡运占难久，边情听易讹。
凄凉旧京女，妆髻尚宣和。

自靖康以来，国家长期处于战乱之中，付出最大代价的是处于社会中下层的老百姓，他们不光要让自己的子弟从军为伍、上阵杀敌，还要与家人在战火纷飞之中辗转流徙，承受家庭破碎、妻离子散、背井离乡的痛苦。诗人虽主张抗敌，希望国家能收复失土，驱逐敌虏，但目睹了这样的惨状，他和当时很多爱国诗人一样，内心也是充满了矛盾的。所以他的诗歌有很多关心政治、针砭时弊的作品，亦有不少诗歌是描写战争所带来的灾难，叙述民生疾苦的。两首《北来人》就是后者的代表作品，本诗是其中一首。

所谓"北来人"，是指从北方金人统治地区逃难到南宋的难民，本诗的特点正在于其叙述角度是借一位难民之口，来诉说故都的冷落萧条之景和普通百姓对故国的热爱。

看到北来人，南方人很想从其口中听到一些有关故都的事，于是，北来人开始讲述"东都事"，东都即是指北宋都城汴京。但是，不听尚可猜测和想象，或者干脆停留在过去美好的回忆之中，而一旦真真切切亲耳听到这一切，顿时哀愁陡生，华发渐多，正如李白诗所言："白发三千丈，缘愁似个长。"那么南宋百姓日思夜想的东都是什么样呢？是否还是往日那个热闹繁华的大都会呢？是否还有当年的风采呢？现实是无比残酷的，经历了战火和金人统治，故都早已面目全非了。诗人选取了最能代表国家的帝王陵园与宫殿的变化来说明这一切：北宋帝后的陵园残败破损，唯余石马；昔日金碧辉煌的宫殿荒芜凄凉，铜驼在荆棘之中哭泣。据《晋书·索靖传》记载，索靖有先识远量，预知天下将乱，指着洛阳宫殿门口的铜驼感叹道："以后你将处在荆棘当中。"

东都已然如此，那么身处沦陷区的人民又怎样呢？他们时刻关注着南宋与金国的战事，但很多从边境传回来的消息都是讹传，并不可靠。哪怕南宋军队少有取胜，他们依然坚信金人的国运断不会长久，坚信南方的军队一定会收复失地，恢复山河。在敌人铁蹄统治下的人民是否甘愿臣服，是否已淡忘了故国呢？当然不会，这点仅从旧都妇女的装扮上就可见一斑——她们的装扮和发髻仍然保留着宋徽宗宣和年间的式样。这表示虽然国土已经沦陷多年，但人民依然保存着从前北宋的风俗习惯，这份对故国的情怀着实令人感佩。

（郭扬波）

◇满江红·夜雨凉甚，忽动从戎之兴

金甲雕戈，记当日、辕门初立。磨盾鼻、一挥千纸，龙蛇犹湿。铁马晓嘶营壁冷，楼船夜渡风涛急。有谁怜，猿臂故将军，无功级。　　平戎策，从军什，零落尽，慵收拾。把茶经香传，时时温习。生怕客谈榆塞事，且教儿诵《花间集》。叹臣之壮也不如人，今何及。

刘克庄是南宋著名词人，他非常推崇辛弃疾，他的词继承了辛弃疾的革新精神，同时又发展了辛词散文化、议论化的特点，在辛派词人"三刘"（刘克庄、刘过、刘辰翁）中成就最大，甚至被认为"与放翁、稼轩，犹鼎三足"（冯煦《宋六十一家词选例言》）。他的词以爱国思想内容与豪放的艺术风格见称于时。

从这首词的附题可以看出，本词是作者在某个雨夜，突发从军抗金之兴，不禁追忆往事、感叹现实而作。上阕高蹈昂扬，下阕则曲折苦涩。写作此词时，刘克庄正闲居在家。为什么没有出仕呢？原来词人曾有咏梅诗收入书商陈起刻印的《江湖集》，因诗中有"东风谬掌花权柄，却忌孤高不主张"句，被诬为诽谤丞相，因而获罪被罢官。

词的上片是在追忆当年的军营生活。宋嘉定十二年（1219），李珏任江淮制置使，节制沿江诸军，刘克庄在其幕府掌文书。"辕门"指军门，"辕门初立"就是指这件事。"磨盾鼻"是指在盾鼻上磨墨，实际意思是说要磨墨作战斗檄文讨伐金人。这个典故出自《北史·荀济传》："会楯上磨墨作檄文。""一挥千纸，龙蛇犹湿"是说他草拟文书时，思如泉涌，笔走龙蛇，在军情紧急时，墨迹未干便传送出去。诗人当年才华横溢，少年得志，被誉为"烟书檄笔，一时无两"。他也很以此自负。"铁马晓嘶营壁冷，楼船夜渡风涛急"这两句脱胎于陆游《书愤》一诗的"楼船夜雪瓜洲渡，铁马秋风大散关"，表现紧张、肃杀的战斗气氛。最后三句是借用汉代"李广难封"的典故比喻自己虽踌躇满志，也曾有功于国，却被谗去职，不平之气溢于言表。

下片则由上片慷慨激昂的过去转入了对现实的哀叹。不过，这种哀叹是通过漫不经心，甚至带点谐谑的方式表现出来的，正话反说，曲笔传情，这比直接喟叹更令人心感戚戚。当年的爱国豪情已经变成今天的意志消沉，曾经以一腔热血写就的抗金之策和从军生活的记录早已零落殆尽，无心拾掇，那段意气风发的岁月只能成为永远的回忆而难以再现。今天过着什么样的生活呢？焚香煮茗，诵读茶经。看似悠闲惬意，实则被逼无奈。"生怕"二句是说每逢有客来也不愿再谈平戎之事，宁可修身养性，只教儿女诵读无关国事只关风月的花间词。看似消沉避世，实则激愤难耐。这与辛弃疾《鹧鸪天》词中的名句"却将万字平戎策，换得东家种树书"实有相通之处。

最后两句语出《左传》，是春秋时郑国大夫烛之武对郑文公所说。这里并不是悲叹自己年老体衰，无力再上阵杀敌，而是暗藏烛之武已老尚能退秦师，自己也壮心不老，尚有可为之意，与附题"忽动从戎之兴"遥相呼应。

（郭扬波）

●刘辰翁（1232—1297），字会孟，号须溪，吉州庐陵（今江西吉安）人。少从陆九渊门，补太学生。景定三年（1262）廷试对策，忤贾似道，置丙第。后因亲老，请为濂溪书院山长。入元，不仕。有《须溪集》《须溪词》等。

◇柳梢青·春感

铁马蒙毡，银花洒泪，春入愁城。笛里番腔，街头戏鼓，不是歌声。　　那堪独坐青灯。想故国，高台月明。辇下风光，山中岁月，海上心情。

刘辰翁是南宋末年的辛派词人，生逢宋、元易代之际，曾入文天祥幕府，参加过抗元斗争，宋亡以后隐居不仕，以此终老。他继承了辛词的爱国主义传统，尤其宋亡之后，"寄托遥深，忠爱之忱，往往形诸笔墨，其志亦多有可取者"（《四库全书总目提要》），所作多感怀今昔、追忆故国之词，表达了强烈的爱国之情。

这首词是作者晚年隐居山中的作品，题名《春感》，实则是写元宵节所引起的亡国之痛与故国之思。以佳节写悲情，是本词的一大特点。"春"点出时序，"银花""笛""戏鼓"俱是历来闹元宵的民间传统，但"春"并无温暖之感，火树银花、清脆笛声、街头戏鼓也并未形成元宵佳节国泰民安的热闹升平气氛。花火飞溅，却仿佛在流泪，春愁笼罩城池，横笛中吹奏出来的不是汉人音乐，而是来自北方民族的"番腔"，街头上演出的也不再是熟悉的故国戏鼓，一片咿呀之声，难以入耳。"不是歌声"一句冲口而出，犀利直率，表达了作者的激愤之情。为什么会这样呢？词的首句便以简短四字点明了写作背景——国家已经处于元军的统治之下。彪悍的蒙古战马身披铁甲，又覆盖着御寒的毛毡。可以想见，马尚且如此装扮，元军又该是如何威风凛凛、趾高气扬。在元军铁骑的蹂躏之下，元宵节本来应有的热闹喜庆却与凄凉愁苦的现状形成鲜明对比，触景生情，不禁越发怀念故国，而对新的统治者充满了深深的厌恶和痛恨。

"那堪独坐青灯"是作者现状的自述。作者情操高尚，宋亡不仕，过着寂寥冷清的隐居生活，此刻更是独对一盏青灯，怀念那"不堪回首月明中"的故国。"辇下"三句，均是四字句，每句两个名词，前一个是处所类名词，可看出作者的精心构思，但读之却是自然流畅、真挚生动，不假雕琢。辇下风光，指故都临安昔日的繁华盛况，那时的元宵佳节热闹非凡，充满了欢声笑语。而现在，却是冷清清与孤灯为伴。国破家亡后，身为遗民，作者坚守气节，于是，选择了归隐的寂寥生活。但身在山中，心却不能忘情于现实，记挂着临安失守后有一批爱国志士在福建、广东一带继续进行的抗元斗争。这三句话看似跳跃无端，实则意蕴深远，层层递进："辇下风光"是沉浸在故国之思中；"山中岁月"是思绪回到现实，寄身山中；"海上心情"则是心之所系与志之所向。尤其是结尾四字，淡淡道来，却饱含了作者深沉而坚定的爱国之情，可谓是全篇的点睛之笔。

（郭扬波）

●郑思肖（1241—1318），字忆翁，号所南，自称三外野人，福州连江（今属福建）人。少为太学上舍，应博学宏词试。元兵南下，后隐居苏州，工墨兰。有《郑所南先生文集》。

◇德祐二年岁旦二首（录一）

有怀长不释，一语一酸辛。

此地暂胡马，终身只宋民。

读书成底事，报国是何人？

耻见干戈里，荒城梅又春。

北宋灭亡以后，有许多南宋遗民无法忘怀故国，怀着对元朝统治者的无比憎恨之情，用各种方式表达对故国的怀念与忠贞，并用诗歌来抒写这个时代的伤痛。郑思肖就是其中一位代表。他原为太学生，元军南下，他曾向南宋朝廷献计抗敌，没有被采纳。南宋灭亡后，他住在苏州（今属江苏）一个寺庙里，终生不出来做官，而且坐卧必向南，因自号所南；专工画兰，且画兰不画土、根，以寓宋已沦亡之意。他一生写下了很多爱国感情浓厚的诗。

宋恭宗德祐元年（1275）十二月，元兵南下攻陷了平江府（今江苏苏州）。作者当时正住在苏州城内，目睹了平江府的沦陷，预感国家将面临巨大灾难，同时又渴望国家能够尽快振奋起来，收复失地。第二年正月初一，作者感念时事，写了两首诗，这便是其中的后一首。

诗的开头便将悲痛的情绪倾泻而下。写作此诗时，诗人已经目睹了风雨飘摇之中的南宋逐渐走向覆亡的过程。对于生活在宋元之交的爱国文人而言，这是一段极为惨痛的经历。因此，萦绕在心头的恨事，是长久以来的心结，每每提及它，总是让人伤心落泪，备感心酸。

此诗最感人之处在于其哀痛之中，更有坚贞不屈的意志支撑着伟大的民族精神。尽管平江府被元军占领，但这只是暂时的，而无论身处何种境地，终其一生都只是大宋的子民。在平淡朴素的语言里，我们读到的是力量万钧的民族气节。据史书记载，郑思肖于宋亡之后，誓不与北人结交：闻北语则掩耳快走；坐卧从不向北；其居室的匾额上题着"本穴世界"四字，暗藏"大宋"二字；诗人精于画墨兰，却从不画土、根，人问其故，则回答说："地被他人夺去，你难道还不知道吗？"他所著的书里面有《大无工十空经》一卷，"空"字去"工"加"十"则为"宋"；其改名"思肖"，即寓意"思赵"……诗人就是以这样的方式执着地思念着故国。

古代文人的报国理想大致可分为两种情形：在和平年代是如杜甫所言，希望能"致君尧舜上，再使风俗淳"（《奉赠韦左丞丈二十二韵》）；在国家有战事之忧时，则是"愿将腰下剑，直为斩楼兰"（李白《塞下曲》）。面对国家劫难，诗人发出了这样的诘问："读了那么多年的书，空有满腹诗文，可究竟成就了什么事业？国难当头，是谁在捍卫家国？"诗人因自己没有力量尽到报国的责任，而在这里表示惭愧。实际上，身为一书生的他豪迈而有隽才，曾上书朝廷，为国献策，力主抗敌，但未被采纳，而且一生忠心爱国，虽不能上马杀敌，却有坚强不屈的铮铮傲骨，对当时人感召力甚大。

最后一句写战火四起，城池已经沦陷，可是城中的梅花却不知亡城之恨，犹自灿烂开放。这是借无理之语表达无法排遣之愁。

全诗以自然朴素的语言抒写了悲愤之情与坚贞的意志，风格沉郁苍凉，这也是宋末诗的一大特点。

（郭扬波）

●元好问（1190—1257），字裕之，秀容（今山西忻州）人。曾读书于山西遗山，因号遗山山人，世称元遗山。金宣宗兴定五年（1221）进士。官镇平、内乡、南阳等县县令。后入朝，历尚书省左司员外郎，入翰林，任知制诰。金亡不仕。有《遗山集》。又编金人诗为《中州集》十卷。

◇被檄夜赴邓州幕府

幕府文书鸟羽轻，敝裘羸马月三更。
未能免俗私自笑，岂不怀归官有程。
十里陂塘春鸭闹，一川桑柘晚烟平。
此生只合田间老，谁遣春官识姓名？

正大五年（1228）十月，元好问母亲去世，按当时礼俗，元好问从河南内乡县令的任上，辞官回家服丧，家居内乡白鹿原，当时三十八岁。这种闲居生活一直过了一年半，到正大七年春天，金国北面的蒙古军加紧进逼。地处南北交通孔道的邓州（今属河南），也受到南宋的不断袭扰。为了加强防务，邓州守将移刺瑗聘请他出来担任幕职。元好问有感于家国之难，接到文书后，星夜兼程，向邓州进发。邓州在内乡南面，路途并不远，大约朝发可以夕至，本诗即作于赴邓途中。

　　这首诗的明显特点，是结构上深折顿挫，开合变化，而又文气跌宕，流转自然。首句"幕府文书鸟羽轻"，单刀直入，叙述赴邓原因，起势极为迅捷。"幕府"，古时军队出征，使用帐幕，因而把军政大吏的府署称为幕府，这里是指邓州州府。"鸟羽轻"，意义双关：一是指征召文书上插有鸟羽，类似后来的"鸡毛信"，表示紧急；二是指传送之快，如同飞鸟一般迅疾。这三个字，把征召的紧急情态，生动形象地表现了出来，已经暗含不得不急赴之意。第二句即紧承首句，扣紧题目中的"夜赴"，具体描写了连夜赶赴邓州的情景。"敝裘羸马月三更"，诗人穿着破皮袄，骑着瘦马，半夜里在月光下赶路。这一句用了三个名词性的词组，而不用关联词，巧妙地构成了一幅清冷而略带凄凉的画图，不仅明白表现了赶路之早，而且隐含着国家时局的艰难和个人心境的伤感。诗句中的自然意象和人事意象，显然都是经过精心挑选的，它们的自然融合，展现了耐人寻味的艺术境界。

　　接着，作者把笔锋收回，第二联进行内心的自我省察："未能免俗私自笑，岂不怀归官有程。""未能免俗"，是借用古人成语，据《世说新语·任诞》载，阮咸家贫，七月七日，富人在庭中晒衣，皆纱罗锦绮，阮咸以竿挂大布犊鼻裈于中庭，人或怪之，答曰："未能免俗，聊复尔耳。"这里，诗人用此典，有自我解嘲之意。全句意思是说：我未能免俗，所以应聘出来做官；但是，自己对此也感到可笑啊。"岂不怀归"，是用《诗经·小雅·出车》中的"岂不怀归，畏此简书"，十分贴切。全句意思是说：我并不是不想家啊，但因为官府征召有期限，不得不这样急急忙忙赶路。看来，当时元好问应聘到邓州，从个人角度说，是并不很情愿的，但由于官府催得很紧，国家又有急难，不得不立即动身，这表现了他以国事为重的可贵精神。为了表现这种复杂的内心世界，两句中各自有一次转折，而出句与对句之间，又用"未能""岂不"两对虚词作为转接，使人如行山中，路转峰回，景象无穷，极尽曲折变化之妙。

第三联写景，"十里陂塘春鸭闹，一川桑柘晚烟平"。十里池塘中，一群群鸭子正在拍水嬉戏，高声鸣叫，一片热闹景象，似乎是从马上听到的。整个川原中种植的桑树和柘树，平展在晚烟之中，仍然是一派美好景色。这当中，一方面表现出作者对自然美景的欣赏，但另一方面，在行进中不知不觉薄暮来临，看到田间的农夫已纷纷归家，而自己还仆仆道途，也流露出了对田园生活的留恋之情。

这样，从第三联的意思中，就自然而然地引出了最后一联："此生只合田间老，谁遣春官识姓名？"意谓，我此生只应终老田间，是谁叫朝廷的春官识得我的姓名呢？春官，《周礼》："春官宗伯。"春官为礼官，掌典礼，后世因以春官为礼部的通称。礼部掌贡举之明，故诗云"春官识姓名"，即谓有人举荐自己。这最后一联与前面相呼应，补足了第二联的意思，明白地道出了自己希望终老田园，不愿出来做官的想法。然而，作者又在马不停蹄地向前赶路，并非真的要息隐田园，他的以国家为念的思想，其实是战胜了个人意愿的，只是有些矛盾罢了。全诗围绕这种矛盾的复杂心情，层层推进，步步加深，虽转折变化而又一气流转，把感情表现得淋漓尽致。

元好问的诗主要是学杜甫，但受北宋苏轼、黄庭坚的影响也较深。宋诗不仅继承唐诗传统，而且自出机杼，有所发展。首先在谋篇布局的法度上，更为严密。本诗的曲折变化，已如前所述。另外，第一、三联叙事写景，是实写，第二、四联说理抒情，是虚写，虚实相生，疏密有致，波澜层出，体现了作者的艺术匠心。其次，宋诗在用典、对偶、炼字等方面，更趋于精严。本诗用了不少典故，而且都用得不着痕迹，十分自然，收到了言简意丰、含蕴深厚、耐人寻思的艺术效果。其中第二联，多用虚字，乍看来不似对句，而其实字字精切，极见功力。诗中一些形容词、动词的使用，也都经过了精心锤炼，如"轻""闹""平"等字，下得准确而又生动。总之，本诗在学习宋诗风格方面，收到了很好的效果，显得峻峭而不硬涩，颇具流转自然的特色，深折而不晦暗，富有清新明朗的气息。元好问学习宋诗，能入能出，体现了大家风度和创新精神。

（管遗瑞）

◇岐阳三首

突骑连营鸟不飞，北风浩浩发阴机。
三秦形胜无今古，千里传闻果是非？
偃蹇鲸鲵人海涸，分明蛇犬铁山围。
穷途老阮无奇策，空望岐阳泪满衣。

百二关河草不横，十年戎马暗秦京。
岐阳西望无来信，陇水东流闻哭声。
野蔓有情萦战骨，残阳何意照空城？
从谁细向苍苍问，争遣蚩尤作五兵？

眈眈九虎护秦关，懦楚羸齐机上看。
禹贡土田推陆海，汉家封徼尽天山。
北风猎猎悲笳发，渭水潇潇战骨寒。

三十六峰长剑在，倚天仙掌惜空闲。

这三首诗作于正大八年四月，当时元好问正任河南南阳县令。他听到岐阳被蒙古军攻陷的消息，心情十分沉痛，以饱蘸血泪的笔触，连续写下了这三首七律，描写岐阳之战的惨状，抒发自己的满腔悲慨，把国家、人民和个人的命运紧密联系在一起，使这组血泪和流的诗篇，产生了感天地、泣鬼神的力量。

岐阳，又称岐州，隋文帝开皇元年（581）在此建岐阳宫，故名。唐代为凤翔府，治所在今陕西宝鸡市凤翔区，安史之乱时，曾经作为唐肃宗临时政府所在地，历来为西北重镇。金国时，它不仅是关中，也是地处中原的汴京的屏障，具有重要的战略位置。正大八年正月，蒙古命按察儿军围攻岐阳，金完颜合达、移刺蒲阿屯兵于潼关，见蒙古兵势大，不敢轻动。后金哀宗令之出战，正值蒙古军窝阔台、拖雷率生力军来援，金军收兵入关。二月，蒙古军几路合围，倾全力会战，金军仓皇败退，岐阳于是陷落。这对金国的生存，是一次重要打击，当时朝野震动，笼罩着一层对国家前途忧虑不已的阴云。

第一首写初闻岐阳陷落时的惊疑、悲愤之感，以及个人无能为力的伤痛。

"突骑连营鸟不飞，北风浩浩发阴机"是从大处落笔，对整个战场气氛作了高度的形象概括。敌人精锐的骑兵，一营连着一营，连鸟儿也不敢飞过；北风猛烈地吹，降下了一天大雪。"突骑"，突入对方阵地中的精锐骑兵。"北风"，代指蒙古军。《诗经·邶风·北风》："北风其凉。"朱熹《诗集传》以为北风象征国家的危乱。"发阴机"，指下雪，如韩愈《辛卯年雪》诗："翕翕陵厚载，哗哗弄阴机。"这一联破空而起，有云垂海立之势，读者从铁骑连营、满天风雪之中，仿佛感受到一股逼人的杀气；隐隐透露出国家局势的动荡不安，预示了岐阳的必然陷落。但是，第二联却一转，对岐阳陷落表示了疑问："三秦形胜无今古，千里传闻果是非？"意谓，关中地势险要，不论今古地理位置都非常优越，金军不应当打败仗，这千里之外传来的岐阳陷落的消息到底是真还是假呢？"果是非"三字，用疑问语气表示对岐阳陷落的惊疑情态，意蕴丰富。一方面，作者虽然早就知道岐阳战事吃紧，但想到那是一方重镇，不应失守，这突如其来的消息，使他惊诧而又疑虑。另一方面，字里行间更多地隐含着作者不愿岐阳陷落的心情，虽然明知已经陷落，仍然希望这消息是道途传闻，而不是事实，这就更深一层地表达了作者对国事的深情关切和对岐阳失守的悲愤心情。这两联诗与急剧变化的局势相适应，在写法上陡起陡转，颇具开阖动荡之势。

第三联用比喻手法，生动地描写了岐阳之战的残酷。"偃塞鲸鲵人海涸，分明蛇犬铁山围。""偃塞"有高耸、傲慢义，此作横暴解，巨大而凶暴的鲸鲵，使人海也干涸了；毒蛇和恶狗像铁山似的分明在围困着城市。这一联续写蒙古军对岐阳的猛烈围困，同时用"分明"二字将第二联的"传闻"证实。诗中用凶猛的大鱼鲸鲵和狠毒的蛇犬作比喻，表明了作者对蒙古军的痛恨，用"人海涸"和"铁山围"来写战争情况，说明了此役的激烈和残酷，人民横遭战火的洗劫也在不言中了。第四联"穷途老阮无奇策，空望岐阳泪满衣"，收束全诗，表明了对一败涂地的形势的绝望心情，与以上所写敌军的凶猛恰成强烈对比。据《晋书·阮籍传》载：阮籍行车时不由径路，路穷辄痛哭而返。元好问生逢乱世，感慨与阮籍也多有相似之处，故以阮籍自比。

第二首写战乱期间岐阳人民横遭屠戮的惨况，表示了自己的深切同情。

诗从叙写战乱入手："百二关河草不横，十年戎马暗秦京。"首联二句倒装，意谓：十年来战尘弥漫，遮暗了昔日的秦京；号称"百二关河"的秦地，如今连野草也不生了。"百二关河"，据《史记·高祖本纪》："秦，形胜之国，带河山之险，悬隔千里，持戟百万，秦得百二焉。"意思是秦人依靠关河之险，用二万兵可抵挡天下诸侯的百万兵。"百二"，指士兵的数量为对方的百分之二。"十年"，从金宣宗兴定五年，由木华黎统率的蒙古军进攻陕西算起，至此恰好十年。十年间，战争不断，岐阳成为双方争夺的重要战场。"秦京"，秦朝的首都咸阳，诗中指金的京兆府长安。两句用倒装，避免平直，使得诗句劲健有力，峭拔不凡，突出了十年战乱中岐阳遭受铁骑践踏的惨重，暗示出人民所受到的摧残，给人以生动的印象。

然后，中间两联着重具体描写了战争给人民带来的苦难。颔联"岐阳西望无来信，陇水东流闻哭声"，表现作者在战乱期间对岐阳存亡的深情关切，由于路远而不能及时了解情况，似乎只能听到渭水的呜咽之声和沦陷区广大人民的哭声。"陇水"句借用古乐府《陇头歌辞》"陇头流水，鸣声呜咽。遥望秦州，心肝断绝"诗意，十分贴切，表现了作者肝肠欲绝的痛苦。据《续资治通鉴》一百六十五卷载：宋理宗绍定四年（1231年，即金哀宗正大八年）四月，"蒙古取金凤翔，完颜哈达、伊喇布哈迁京兆民于河南"。当时人民遭受蒙古军的掳掠，流离转徙之苦，实在深重无比。水流呜咽，哀鸿遍野，一片愁惨之状，如在目前。接着，颈联进一步写道："野蔓有情萦战骨，残阳何意照空城？"生者被裹胁北去，而战死者的白骨只能暴露于荒野，只有蔓草好像很有情意地萦绕着，而黯淡的夕阳却偏偏照着已经被洗劫一空的城池。两句以"有情"形无情，感情极其沉痛。"野蔓"句，用江淹《恨赋》中"试望平原，蔓草萦骨"句意。以上四句，用生动形象的笔墨，写出了战乱景象和人民的深重灾难，是当时情景的实录，堪称"诗史"。

尾联再一次发出了愤怒的诘问："从谁细向苍苍问，争遣蚩尤作五兵？""苍苍"，即苍天。"争遣"，即怎叫。"蚩尤"，传说中东方九黎族的首领，以金属作为兵器，与黄帝战于涿鹿之野，失败被杀，诗中以其喻蒙古军。"五兵"，即五种兵器；"作五兵"，即发动战争。这一联是在上面的具体描写之后，以奔涌如潮的激情，对苍天发出的愤怒的责问和对蒙古军的严厉痛斥。尾联与首联相呼应，首尾严密，且笔力千钧，真有拔山扛鼎的气概。

第三首回顾金朝初期的强盛，与如今的国势衰微形成对比，表达了希望国家有能力抗御蒙古军的进攻，不至沦亡的愿望。

第一、二联分别从军力的强大、出产的丰饶和疆域的辽阔几个方面，回顾了金朝全盛时期的情况。这是作者闻听岐阳陷落，在痛定之后所作的反思。其一是军力的强大："眈眈九虎护秦关，懦楚孱齐机上看。""九虎"，语出《汉书·王莽传》："拜将军九人，皆以虎为号，号曰九虎。"诗中指金朝初年守卫秦境的将军。"楚"，天会五年（1127）金人曾扶植北宋的降臣张邦昌，在河南一带建立傀儡国，号曰"楚"；"齐"，天会八年，金人扶植北宋的降臣刘豫在山东一带建立傀儡国，号曰"齐"。"机"，古代盛物的案子，犹今之砧板。作者使用比喻手法，把金国比成猛虎，把楚、齐比为砧上之肉，极言当初金国军事强盛，既夸张而又形象。其二是出产的丰饶："禹贡土田推陆海"，是说《尚书·禹贡》中记载的丰饶之地首推关中。《禹贡》记曰：关中所属的雍州，"厥土惟黄壤，厥田惟上上"。"陆海"，物产富饶的地区，语出《汉书·地理志》。其三是疆域的辽阔："汉家封徼尽天山"，意即汉朝的领土一直伸展到天山之外。"汉家"，此处指金国。"封徼"，领土的疆界、国境。"天山"，亚洲中部的大山系，横亘中国新疆中部，西端伸入中亚。汉武帝天汉二年（前99），汉朝将军李广利率兵与匈奴右贤王大战于天山，败之，由是汉朝的势力达于天山之外。以上四句对金朝初期全盛情况的回顾，固然有值得自豪之处，但却毫无夸饰之意，隐含其中的是深深的慨叹，抚今思昔，山河沧桑，国势陵替，一片怅恨迷惘之情充溢于诗句之中，使人读后联想到岐阳的陷落，不觉发出深情的惋惜。

在回顾之后，第三联又回到现实之中："北风猎猎悲笳发，渭水潇潇战骨寒。"如今的岐阳，在猎猎的北风中传来悲壮的胡笳声，萧瑟的渭水边战士的白骨已寒，那里已经陷入了敌手，一片战乱后的荒凉，使人触目惆怅。结尾，作者想到蒙古和金的战争尚在继续，胜败难以预卜，不禁对国事又发出深深的喟叹："三十六峰长剑在，倚天仙掌惜空闲。"意谓，华山的三十六峰像长剑一样还屹立着，可惜的是那倚天的仙掌已闲置无用了。西岳华山，据说有三十六峰，其中东峰朝阳峰，下窥山势如人之五指状，故名。这里，作者以倚天长剑喻险峻的华山，意思是说华山可以作为防御敌人入侵的屏障，提醒金朝统治者要注意守备，不让蒙古军越过关中，进入中原，威胁汴京。结尾之中，作者把满腔悲愤之情，化为殷切的期望，在个人无力回天的情况下，希望国家不要忘记全盛时期的金朝，要采取有力措施，力挽狂澜，而逐步走上中兴之路。这体现了作者对国家、对人民的一片忠贞和赤诚，寄寓着炽热的深情。

三首诗围绕岐阳陷落这一重要事件，以感愤悲慨的情绪为中心，一气贯注，形成一个整体，首尾呼应，浑然一体。然而各首又自有侧重，从不同方面淋漓尽致地表现了作者的沉痛情怀，组诗始终充满着对国家、对民生的无限关注。结构既大起大落，又细针密线，首尾衔接，前后照应，中间过渡，转接无痕，直至最后仍然笔力不懈，显得天衣无缝，而又气足神完。

（管遗瑞）

◇雨后丹凤门登眺

> 绛阙遥天霁景开，金明高树晚风回。
> 长虹下饮海欲竭，老雁叫群秋更哀。
> 劫火有时归变灭，神嵩何计得飞来？
> 穷途自觉无多泪，莫傍残阳望吹台！

此诗作于金哀宗天兴元年（1232）秋天，当时元好问在汴京，任尚书省掾。这年三月，蒙古军围攻汴京，形势十分吃紧。四月，因为金哀宗派遣户部杨居仁乞和，蒙古军才撤离汴京，退到河洛一带，但仍然虎视眈眈，汴京随时都有被蒙古军攻陷的危险，人们在惊恐中度日如年。秋季的一天傍晚，元好问难以抑制自己的苦闷心情，登上汴京的丹凤门城楼，望见兵燹之后的汴京内外，一片苍凉，想到国家可能灭亡的命运，心中更是哀痛欲绝，于是写下此诗以表达对国事的深情关切。

起联"绛阙遥天霁景开，金明高树晚风回"，点明了登眺的地点是绛红色的宫阙上，时间是刚刚下过雨的傍晚。"霁景开"，即雨后云开，放晴。"金明"，即金明池，是汴京宫苑中的小湖，为帝王渔射游乐之所。前一句从远处、大处落笔，把读者的视线引上广远的天空，去领略那苍茫寥落的情味；后一句从近处、细处描写，让人们从在晚风中摇动着的树木上，去体味京城中的一片凄凉之意。两句一开一合，极见擒纵变化之妙。值得注意的是，这两句具有丰富的内涵，它既是对自然景色的描写，是作者当时眼中所见，同时又赋中含比，象中有兴，高度而形象地概括了当时的军事形势和政治形势，是作者心中所感。"绛阙遥天霁景开"，暗寓汴京城外的战争刚刚暂时平息；"金明高树晚风回"，则是朝廷已处于风雨飘摇的境地，国家正走向末日的象征。一片凄凉的秋意，隐含着对国运衰微而又无可奈何的深沉的悲痛。

颔联分承第一、二句，继续描写望中所见。"长虹下饮海欲竭"，承"霁景开"，是说那横跨天边的长虹，像怪物一样把两个头伸进水中，连大海都快被喝干了，这既是雨后的真实景象，也是用以比喻蒙古军，因为古人认为虹霓是一种两头怪物，它的出现是不祥之兆。从"海欲竭"三字中，我们可以想象到蒙古军围攻汴京时战争的激烈和残酷，以及今后战争风云的险恶。"老雁叫群秋更哀"，承"晚风回"，是说在寒秋的晚风中，时时传来南飞的老雁呼唤伴侣的声音，更加觉得悲哀。"老雁叫群"具有双重象征意义：一是比喻中原人民在战争中流离失所，奔走呼号，如杜牧《早雁》诗："金河秋半虏弦开，云外惊飞四散哀。"二是作者孤独形象的写照，表现了登眺时内心深藏的无处吐露的痛苦。这四句中，雨霁云开，晚风摇树，长虹横天，老雁孤飞，组成了一幅意境苍凉悲壮的图画，正与战乱的情调一致。作者在描写中，重点写所见，但又使情与景高度融合，"一箭双雕"，表现出高超的艺术技巧。

"劫火有时归变灭，神嵩何计得飞来？"颈联笔锋一转，直发议论。意谓，即使是毁灭人间的劫火，有时也是会变化熄灭的；而险峻的嵩山，用什么办法才能使它飞来眼前，障护汴京呢？武则天改嵩山为"神岳"，故名"神嵩"。前一句表现出作者希望蒙古军燃起的毁灭金国的"劫火"能够熄灭，使国家得以保存下来，避免灭亡的命运。后一句则表现出希望金国加强防卫，以抵御侵略，使国家安然无恙。两句均表现出对国运的深切关心，但后一句用设问语气说出，又暗含着眼见国家即将败亡，自己无计可施的悲哀，这两句是在前四句写景的基础上，进行自然的引申和转折。作者驰骋想象，用丰富的联想，驾驭历史，指挥山川，把宏大的议论寓于其中，雄浑中夹杂着深沉的悲凉，笔力十分雄健。

作者在登眺之时，经过反复思索，已经意识到国家可能遭受难以挽回的厄运，心情愈加沉痛，尾联情不自禁地唱出了更为凄切的悲歌："穷途自觉无多泪，莫傍残阳望吹台!"在面临穷途末路之时，作者以晋朝的阮籍自比，阮籍尚能"恸哭而返"，而自己却已经欲哭无泪了。此刻，作者触目皆愁，望着昔日曾经咏歌游乐过的吹台，被夕阳涂上一层黯淡的色彩，过去的欢乐与今日的悲伤恰成对比，心情愈加沉重，真不忍心再看下去。委婉深折的措辞中，亦可见作者悲愤之深沉。"残阳"回应了起联的"霁景"和"晚风"，不仅使得全诗首尾贯通，结构谨严，而且使诗境始终处在日暮天晚、夕阳黯黯的氛围之中，更好地烘托、渲染了全诗的基调。诗人在所见所感中，把忧伤国事、悲痛欲绝的情怀，表现得十分深刻，震撼人心。

（管遗瑞）

◇壬辰十二月车驾东狩后即事五首（录二）

惨澹龙蛇日斗争，干戈直欲尽生灵。

高原水出山河改，战地风来草木腥。

精卫有冤填瀚海，包胥无泪哭秦庭。

并州豪杰知谁在，莫拟分军下井陉？

万里荆襄入战尘，汴州门外即荆榛。

蛟龙岂是池中物，虮虱空悲地上臣。

乔木他年怀故国，野烟何处望行人？

秋风不用吹华发，沧海横流要此身！

　　诗作于金哀宗天兴元年十二月。这年三月，蒙古军开始围攻汴京，四月达成和议，蒙古军退至河洛一带。七月，金国军士哗变，杀死蒙古使者，和议失败，汴京再度被围，战争十分激烈。到十二月，汴京城内粮尽，哀宗不得已，只好亲自带领部队突围，离开汴京。"东狩"，指哀宗亲自督师出征。天兴二年正月，金兵至黄河北岸出击，与蒙古军战斗，但战事失利，大败而逃，金人元帅完颜猪儿、贺都喜战死，哀宗与副元帅合里合等逃往归德，国家的败亡已成定局。此时，元好问任左司都事，留守即将陷落的汴京，亲身感受到了双方争战之苦，目睹了围城中极其悲惨的情景。据《归潜志》记载："百姓食尽，无以自生，米升直银二两，贫民往往食人殍，死者相望，官日载数车出城，一夕皆剐食其肉净尽。"诗中真实地描写了中国历史上这极为悲惨的一幕，读之令人心魄震荡，真欲声泪俱下。

　　前一首描写战争的激烈和人民遭受战乱之苦，盼望有豪杰出来阻击蒙古军队的进攻。

　　前四句用生动形象的笔墨，描写阴森可怖的战场，使人触目惊心："惨澹龙蛇日斗争，干戈直欲尽生灵。高原水出山河改，战地风来草木腥。"一起即如异峰突兀，劈空而来，不仅统领全篇，而且有先声夺人之势。其时正当岁暮，在阴天惨地中，像龙蛇一样绞缠、争斗不休的蒙古军队，一天一天，无休无止地与金国军队战斗着，简直要把天地间的百姓斩尽杀绝，方才罢休。"高原"句，暗用《诗经·小雅·十月之交》"百川沸腾，山冢崒崩；高岸为谷，深谷为陵"，同时暗用陶渊明《拟古》诗句"忽值山河改"。指在蒙古军的进攻下，国家形势发生了剧烈的变动。"战地"句，写士兵和平民被杀戮之惨，在广大的战场上，尸横遍野，血流成河，风吹草木，血腥四散。明瞿佑《归田诗话》卷上："元遗山在金末，亲见国家残破，诗多感怆。如云'高原水出山河改，战地风来草木腥'……皆寓悲怆之意。"这些铿锵有力而又沉痛悲怆的诗句，表现出元好问对国家命运的系念，和对广大人民的深切同情。

后四句抒发诗人面对这场残酷战争，产生的复杂心情。"精卫"句，是从自己的主观愿望着笔，说自己像精卫鸟一样，对蒙古军有着深刻的怨愤和仇恨，要把瀚海填平。这里的"瀚海"，语言双关，一指东海，一指蒙古高原的大沙漠。这一句表明作者有打退蒙古军进攻的愿望，诗意为之一振。但紧接着，"包胥无泪哭秦庭"，又是无可奈何的哀叹。"包胥"，即申包胥，春秋时楚国大夫，当时吴国联合诸国发兵击楚，攻破郢都。申包胥到秦国乞求救兵，秦王不理，申包胥在秦国京城墙下痛哭，日夜不绝其声，滴水不入口七日，终于感动秦王，秦王同意发兵援楚。当时，金国北有蒙古，南有宋朝，南北夹攻，形势非常危险。此句意谓金国行将灭亡，自己纵有申包胥那样的意志，也无处可求援了。这两句一起一伏，纵横跌宕，表现出作者心潮的翻滚。尾联直接发出了声震云霄的呼喊："并州豪杰知谁在，莫拟分军下井陉？"意思是说，并州的豪杰们，如今还有谁在呀？你们能像韩信那样以奇兵突袭，分军攻下井陉的要路而取得胜利吗？据《史记·淮阴侯列传》：韩信以兵数万，欲东下井陉击赵。至井陉口三十里，使万人先行，背水为阵，与赵兵战，再分出奇兵二千骑，驰入赵营，拔赵旗，立汉赤帜。赵兵以为赵王已被擒，遂大败。高步瀛在《唐宋诗举要》中评曰"沈挚烦冤，神气进出"，十分精切。这最后的呼喊，使全诗激情上升到最高点，与篇首的异峰突兀相呼应，整首诗首尾一贯，激情回荡。

后一首描写战乱中诗人对国君的系念，表现了希望以身报国的豪情壮志。

首联"万里荆襄入战尘，汴州门外即荆榛"，是说：万里辽阔的江陵、襄阳一带地区，如今已卷入战争的风尘；这汴京门外，久经战乱，也布满了丛生的荆棘。两个"镜头"，一远一近，先从广远的背景写起，然后推出满目荒凉的特写，把全国形势概括无遗，将战乱造成的惨景清晰地呈现在读者面前，给人以强烈的印象。

接着，中间两联集中抒发了自己对奔逃在外的金哀宗的深切眷念。"蛟龙岂是池中物，虮虱空悲地上臣"，是以"蛟龙"比金哀宗，以"虮虱"比自己。这种极为悬殊的比喻，体现出在专制时代，臣下对君王的诚惶诚恐的尊重。"蛟龙"句，典出《三国志·吴书·周瑜传》："瑜上疏曰：'刘备以枭雄之姿……必非久屈为人用者……恐蛟龙得云雨，终非池中物也。'"意谓金哀宗虽然暂时失利，为人所屈，但终会有胜利之日。下句说我这样卑微的小臣，一想到皇上在外漂流，就悲不自胜。第三联即由眷怀而进一步想象金哀宗在外的情景："乔木他年怀故国，野烟何处望行人？"上句说，由于哀宗一时回不了京城，他在今后的日子里，只要一看到高大的树木，就会想到旧日的帝都。古人常在都城外种植树木，故以乔木象征故都。唐朝末年，昭宗受制于朱全忠，终日郁郁不乐，填《菩萨蛮》词云："野烟生碧树，陌上行人去。安得有英雄，迎归大内中？"这句暗用其意说，哀宗在野烟弥漫之中，时时都在盼望有人迎他回归故宫。作者把恳挚之意寓于对具体景物的描写中，使情感曲曲传出，愈见情意之浓，眷念之深。

　　作者思前想后，国家、君主的灾难一时涌上心头，不禁写道："秋风不用吹华发，沧海横流要此身!"高步瀛评曰："结语最见抱负。吴（汝纶）曰：'沧海横流正要此身，故言西风不用吹华发也。'"据此，则尾联是倒装，意谓，在这发生巨大动乱的时代，正需要我这个人呢，秋风啊，你不要老是吹乱我花白的头发了！这是作者对自己的勉励，希望自己不要因衰老而颓唐，而要肩负起国家的重任，在危难的局势中力挽狂澜，做出应有的贡献。在这里，作者已经不是一介书生，而是不可一世的英雄了。语言极为豪壮，令人神往，令人振奋。末句亦与首联相关，照应严密，浑然一体。

　　这两首诗在表现手法上各有千秋。前一首主要是写眼前战乱景象，故多铺叙，虚实的安排，以实为主，读来备觉沉重、痛切；而后一首主要是抒发对已经出奔的君王的眷念，故多想象、感叹之词，虚实的安排，以虚为主，读来在悲愤沉痛之中，又多一种缠绵幽远之意。

（管遗瑞）

●萨都剌（约1307—1359后），亦作萨都拉，字天锡，号直斋，回鹘人。其祖父、父以世勋镇守云、代，遂居雁门（今山西代县）。曾远游吴、楚。元泰定四年（1327），进士及第。授京口录事司达鲁花赤（掌印正官）。后任翰林国史院应奉文字。晚年寓居武林（今浙江杭州）。其诗俊逸洒脱，清新自然。文章雄健，亦擅书画。有《雁门集》等。

◇上京即事五首（录一）

紫塞风高弓力强，王孙走马猎沙场。
呼鹰腰箭归来晚，马上倒悬双白狼。

这首七绝生动地描写了元朝皇族子弟在上京打猎的情景，展现了情致殊异的狩猎生活，洋溢着豪健欢快的诗情。

开始两句正面描写打猎的场面："紫塞风高弓力强，王孙走马猎沙场。""紫塞"即长城，因土色皆紫，故名。"王孙"，此指元朝皇族子弟。在塞外的长城脚下，朔风劲吹，不断传出弓箭的铮然之声，强劲有力；元朝的皇族子弟们骑着骏马，奔腾驰骤，正在沙场打猎。这两句是运用倒装手法：先写出强有力的弓箭，那铮然震耳之声，似乎使人一惊，真是先声夺人；然后，才出现王孙走马、沙场打猎的壮阔场景，显得神采飞扬，气势磅礴。这样，有力地突出了元人善于骑射、箭法高强的特点，给人以十分深刻的印象。其中把箭声与风声结合在一起，"弓力强"三字说明箭声压过了风声，以风声衬箭声，更是收到了极好的效果。在整个猎场上，天高风急，弓箭声声，马蹄奔忙，两句描写虽十分简洁，但从这些描写中，我们似乎听到了人喊马嘶之声，感到了紧张而又热烈的气氛，十分生动形象。

但是，对这样紧张的场面，诗人却没有继续写下去。不过，我们可以想象，在这些身手矫健的王孙们的骑射驰逐之下，箭不虚发，一定会猎获甚多。果然，到后两句，就出现了胜利归来的场面："呼鹰腰箭归来晚，马上倒悬双白狼。"紧张热烈的狩猎结束了，到傍晚，皇族子弟们呼唤着猎鹰、腰里插着箭回来了，马上倒悬着猎得的一对白狼。从"晚"字中，可见打猎兴致之高，一直持续到傍晚，也可见体力之充沛。而"呼鹰腰箭"四字，又分明显现出他们胜利归来时的喜悦和骄傲，以及豪迈轩昂的气度。特别是"马上倒悬双白狼"这一形象，更具有丰富的意味。一方面，"倒悬"二字，含有软软垂挂之意，把归来的情景写得十分轻松。另一方面，狼是凶猛的野兽，猎得这种野兽的人就更加勇猛，进一步衬出王孙们身手的矫健。再一方面，在古代，白狼被视为祥瑞之物，《瑞应图》说："白狼，王者仁哲明德则见。"这里写出猎得成双的白狼，也含有颂扬之意，并且，连这种稀有之物都已经成双猎得，那么其他猎获之物，就更加不计其数了。因此，我们可以想象，那在傍晚时分兴高采烈归来的猎手们，一匹匹马上驮满了猎物，他们的欢声笑语，久久地回荡在夕阳的余晖中。这两句诗与王昌龄《观猎》中的"少年猎得平原兔，马后横捎意气归"相比，各有妙处，但此两句诗含义更为丰富，气魄也更加宏大，恰到好处地表现出北方少数民族粗犷豪放的性格。

全诗的前两句描写了风急马快的打猎场面，紧张得动人心魄，而

后两句却忽然转而写打猎归来的轻松愉快的景象，令人心情怡然，只
四句，就把整个打猎的过程概括无遗，高度精练，又十分具体形象而生
动。并且，两个场面的转换，也形成了轻松与紧张的对比，笔墨在变化
中，显得韵味更长。清人施补华在《岘佣说诗》中说："七绝亦切忌用
刚笔，刚则不韵。即边塞之作，亦须敛刚于柔，使雄健之章，亦饶顿
挫，乃不落粗豪。"全诗收纵有度，刚柔兼济，在刚健中寓雄浑，在豪
放中又不乏韵致，即使在边塞诗中也体现了其流丽清新的惯有风格，是
其独到之处。

（管遗瑞）

●于谦（1398—1457），字廷益，号节庵。浙江钱塘（今杭州）人。永乐十九年（1421）进士。宣德初，授御史。以才迁兵部右侍郎，巡抚河南、山西。迁兵部尚书。土木之役，英宗被俘，瓦剌首领也先率兵进逼北京。于谦提督军马，击退瓦剌军。英宗复位后，被诬陷，弃市。后赠太傅，谥忠肃。有《于忠肃集》。

◇春日客怀

年年马上见春风，花落花开醉梦中。

短发轻梳千缕白，衰颜借酒一时红。

离家自是寻常事，报国惭无尺寸功。

萧涩行囊君莫笑，独留长剑倚青空。

于谦是明代著名的政治家、军事家，也是一位英雄。明英宗时，瓦剌入侵，英宗被俘。于谦坚决反对迁都南京，拥立景帝，亲自调集重兵固守北京，组织并指挥了历史上著名的京城保卫战，击退瓦剌。但英宗复辟后却以"谋逆罪"诬杀了这位对明朝有着重大贡献的英雄。

于谦为官勤政、爱民、廉洁、刚直。曾任兵部右侍郎，巡抚河南、山西。在河南、山西近二十年间，每到任一处，则轻装骑马走遍所辖地区，访问父老，考察实情，并立即上疏。其间，他平反冤狱，赈济灾荒，政绩卓著，深得百姓爱戴。本诗即是他宦游时所作。

这首诗将个人身世感慨与拳拳报国之心融合在一起，突显的是长剑报国的高尚情操与豪迈情怀。

诗的头四句是对自己多年来的生活的一个总结。行进在旅途之中，又逢春暖花开之时，这时才发觉这么多年以来，都未能好好享受这宜人的春色，往往是人在旅途，在马背的颠簸中匆匆一瞥。不觉之中，时光荏苒，几度花开花落，回头看时却似醉如梦，令人叹息。岁月的沧桑使诗人华发早生，容颜开始变得衰老，只有在酒后才透出片刻的红润。时光的无情流逝，容颜的日渐苍老都让人有一种深深的失落感。

然而，诗人并没有沉浸在这样的伤感情绪之中，因为心中还有更重要的牵挂，那就是国家之事。这么多年来远离家乡，辗转奔波，流转异地，其间虽多艰辛，但在诗人心中这些都是极其平常的事情，真正有所挂怀的是自己在报效国家方面还没有建立多少功绩，内心甚是惭愧。五、六两句诗把作者的赤诚爱国之心表现得淋漓尽致。最后两句诗人慨然高歌：我一生两袖清风，行囊空空，独独留下一把撑持天地的长剑，保家卫国。后来，在外敌入侵、民族生存受到威胁之时，诗人果然用这把长剑保住了大明江山。后四句展现了诗人开阔坦荡的心胸与豪迈英武的气概。

于谦诗作的内容、风格与当时流行的台阁体迥异。后者多歌功颂德、应制唱和之作，情感是所谓的"雅正平和"，充满浓厚的道学气，缺乏对现实的关怀与热情。与之形成鲜明对比的是于谦作品多忧民爱国，充满情感，语言并不刻意求工，却感人至深。本诗就是这样一篇优秀的作品，其中，"离家"两句已成为千古流传的名句，激励着众多有心报国的人。

（郭扬波）

●沈周（1427—1509），字启南，号石田，又号白石翁。长洲（今江苏苏州）人。一生未仕。其诗挥洒淋漓，自写天趣。有《石田集》《客座新闻》等。

◇从军行

马上黄沙拂面行，汉家何日不劳兵。
匈奴久自忘甥舅，仆射今谁托父兄。
云暗旌旗婆勒渡，月明刁斗受降城。
左贤早待长绳缚，莫遣论功白发生。

沈周工于画，诗乃余事。《从军行》是乐府旧题。作者二十二岁那年（1449），蒙古军分四路向明廷进攻。英宗御驾亲征，至宣府，又进至大同。结果英宗被掳，全军死伤数十万。这就是历史上的"土木之变"。十月，蒙古军挟英宗破紫荆关长驱直入，围攻北京。于谦率师抵抗，人民配合作战，蒙古军伤亡甚多，遂拥英宗由良乡向西逃去。其后边患不已，民无宁日。这首《从军行》即由此而发。

"马上黄沙拂面行，汉家何日不劳兵"，两句宜倒过来讲：后句高度概括了中原王朝历史上的边患之多之久。追溯历史，边患当始于上古之世，其后则历代有之，一直到作者生活的明代，边患有增无已，为害严重，已如上述。有边患就要用兵平息，首句就是写士兵的进击。这句写出了军队的爱国热情和进军时的英雄气概。尽管黄沙扑面，将士们仍策马奔腾向前，气势雄壮，令敌人胆战心惊。然而这不可能不付出代价，第二句中的"劳"字，就暗示了将士的备尝艰辛，直至献出他们的生命。

"匈奴久自忘甥舅，仆射今谁托父兄"二句用典，对仗自如，举重若轻。汉唐对少数民族实行和亲政策（如汉代有昭君出塞，唐代有文成公主进藏），形成"甥舅"关系。"匈奴久自忘甥舅"，即民族失和。"仆射"指唐中兴名将郭子仪，其爱兵如子，杜甫《新安吏》即有"仆射如父兄"之句。而英宗正统十四年（1449）的那次边患，统率五十余万大军的是一个叫王振的执政太监，而英宗竟然随王振亲征，结果英宗被掳，全军死伤数十万，王振为士兵所杀。兵士托付给这样的人，岂不是白白送死！

"云暗旌旗婆勒渡，月明刁斗受降城"二句写战斗。将士越过高山，渡过江河，冲锋陷阵，真是千军万马，旌旗如云，以迅雷不及掩耳之势，降伏了敌人。这里既写出了出征部队的声势和军威，同时又表现了出征将士同敌人搏斗的坚强无畏精神和奋勇杀敌的悲壮激烈场面。"婆勒渡""受降城"两个边塞地名的加入，增加了边地的实感。

"左贤早待长绳缚，莫遣论功白发生"二句写对战斗胜利的期望，从"早待""莫遣"的勾勒语可以会出。杜甫谓"擒贼先擒王"，"左贤（王）"本匈奴首领，代指蒙古军队统帅。岳飞《满江红》谓"莫等闲、白了少年头，空悲切"，此诗也说"莫遣论功白发生"，意谓要抓紧有利时机，一鼓作气，采取"斩首"行动，解决边患问题。全诗有的放矢，绝非泛泛之作，其用语浅近，朗朗上口，也是一种好处。

（周啸天）

●李梦阳（1473—1530），字天赐，又字献吉，号空同子。庆阳（今属甘肃）人。后徙河南扶沟。弘治进士，曾任户部郎中。因反奸宦刘瑾下狱。瑾死，起用为江西提学副使，后因事夺职家居。他倡言复古，反对虚浮的"台阁体"。与何景明等相呼应，号称"前七子"，在当时影响颇大。但因过分强调复古，亦有不良倾向。其诗亦有深刻雄健之作。有《空同集》。

◇朱仙镇

水店回囷抱，春湍滚白沙。
战场犹傍柳，遗庙只栖鸦。
万古关河泪，孤村日暮笳。
向来戎马志，辛苦为中华。

朱仙镇，在今河南开封市西南，地处水陆交通要冲，向为兵家必争之地。宋高宗绍兴十年（1140），这里曾发生过中国历史上极其悲壮的事件。这年七月，抗金名将岳飞率中路北伐军奋勇突进，先在郾城打败了金兀术精锐部队，获得郾城大捷，然后"进军朱仙镇，距汴京四十五里，与兀术对垒而阵，遣骁将以背嵬五百奋击，大破之，兀术遁还汴京"（《宋史纪事本末》卷七十）。眼看汴京指日可下，岳飞兴奋地对将士们说："直抵黄龙府，与诸公痛饮耳!"就在大家摩拳擦掌，急待攻下汴京，渡过黄河，收复大片国土之时，主张投降的宋高宗赵构和宰相秦桧却命令岳飞退兵。岳飞拒不执行命令，坚决要求继续乘胜前进。秦桧竟在一天内下发十二道金牌，迫令岳飞火速退兵。岳飞不得已，只好忍痛撤兵，他愤慨地说："十年之力，废于一旦!"岳飞撤军后，已收复的大片土地，包括朱仙镇在内，又重新沦入金兵铁蹄的践踏之下。岳飞撤军返回南宋后，遭到秦桧的无耻陷害，被捕入狱，并以"莫须有"的罪名，于绍兴十一年十二月二十九日（1142年1月27日）惨遭杀害，成为千古奇冤。人们为了纪念岳飞，在他当年最后战斗过的地方——朱仙镇，建立了岳王庙（赵构、秦桧死后，岳飞被追封为鄂王，又称岳王）。这首诗是李梦阳路经朱仙镇时所作，全诗以满腔热情，赞扬了岳飞为恢复大宋故土出生入死、浴血奋战的赫赫战功，表现出对民族英雄的无限景仰，也表示了对赵构、秦桧的极大愤慨，诗中充满着悲壮苍凉的感情。

这首诗所歌咏的重点，虽然并不在朱仙镇这个地方，而在于这里的历史事件，特别是以精忠报国著名的抗金英雄岳飞这个历史人物，但毕竟是以《朱仙镇》为题，通过对朱仙镇整个地理环境的描写，来追溯往事，寄寓感慨，所以前两联仍然紧扣题目，以写景为主，来描绘朱仙镇的景象，在写景中融进抒情。首联直接入题："水店回罔抱，春湍滚白沙。"作者来到朱仙镇，看到的最引人注目的景象是，整个朱仙镇被密如蛛网的水流所环抱，那河中碧绿的春水在湍急地奔流，卷起白沙滚滚而下。首句中"罔"即网。这两句是朱仙镇的全景：明媚的春天，水网如织，春流浩荡，一派美好风光。但仔细咀嚼，诗句中却暗含另外两层意思：一是面对湍急的流水，想起孔子曾经慨叹过的"逝者如斯夫，不舍昼夜"，感到古老的朱仙镇经历了多么漫长的岁月；二是还有苏轼在

《念奴娇·赤壁怀古》中感叹的"浪淘尽，千古风流人物"之意，朱仙镇的著名历史人物似乎都一一黯淡了，只有抗金名将岳飞依然勾起人们的回忆。这两句诗意极为婉折深沉，所以颔联就逐渐把笔触移到与岳飞有直接关系的"战场"和"遗庙"上："战场犹傍柳，遗庙只栖鸦。"前句是倒装句法，意思是那古老的柳树在春天一派新绿，依然紧傍着当年岳飞与金兀术鏖兵的战场。作者从眼前的柳树想到遥远的过去，其中"犹傍"二字，把柳树写得满含深情，它是当年激战的见证，如今仿佛还在留恋着那古老的战场，默默地回忆岳飞金戈铁马的往事。第二句稍有转折，更多的是写现在：那遗留下来的纪念岳飞的岳王之庙，如今却一派冷落，只有树上栖息的乌鸦，在发出"呀呀"的叫声。句中流露出作者无限感慨，抗金已成过往，英雄也已成为历史，一切都在不停地变化，充满凄凉之意。这四句都是写景，用鸟瞰式的方法写出当地的全景，然后又分写了"战场"和"遗庙"这两个最有特色的近景，远近结合，有合有分，笔墨极为简练，组织得又很和谐，显示出作者巧妙的艺术构思。并且，写景中蕴含着作者深沉的感情，使情和景自然结合，天衣无缝。

如果说前两联是侧重在写景，通过写景来抒情，那么，后两联却正好相反，主要在抒发感慨，在抒情中写景。颈联"万古关河泪，孤村日暮笳"，前一句使人联想到当时岳飞被迫撤军的情形："一日奉十二金字牌，飞愤惋泣下，东向再拜，曰：'十年之力，废于一旦！'飞班师，民遮马恸哭……飞亦悲泣……哭声震野。"（《宋史纪事本末》卷七十）作者想到，在这漫长的岁月中，岳飞抗金中那极为悲壮动人的一幕，不知让多少人感动得悲愤下泪；如今，在这悲凉的古战场旁又听见胡笳悲伤的"呜呜"声，好像当年的"哭声震野"一样，更使人感动得落泪了。这是把对往事的追忆和眼前的实景结合起来写，其悲痛伤感之

情，在前四句的基础上进一步深化。到尾联，作者按捺不住自己的满腔
激愤，忍不住大声呼喊，在悲怆动人的感慨中，高度赞扬了岳飞一心为
恢复失地而战的高贵品质："向来戎马志，辛苦为中华。"岳飞在《五
岳祠盟记》中说自己"总发从军，历二百余战"，目的完全是"北逾
沙漠，蹀血虏廷"，"迎二圣归京阙，取故地上版图"。所以作者
说，岳飞一生，戎马倥偬，不惮艰难辛苦，一心一意恢复大宋故土。
这最后一联，作者对抗金英雄的高度崇敬之意和无限钦仰之情，激荡
在字里行间，也对他受到的不公正待遇以及含冤而死，提出了抗议，
显得激情满怀。那含蕴其中的深沉的感情，扣动着读者的心弦，引起
心灵的共振。全诗以景起，以情结，把古战场朱仙镇的今天和过去，
把历史事件和历史人物，结合起来，交织描写，使情景水乳交融，收
到了很好的艺术效果。

　　作者在路过朱仙镇时，还专门去凭吊了岳王庙，有《朱仙镇庙》
一首："宋墓莽岑寂，岳宫今在兹。风霜留桧柏，阴雨见旌旗。百战回
戈地，中原左衽时。土人严伏腊，偏护向南枝。"这首诗也写得一往情
深，对岳飞充满敬仰之情。所以在《朱仙镇》诗中，对岳王庙作者只说
"遗庙只栖鸦"，一笔带过，而且与全诗的悲怆苍凉的基调相吻合，只
强调了它荒凉的一面。这首《朱仙镇》诗与《朱仙镇庙》诗相比，在诗
意的委婉曲折上，在结构的起伏跌宕和笔墨的变化上，以及在情景的交
融、感慨的广远深沉上，似有过之，读来更具动人心弦的力量和富于诗
意的美感。读者试反复咏诵，细加比较，当能有更深刻的体会。

（管遗瑞）

◇经行塞上二首（录一）

天设居庸百二关，祁连更隔万重山。
不知谁放呼延入，昨夜杨河大战还。

此诗一题《塞上》，写明朝与边境民族的战争。它的特点，在于没有正面描写双方战斗的场面，而是通过大战刚刚结束后的回顾的方式来写，表现出对边防将领防御不力，致使敌人乘机攻入的不满，抒发了作者的爱国情怀。

开始两句"天设居庸百二关，祁连更隔万重山"，起得十分别致。乍看起来，它是在赞扬明朝关山的险固和疆域的辽阔，和这场刚刚发生过的战争似乎并没有直接的联系。"居庸"，关名，在北京市昌平区西北，长城的重要关口之一，明代京师北面的屏障。"百二关"，指极为险固的关口，"百二"是以二敌百之意，典出《史记·高祖本纪》。"祁连"，山名，在甘肃省南部，诗中泛指西北边远地区。两句说，"一夫当关，万夫莫开"的居庸关威镇京师北面，好像天造地设一般，护卫着北京，而西北边地，更阻隔着千万重险峻的山岭。它的言外之意，是说明朝的万里边疆固若金汤，周边民族是不敢随便进攻的。这是从反面着笔，来预做铺垫，反衬下文的进攻和战争。

后面两句"不知谁放呼延入，昨夜杨河大战还"，"不知"句猛力一转，诗情产生了意想不到的跌宕，显得笔力千钧。"放"字有毫不抵抗，任其长驱直入之意。就在这险固的边防上，居然有外敌袭扰，这是什么原因呢？句中"呼延"是复姓，也写作呼衍。汉时匈奴贵族有呼衍氏，这是代指北面和西北面少数民族鞑靼和瓦剌。在明武宗朱厚照正德年间，鞑靼首领达延汗（当时叫作"小王子"）经常率领军队袭扰明边，"散掠内地"。"不知谁放"四字，明显地表露出对防边将领的责备，他们本来可以把敌人拦阻在外，但却将敌人放了进来，导致战争发生，这显然是平时松懈麻痹和玩忽职守所致，表现出诗人对这些无能将领的不满。最后一句顺势而下，由于敌人进攻，武宗不得不亲自出征，在"杨河"经过大战，终于赶走了敌人，胜利而还。杨河，《明史·地理志》："阳和卫，洪武二十六年二月置卫。"又《明史·武宗本纪》："（正德十二年）冬十月，癸卯，（武宗朱厚照）驻跸顺圣川。甲辰，小王子犯阳和，掠应州。丁未，亲督诸军御之，战五日。"可见诗中"杨河"当即阳和，这首诗是当时战争的纪实。"大战"，说明战争具有相当的规模，并且十分激烈。而"还"字，显然又有取得胜利、班师而还之意。两句合起来看，其中虽然包含着对战胜归来的庆幸和喜悦，但更多的却是对无能的边将不能御敌于外，致使发生大战，给人民带来灾难的谴责。特别是再联系前两句对关山险固的描写来看，在有力的反衬中，这种对边将的谴责就更加明显，更加强烈。在深婉曲折中，作者把诗意表达得十分清楚，十分深刻。

清人刘熙载在《艺概·诗概》中说："大起大落，大开大合，用之长篇，此如黄河之百里一曲，千里一曲一直也。然即短至绝句，亦未尝无尺水兴波之法。"因此他指出"绝句意法，无论先宽后紧，先紧后宽，总须首尾相衔，开阖尽变。"这首诗前两句写关山，从容不迫，是比较"宽"的，但到第三句一转，就突然显出战争的气氛，"紧"了起来。最后"大战还"，有如回波倒卷，使首尾衔接得非常巧妙而自然。这种开合变化，使得这首短小的绝句颇具气势，浑然有大篇气象，再加上作者本来具有的雄健的笔力，因而读来顿挫有致，觉其神采奕奕。

（管遗瑞）

●唐顺之（1507—1560），字应德，一字义修，武进（今江苏常州市武进区）人。嘉靖八年（1529）状元。因破倭寇有功，擢右佥都御史。崇祯中，追谥襄文，学者称荆川先生。学识广博，尤长于古文，为一代所宗。有《荆川集》《广右战功录》等。

◇南征歌十二首（录一）

月明吹笛武陵川，马上行人望跕鸢。
莫怕炎洲饶毒疠，一冬飞雪似胡天。

这首抒写征夫苦怨的诗，足以踵武唐人边塞绝句，而颇具新意。唐人边塞诗，就其反映的地域风光而言，不外东北边塞诗（如《营州歌》）和西北边塞诗（如《凉州词》），总之是北国风光、西域风情。而这首明人之作，则写的是南荒的情景，《南征歌》就是新题。

"武陵"为山名，位于今湖南、贵州、重庆三省市边界地区。"月明吹笛"以寄托征夫思乡之情，这种写法并不新鲜。新鲜在下句"马上行人望跕鸢"，完全是南方才有的惊心动魄的情景。《后汉书·马援传》形容南国瘴气毒雾之盛说："下潦上雾，毒气重蒸，仰视飞鸢，跕跕堕水中。"此句就是根据史载发挥想象所得。飞鸢在天都逃不掉瘴气的毒害，行人非金石，又岂能有完全的保障！"炎洲"与"武陵"在本篇中皆泛指南方炎热多瘴气瘟疫之地，非特指。"炎洲饶毒疠"的苦况是南边的特点，是北国征人想象不到的艰危处境。如果诗仅仅说到这里为止，也说得过去，但诗人末句更是出奇制胜。

"莫怕炎洲饶毒疠，一冬飞雪似胡天。"诗人采用跌宕生姿的递进口气道："不要以为南边之苦只此而已。""炎洲饶毒疠"只是溽暑的气候，到了冬天，则又飞雪漫天，和北国胡天的严寒差不多。这实际上等于说，北方有的苦况，南方有；北方没有的苦况，南方也有。诗人虽不明言南征苦于北征，但字里行间，无非此意。这就把南征军士的怨苦写得入木三分。

事实上南征与北征很难说哪方面更苦，而《南征歌》就得强调南征的苦，因而不怕过甚，这叫"尊题"。

（周啸天）

●归有光（1506—1571），字熙甫，昆山（今属江苏）人。嘉靖进士，官终南京太仆寺丞。尤长于古文，为明代一大家。有《震川先生集》。

◇颂任公诗四首（录一）

轻装白袷日提兵，万死宁能顾一生。

童子皆知任别驾，巍然海上作金城。

明代中叶，流亡在海上的日本海盗经常侵略我国东南沿海一带地区。任环乃抗倭名将，他多次率部击退海盗的骚扰，有效地保护了沿海人民的生命财产安全。这首诗就是歌颂任环英雄事迹的作品。

东南沿海气候炎热，对付海上来的强盗，将士须轻装御敌。"白袷"即白色夹衣。"轻装白袷日提兵"，开篇就为任环写照，足见其飒爽英姿。"日提兵"即每日带兵，不曾松懈。因为海盗神出鬼没，常乘人不备发动袭击，故防范也得严密。"九死一生"这个成语，常用来形容经历的危险多。诗作"万死宁能顾一生"，即是说：虽然出生入死，但又怎能逃避危险而只顾个人安危呢？换言之，任环一向是英勇顽强、奋不顾身的。只有这样的将领，才能极大鼓舞士气，使其奋身敢死。而两军相逢勇者胜，任环一部的常胜便可预料了。诗中专表勇敢一义，是抓住关键，不及其余。读来令人快意。

　　人民的眼睛是雪亮的。评价一方官吏或守将的政绩如何，最可靠的根据就是人民群众的口碑，所以统治者是不敢轻视民谣的。"司马昭之心，路人皆知"，坏的是这样，好的呢？也有家喻户晓、妇孺皆知的情况，任环就是这样的。他做过苏州同知，同知是协助地方长官办事的，相当于古之"别驾"，故诗以"任别驾"作尊称。"童子皆知任别驾，巍然海上作金城。"末句是说有任环，沿海人民像有了铜墙铁壁一样，感到很安全。"金城"一词较铁城的说法更有异彩；而"海上作金城"的说法尤使人耳目一新，有奇特的效果。也许，这句诗就是出自沿海地区的童谣呢！诗"颂任公"，只借人民群众的话来赞扬，而不甚出己意，反而更为有力，使人感到没有私阿之嫌，仿佛李白《与韩荆州书》所说的"白闻天下谈士相聚而言曰：'生不用封万户侯，但愿一识韩荆州'"，大有借花献佛之妙。

（周啸天）

———————

●谢榛（1495—1575），字茂秦，号四溟山人，山东临清人。"后七子"之一。早工词，后折节读书，刻苦为诗。与李攀龙、王世贞等结成诗社，倡导文学复古运动。后为李攀龙等人排挤，客游诸藩王间。有《四溟集》《四溟诗话》。

◇塞上曲四首（录一）

旌旗荡野塞云开，金鼓连天朔雁回。
落日半山追黠虏，弯弓直过李陵台。

《塞上曲》属乐府《横吹曲》之"新乐府辞"（《乐府诗集》），在唐时尤多名作，宋以后无继之者。而明代边防力量较强，边塞诗有所复兴，谢榛本篇便是佳作。

"旌旗荡野塞云开，金鼓连天朔雁回"二句烘托战场气氛，每句都包含两种意象。"旌旗荡野""金鼓连天"是战场景象，分属视觉和听觉。军队作战，"旌旗"有号令指挥三军的作用，而"金鼓"则是节制进退的信号。"旌旗荡野"则见战阵摆开，"金鼓连天"偏义于击鼓进军。虽不具体写两军厮杀搏斗，但字里行间已充分暗示了这样的场面。"塞云开""朔雁回"是自然景象，云开则日出，雁回见秋至。本来它们与战争无关，诗人将它们与战场景象两两并列组合起来，就有了新的意味，仿佛是：战阵拉开，杀声震天，使得塞云惊退；鼓鼙连天，响震林木，使得雁群惊回。这就烘托出战斗激烈的气氛。绝句体小，正面描写往往不如侧面烘托，如这里的写法，就事半功倍。

"落日半山追黠虏，弯弓直过李陵台"二句写战斗的结果。这里的"半山"，即指燕然山而言。"李陵台"在燕然山（《唐书·地理志》"云中都护府燕然山有李陵台"）。落日时分，敌军败北，而大明官军则乘胜追击。这是一幅令人振奋的胜利图画。李陵为西汉战败投降匈奴的将军，后人用李陵事或"李陵台"入诗，多为反衬忠贞不屈或忠勇无畏的民族气节。"落日半山追黠虏，弯弓直过李陵台"，以彼败反形此胜，以彼懦反形此勇，使读者觉得诗中的将军不但英勇善战，而且在任何情况下决不降敌。"弯弓直过"的形象描述，又生动地展示了人物的雄姿。而"弯""直"二字的无意映带，也富有唱叹的韵味。"黠虏"即狡猾的敌人，这一措辞，则突出了将军料敌如神，即所谓"狐狸再狡猾，也斗不过猎手！"

诗中写的不一定是某次具体的战役，倒很可能是作者对当时边塞战争生活的一种概括。"弯弓直过李陵台"便可能出于艺术虚构。正由于有这样的概括和虚构，它才比生活本身更典型，更理想，因此也更带普遍性。

（周啸天）

●俞大猷（1503—1579），字志辅，号虚江，福建晋江（今泉州）人。明代著名爱国将领、抗倭民族英雄，与戚继光齐名。有《正气堂集》《剑经》。

◇舟师

倚剑东冥势独雄，扶桑今在指挥中。

岛头云雾须臾尽，天外旌旗上下翀。

队火光摇河汉影，歌声气压虬龙宫。

夕阳景里归篷近，背水阵奇战士功。

元末明初，日本的武士、不法商人和海盗勾结在一起，经常骚扰中国的沿海地区。他们烧房劫人，残杀妇孺，抢掠财物，无恶不作，给沿海人民带来极大的灾难，沿海居民称他们为"倭寇"。全国军民奋起抗倭，涌现出两位为平倭立下了赫赫战功的抗倭名将，一位是早已被人们熟知的戚继光，另一位就是俞大猷，二人被世人称为"俞龙戚虎"。

本诗是作者对明朝水军与倭寇的一次激战的描述，全诗充满了战斗的激情和强烈的民族自豪感，从中我们可以感受到作者对战斗的必胜信念和对将士们英勇无畏的赞叹。

　　首联起笔雄健，总写明朝水军的盛大气势：明军像一把倚天长剑矗立于东海之上，傲视天下，猖狂无比的倭寇全在我军的掌控之中。作为一名统帅，作者不仅要运筹帷幄、把握全局，更要从容大度，鼓舞全军士气。作者在这里尽显豪迈自信的大将风度，读之令人景仰。

　　接下来的四句则是对此次水战的具体描绘，依然充满豪气。放眼望去，海岛那端云雾弥漫，但我军的战船却快如离弦之箭，勇猛向前，冲过岛头，须臾之间即见云消雾散。战船所到之处便树有我方的旗帜，转眼间，只见水天相接之处，迎风招展的都是我军的旌旗。在这里，敌人的身影仿佛已渺小不可见，而我军气势如虹，锐不可当。接下来，作者用了一种浪漫主义的情怀写了战火燃烧的战斗场景，没有血腥与紧张，但见熊熊火光，照亮天际，隆隆炮声，摇撼银河，战士们奋勇杀敌，高唱战歌，其高亢雄壮的歌声穿透水面，仿佛直抵海底的龙宫。可以想见，倭寇怎不闻之丧胆，仓皇逃窜？据历史记载，俞大猷曾奉命从广东带兵到浙东、苏南平倭。他利用福建制造的楼船，在浙东、苏南大败倭寇，消灭四五千敌兵，击沉一百四十多艘敌舰，彻底平定了浙东、苏南的倭患。

　　到了最后两句，全诗的节奏陡然慢了下来，作者首先把镜头转向了战斗结束后将士们凯旋的场景：夕阳西下，温暖的余晖中，渐渐出现了船舰的影子；然后，高度赞扬了战士们敢于背水一战，以勇敢无畏的献身精神为国家、为民族立下奇功。作为一个主帅，作者毫不吝惜对部下的赞美之辞，也反映出他宽阔的胸襟和坦荡的风度。"背水"一词出自《史记·淮阴侯列传》，是说韩信用兵，先派出万人摆出背靠河流、面对敌人的阵势，使战士无后退之路，只能置之死地而后生，与敌人拼死决战，结果大败敌军。

全诗感情充沛，情绪高昂，语言明快，洋溢着自强与自信，读之令人热血沸腾，一种强烈的民族自豪感油然而生。

（郭扬波）

●戚继光（1528—1588），字元敬，号南塘，晚号孟诸，山东登
州（今蓬莱）人。将门出身。初任登州卫指挥佥事，调浙江、福建、广
东等地抗击倭寇，战功赫赫。后又镇守蓟州十六年，寇不敢犯。卒谥武
毅。有《止止堂集》及军事著作《练兵实纪》《纪效新书》。

◇盘山绝顶

霜角一声草木哀，云头对起石门开。

朔风边酒不成醉，落叶归鸦无数来。

但使雕戈销杀气，未妨白发老边才。

勒名峰上吾谁与？故李将军舞剑台。

盘山，在今天津蓟州区西北。一个深秋的傍晚，诗人登上盘山的最
高点，纵目眺望，百感交集。

"霜角一声草木哀，云头对起石门开。"霜角，指军中号角。秋空
里传来苍凉的号角声，草木为之哀伤，它们也变得枯萎凋零了。那深密
的云头相对升腾之处，盘山的石门豁然洞开。这是阔大而萧瑟的景象，
它引起了诗人的无限伤感。

"朔风边酒不成醉，落叶归鸦无数来。"边酒，指劣酒。这两句
意为：面对着凄切的凉风，举杯消愁，却不能成醉，愁绪又怎能消除？

只见落叶飘零，枝干丫杈参差的树木上，栖息着许许多多晚上归来的乌鸦。这两句表现了作者复杂的心情。归鸦无数，引起的是征人强烈的思乡之情，然而诗人并没有沉溺在哀伤中，以下一转写壮士的情怀。

"但使雕戈销杀气，未妨白发老边才。"雕戈，雕刻着花纹的戈，这里泛指武器。杀气，指战争气氛。只要能够消弭战争，化干戈为玉帛，不妨守边到老，表现出了以国家利益为重的博大胸襟。边才，是诗人创造的一个词语，实即边人、征人，用"才"字本是为了押韵，却产生了一个新的词语——"边才"，给人以陌生感、新鲜感，却不生涩、生硬，它使人联想到"将才""奇才""雄才"等赞美军人的名词。

"勒名峰上吾谁与？故李将军舞剑台。"吾谁与，即以谁作为榜样呢。勒名，意谓刻石纪功。勒名峰——汉代窦宪大破匈奴，登上燕然山，"刻石勒功而还"（《后汉书·孝和孝殇帝纪》）。"故李将军"，语出《史记·李将军列传》，这里指的则是唐太宗时的名将李靖。他曾率军大破突厥，擒其首领颉利可汗。盘山西成寺东的大台，相传就是他当年的舞剑台。

后四句的豪情壮志，是诗人在北方戍边多年，比较失意的情况下发出来的悲怆激愤之词。清朱彝尊云："少保（官名，戚继光曾任职）结发从戎，间关百战，绥靖闽、浙，功在东南。生平方略，欲自见于西北者十，未展其三，故其诗多感激悲壮、抑塞偾张之词，君子读而悲其志焉。"（《明诗综》卷四十六）此诗即是。

（周啸天）

◇晓征

霜溪曲曲转旌旗，几许沙鸥睡未知。
笳鼓声高寒吹起，深山惊杀老阇黎。

这是一首描写军队早行的诗。"霜溪曲曲转旌旗，几许沙鸥睡未知。"行军的道路沿着溪流，所以弯弯曲曲。这是一个秋天的霜晨，战士起了个大早，在暗夜或月下行军。军事行动要求神不知鬼不觉，他们也许都是衔枚疾走，只隐约可辨旌旗逶迤进行，而不闻人马之声。"几许沙鸥睡未知"，以闲中着色为妙，它起码有双重意味：一是由沙鸥的安眠反衬将士的辛劳；二是由沙鸥的未被惊醒，反衬行军的神出鬼没，了无声息。这两句显然是黎明前的情景，突出的是晓征的诡秘气氛，一到破晓，行军就不再需要藏行和隐秘，那情景将大不相同。

"笳鼓声高寒吹起，深山惊杀老阇黎。"这便是天明时的情景。诗人抓住的是第一声笳鼓（军乐）来写，便给人平地一声雷的惊异之感。随着这一笳鼓声的到来，队伍如从地底冒出来一样，突然出现在道路上，又仿佛飞将军自重霄而降，给人以堂堂之阵、正正之旗的威武感觉。句中又称"笳鼓"为"寒吹"，言其"声高"，便有"秋风鼓角声满天"（陆游）的意味，凛然不可抵挡似的。最末一句出自想象，笳鼓声如此嘹亮，恐怕要惊坏深山寺庙中的老和尚吧！

全诗的趣味集中在后一句。说军中笳鼓声要把深山阇黎惊杀，似乎有点煞风景，破坏了山中和平的气氛，殊不知正是这支军队——戚家军，和别的边防部队，保卫了沿海一带的和平，所以老阁黎大可不必惊慌。诗趣就在语若致歉，实深慰之。戚继光作本篇，显然怀着十分得意的心情，字里行间全是风流自赏的意态。作为一个民族英雄，他也有资格做这样的自赏。

（周啸天）

◇马上作

南北驱驰报主情，江花边月笑平生。
一年三百六十日，多是横戈马上行。

戚继光出身将门，世袭登州卫指挥佥事。后调浙江抵抗倭寇，在义乌建戚家军。屡次在浙江、福建、广东等地击败倭寇，解除东南沿海边患。后又被调到北方，镇守蓟州（治三屯营，今河北迁西西北）。他修墙筑堡，训练军队，使边防面貌为之一新。在蓟州驻守十六年，边寇不敢滋扰。《马上作》一诗就真实地反映了作者转战南北，保卫国防的英姿雄风。

"南北驱驰报主情，江花边月笑平生。"从福建、广东到蓟州，可说一在天南，一在地北。"南北驱驰"四字，概尽戚继光一生大节。"报主情"与报效国家，在古代志士仁人是同一回事。这三字表明作者并非不喜欢安定的生活，而是因为心怀天下，为了国家的安宁，不惜万里奔波。全句表现出一种崇高的襟怀。次句的"笑"字耐人回味，它有双重意义。一是自笑，虽说长年鞍马生活习以为常，不能栽花养草、吟

风弄月，只能以饱览"江花边月"来解嘲，这个"笑"字是很富于幽默感的。一是被"江花边月"所笑，这里的花、月便有象征意味。志士的行动往往并不为世俗所理解，如马援的从弟马少游就对马援的慷慨大志表示不理解，认为人生只要吃饱穿暖、无灾无病就好。所以"江花边月笑平生"一句意极浑含，而且点出"平生"二字，为后二句张目。

"一年三百六十日，多是横戈马上行。"这两句是"平生""南北驱驰"的更具体的说明。一个身不离鞍马的保家卫国的英雄形象跃然纸上。这个人物形象是和战马、横戈紧紧地联系在一起的，须臾不能分离，就像苍鹰不能没有翅膀一样。"一年三百六十日"，初读似乎是一个凑句，其实很有妙用。它出现在"多是横戈马上行"的点睛之笔的前面，起到了必要的渲染作用。这一年三百六十日，并不是天天风和日丽，花红草绿，也应有雪雨风霜，严寒酷暑。一日横戈马上不难，难的是三百六十天如一日。虽然诗中只说"一年"，联系"平生"一语，又可以推想到年年。同时，"一年三百六十日"，有掐指计算的意态，使读者猜想这首诗不仅是"马上作"，而且可能是"新年作"。

更可玩味的是，诗中只从容道出"一年三百六十日，多是横戈马上行"这样一个事实，却没有明确表示情感态度。沈德潜评王昌龄《从军行》"黄沙百战穿金甲，不破楼兰终不还"道："作豪语看亦可；作归期无日看，倍有意味。"（《唐诗别裁集》）原因也在于诗中"终不还"三字只表事实不露态度。细味戚继光此作，确是以抒发豪情为主，末二句大有"三十功名尘与土，八千里路云和月"（岳飞《满江红》）的豪迈意味，但也未尝没有"匈奴未灭，何以家为"那种不得已而为之的感慨。唯其如此，才更显示出英雄是人，不是神。

（周啸天）

●沈明臣（1518—1595），字嘉则，浙江宁波府鄞县（今浙江宁波市鄞州区）人。少为博士弟子员。胡宗宪督师平倭时，与徐渭同参胡宗宪幕府。后浪迹湖海，殁于里中。有《丰对楼诗选》四十三卷。

◇凯歌

衔枚夜度五千兵，密领军符号令明。

狭巷短兵相接处，杀人如草不闻声。

沈明臣以秀才为抗倭名将胡宗宪掌书记，这首抗倭凯歌作于明嘉靖三十五年（1556）。时胡宗宪"宴将士烂柯山上，酒酣乐作，请为铙歌十章。援笔立就，酾酒高吟，至'狭巷短兵相接处，杀人如草不闻声'，少保起捋其须曰：'何物沈生，雄快乃尔！'命刻石置山上"（《列朝诗集小传》）。它是明人七绝中值得称道的作品之一，诗中写夜战巷战情景，语极独到，遍索汉唐边塞之作无有也。

"枚"是军中用械，形如筷子，两头系带，可挂置颈上。古代夜行军时，常令士兵衔枚，以防出声。（欧阳修《秋声赋》云："如赴敌之兵，衔枚疾走，不闻号令，但闻人马之行声。"）诗第一句"衔枚夜度五千兵"，写的就是大部队夜间的军事行动，"五千"极言人数之多。古有"明修栈道，暗度陈仓"的战例，这一个"度"字，就写出神不知、鬼不觉的意味，看来这是一次偷袭。

"五千兵"的夜行军，要不被敌人发觉，是不容易办到的，全靠军纪严明。"密领军符号令明"写的就是行动的保密，军纪的严明。"军符"是调兵遣将用的凭证，或为金属，或为木料，双方各执其半，合并则浑然一体，以验真伪。主将"密领军符"，即接到出击命令，他立即发布命令，各使凛遵。决胜的条件之一，便是铁的纪律，所以前二句已显示稳操胜券的预示。

三、四句直入战斗。因为是偷袭，所以不是大规模的阵地战，没有鼓角齐鸣、震动天地的声势，而是将士们皆分散闯入敌营，凭事先佩戴好的标记（如头裹白巾或臂系白巾）区分敌我，同敌寇展开了一场白刃相搏的近战。"狭巷短兵相接"六字极妙，狭路相逢，写出敌忾矣；短兵相接，则敌无所逃矣。诗人写得十分镇定，表现出王师的镇定。而敌人遭到突然袭击，必然慌乱，乱作一团。

"杀人如草不闻声"一句，就出神入化地写出了官军掌握主动，形势大为有利，而敌方丧失了战斗力，从而遭到歼灭，伤亡惨重。"杀人如草"的比喻之妙，就在于将"草菅人命"用于战争，特别是这场双方形势悬殊的战争，极见杀敌的轻易和官军出手的神速。一般说来，哪怕是巷战，也应有刀剑杀喊之声，"不闻声"三字就匪夷所思。盖诗人是从战斗的总体气氛上落笔的，极见战事进展之顺利。而这"不闻声"的厮杀，比起有声的厮杀，不更叫人心惊胆寒吗？是为诗中最精彩独到之笔。

比较一下岑参的《献封大夫破播仙凯歌》："蕃军遥见汉家营，满谷连山遍哭声。万箭千刀一夜杀，平明流血浸空城。"同样写夜战，同样是剽悍之作，那里是杀声震天，人头落地；相形之下，沈生之作不动声色，但雄快似有过之而无不及。唯能举重若轻，故而青出于蓝而胜于蓝。

（周啸天）

●徐渭（1521—1593），字文长，一字文清，号天池山人、青藤道士，山阴（浙江绍兴）人。科场失意，为浙闽总督胡宗宪幕僚，对抗击倭寇多有策划。胡得罪被杀后，徐终身潦倒。诗文主张独创，反对摹拟。有《徐文长集》《徐文长逸稿》《徐文长佚草》《四声猿》等。

◇龛山凯歌九首（录一）

短剑随枪暮合围，寒风吹血着人飞。
朝来道上看归骑，一片红冰冷铁衣。

明代也有边患，加之时人普遍学习唐诗，所以边塞诗又一度兴盛。作者曾投身平倭战争。"龛山"在今浙江省杭州市萧山区东北五十里，与海宁赭山对峙，旧有龛山寨。明世宗嘉靖三十四年（1555）冬，大破浙闽沿海入侵倭寇，作者当时正入浙闽总督胡宗宪幕府，有《龛山之捷》记其事，略云：贼自温州登岸，蔓延于会稽。战士遇贼死战，无不一以当十，贼遂大败。这首诗即歌颂破敌将士的英勇，可与岑参《献封大夫破播仙凯歌》等名作媲美。

起一句就写破贼将士乘夜包围入侵之敌。"暮合围"在战术上是很有力的，因为明军比倭贼更熟悉山势地形环境，偷袭可以成功。"短剑随枪"则是长短兵器互用，便于近战，白刃相搏。第二句即写激烈战斗，入题十分迅疾。"寒风吹血"表明战事发生在冬夜，不是"吹人"而是"吹血"，可见厮杀的激烈，战士冒着枪林血雨，顽强杀敌。"着人飞"的"着"字下得妥帖，比"溅"字含蓄，比"染"字轻灵。再配合一个"飞"字，简直把战斗的实况写活了。诗中的形象是呈动态的。

　　前两句写战场一夜厮杀的情况十分简劲，后两句则推出特写镜头：天亮了，道路上奔驰着明军骑兵。诗人没有去刻画他们的面容和英姿，而以大特写的手法，展现将士的铠甲："一片红冰冷铁衣。"这"一片红冰"与第二句呼应，令读者进一步想象战士浴血战斗的情景，血衣暗示的是战斗的激烈。同时，它又表现出气候的严寒，战斗环境的艰苦，通过这样的描写，又突出了战士不畏艰险严寒的铁的意志。"铁衣"虽然直接指铠甲，但也塑造了一个铁人的形象，这就是大明的钢铁长城啊！

　　全诗最突出的创获，显然在"一片红冰"之句。唐人闺怨诗有"风吹昨夜泪，一片枕前冰"（刘商《古意》），然而，这一片冰与那一片冰，给人的审美感受是多么不同。

　　　　　　　　　　　　　　　　　　　　　　（周啸天）

●钟惺（1574—1624），字伯敬，号退谷，竟陵（今湖北天门）人。万历三十八年（1610）进士。历官仪制郎中、福建提学佥事。著有《隐秀轩集》。同里谭元春与之应和，风行一时，人称"钟谭体"或"竟陵派"。二人合编有《古诗归》《唐诗归》《明诗归》等。

◇送丘长孺赴辽阳五首（录一）

借箸前筹战守和，较君当局意如何？
岂应但作旁观者，预拟铙歌与挽歌。

丘长孺名坦，以字行，麻城（今属湖北）人。明于辽阳置东都指挥使，为东北边防重镇。丘曾赴辽，临行前留诗别友，中有"诸君醮笔悬相待，不是铙歌即挽诗"。铙歌属汉乐府鼓吹曲，系战歌，此言奏凯。"不是铙歌即挽诗"，意即不成功，则成仁。钟惺和诗原共五首，此录其一。

"借箸前筹战守和，较君当局意如何？"语出《史记·留侯世家》。"战守和"三字应读断，"战""守"是作战的两种基本战术，"和"则是作战结局的一种，这里因句有定字的限制，还省略了"胜""负"两种结局，但并不影响懂得"诗法"的读者理解诗意。既然要较量，就得运用各种战术，决一胜负（有时也可能打成平手）。这使读者联想起《墨子·公输》里描写的墨子与公输盘进行的那种模拟战：“子墨子解带为城，以牒为械。公输盘九设攻城之机变，子墨子九拒之。公输盘之攻械尽，子墨子之守圉有余。”事实上，古代军营中将帅们经常这样研究作战方案，叫“运筹帷幄”。诗人这样写，似乎是有意缓和临别的沉重气氛，使它变得轻松一点。这两句也许只是写借箸筹算战斗结果，为预写歌辞做准备。

“岂应但作旁观者，预拟铙歌与挽歌。”这既是承上联比试运筹之意，说自己虽不赴边，也不应只作旁观者。换言之，即对朋友此行及将来的前途命运非常关心。“借箸前筹战守和”就是这种心情在行动上的表现。它又是照应丘诗“诸君醮笔悬相待，不是铙歌即挽诗”，说自己一定尊重朋友的意愿，先就作好铙歌和挽歌备用！“预拟铙歌与挽歌”一句十分风趣，对方并没有请“预拟”，只是请提笔待拟。既然是提笔相待，可见丘长孺自信很快就能在战斗中见个分晓；于是诗人干脆先把两种歌辞写好再说。将来不管何种结局，皆可应付裕如。这样真率无饰，又是投合豪爽者口味的。

本来，一般人处在这种情况下，一定要讨个吉利，只说好，不说歹，就写成“预拟铙歌岂挽歌”，未必不是豪言壮语。而钟惺偏偏别出手眼，不忌讳“挽歌”二字。正如壮士临阵不讳言死一样，所谓“裹尸马革英雄事”（张家玉），反而更有悲壮气概。

（周啸天）

●方维仪（1585—1668），女，字仲贤，桐城（今属安徽）人，方以智姑母。婚后夫死，还家寡居，与弟妇一起教养其侄方以智。有《清芬阁集》。

◇出塞

辞家万里戍，关路隔风烟。
赋重无余饷，边荒不种田。
小兵知有死，贪吏尚求钱。
倚赖君王福，何时唱凯旋？

文士创作边塞诗在内容上多写边塞战争的艰苦、边地的苦寒和士卒久戍思乡的情绪，很少有将边塞征战之苦和封建国家内政的腐败联系起来作深入观察，从而暴露士卒苦难的根源的。而明末女诗人方维仪的这首《出塞》，正从一个新的角度来反映社会现实，所以在明人边塞诗中，应当被刮目相看。

"辞家万里戍，关路隔风烟"，是说士卒们离乡背井，不远万里来边地戍守，十分辛苦。此句所表边塞诗中习见，紧接两句则颇为独到："赋重无余饷，边荒不种田。"赋税太重，本是内地情况，一般边塞诗都不曾提到，方维仪却指出它与军饷的关系，国家课税很重，而老百姓却交不出多的军粮。一句诗就反映了明末社会民生凋敝、国用匮乏而危及边防的严峻现实。古代在军粮无着的情况下，常常实行屯田的办法，即通过军垦使部队自给。但处在荒漠的边疆，即使耕作，也没有收成。不仅因为土地贫瘠，还因为处在火线，所以"边荒不种田"，这是士卒面临的第二重困境。

"小兵知有死，贪吏尚求钱"，这是诗中的警策之句。上句承"赋重无余饷，边荒不种田"而言，士卒面对强敌，而军饷不足，那还不只有死路一条吗？然而在这种情况下，贪官污吏还在向人民大肆搜刮钱财。一个"尚"字，表示出对"贪吏"丧尽天良的轻蔑和憎恶。而"小兵知有死"的另一重含义，则是"位卑未敢忘忧国"（陆游）。所谓"男儿本自重横行""身当恩遇常轻敌"（高适），即为国捐躯的"小兵"是在所不辞的，一"知"字写出了普通士卒的良知。但令人痛心的是，一面是严肃的牺牲，一面则是荒淫与无耻的"贪吏尚求钱"！这种鲜明对比，直与"战士军前半死生，美人帐下犹歌舞"（高适）的边塞诗名句媲美，而这里的比较远远超出了军中的范畴，从而具有更为普遍的社会意义。

读者深入理解了"小兵知有死"一句的含义，末二句的潜台词也就不难发掘了。"倚赖君王福，何时唱凯旋？"使人联想到王昌龄"表请回军掩尘骨，莫教兵士哭龙荒"之句。这不仅是一般意义的久戍思归，还包含着对上层统治集团的失望，即《燕歌行》所谓"相看白刃血纷纷，死节从来岂顾勋！君不见沙场征战苦，至今犹忆李将军"。士卒们不无怨意地说：托皇帝老子的福吧，哪年让我们班师"凯旋"算了。言下之意是国事如此，边防岂可为乎！这种味外味，使诗句显得更加浑厚。

在历代女作家的诗中，能表现如此博大的忧国忧民思想情怀的作品并不多见，沈德潜评道："如读杜老伤时之作，闺阁中乃有此人！"（《明诗别裁集》）这是一个相当准确的辨味，无论是本篇字句的锤炼、语言的精纯，还是措意的深厚、表情的沉着、言情的顿挫而言，它都神似杜甫的伤时念乱的五律。

（周啸天）

●陈子龙（1608—1647），字卧子，号大樽，松江华亭（今上海松江区）人。崇祯进士。明末起兵抗清，被俘后，乘隙投水而死。有《陈忠裕公全集》。

◇渡易水

并刀昨夜匣中鸣，燕赵悲歌最不平。

易水潺湲云草碧，可怜无处送荆卿。

清兵入关，遭遇到明代士大夫激昂的反抗，他们的力量或许是微薄的，然而其反抗意识却极为强烈，表现出百折不挠、宁死不屈、从容赴义的民族气节与民族精神。在这些悲壮而崇高的身影中，有一位大诗人，他就是明末诗坛的代表人物——陈子龙。陈子龙是明朝的一位名士，清兵攻破南京后，他在松江起义，兵败后避匿山中，与太湖民众武装组织联络，开展抗清活动，事情泄露后被捕，乘隙投水而死。他是明末的重要作家，诗歌成就较高。诗风悲壮苍凉，彰显民族气节。

本诗作于崇祯十三年（1640），是一首怀古伤今之作。易水，位于今河北省易县，古时是燕国南部的一条大河。易县因为易水而得名，易水因荆轲而扬名。据《战国策》记载，为挽救燕国的危亡，也为答谢燕国太子丹的知遇之情，侠士荆轲将入秦刺秦王。易水送别的一刻，燕太

子丹及高渐离等好友都身着白衣冠（丧服）来了。于是在易水之滨上演了感动千古的一幕：高渐离击筑，荆轲应声而歌，"风萧萧兮易水寒，壮士一去兮不复还"。秋风萧瑟，易水微澜，荆轲仰首将杯中酒一饮而尽，乘车而去，再没回头……

古往今来，荆轲刺秦的故事已经升华成一种精神，如白虹贯日，照耀千古，勾起无数后人的感叹与追思。

诗的头两句是自明心志。并刀，指并州（今山西太原一带）产的刀，以锋利著名，此处代指宝刀、宝剑。古人常用宝剑在匣中夜鸣作为对豪杰之士在国家危难时欲以身报国的感应，用在这里表达了诗人报国愿望的急切。燕、赵是战国时的两个诸侯国，韩愈说"燕赵古称多感慨悲歌之士"（《送董邵南序》）。这一句既是赞叹荆轲这样的燕赵侠士临危请命，将生死置之度外的悲壮气概，也是表达自己欲有所作为的志向和以身许国的一腔热血，言辞间充满了悲壮激昂之情。

然而，回到现实之中，世异时移，唯有这易水依然如故，慢慢流淌，天青草绿，河山依旧，可惜再到哪里去找像荆轲那样慷慨赴秦的侠士，来为他送行呢？当时的明王朝已经处在风雨飘摇的境况之中，面对国家破亡的哀痛，抗清斗争的惨烈，有谁能去挽救国家于危难之中？作者不禁发出这样悲壮苍凉的慨叹。

其实，当年易水边的慷慨悲歌已经穿越历史的烟尘，一直唱到后来。陈子龙以自己的生命诠释了对国家的忠诚，这不正是燕赵精神，或者说是民族血性与民族气节的延续吗？

（郭扬波）

●张煌言（1620—1664），字玄著，号苍水，浙江鄞县（今宁波）人。崇祯举人。弘光中，与钱肃乐起兵抗清。康熙三年（1664），见不能复国，才归隐。后被俘，不屈而死。有《张苍水集》。

◇甲辰八月辞故里二首（录一）

国亡家破欲何之？西子湖头有我师。
日月双悬于氏墓，乾坤半壁岳家祠。
惭将赤手分三席，敢为丹心借一枝。
他日素车东浙路，怒涛岂必属鸱夷！

历史的车轮驶入明清易代之际，这是一段血与火写下的历史。在生死存亡的考验下，在玉碎还是瓦全的选择中，那股浩然正气与天地同存，上演了多少感天动地、悲壮而又绚丽的故事？其中，有一个永远值得我们铭记的名字——张煌言。顺治二年（1645），年仅二十五岁的张煌言以一介布衣身份，毅然投笔从戎，开始了抗清的战斗生涯。这一坚持就是十九年，直至被清军俘虏，拒绝招降，从容就义。作者被俘后，在押解途中，写下了许多传诵一时的诗篇。清康熙三年作者被解送杭州，甲辰七月十七日入定海，廿三日到家乡鄞县，八月离鄞县与亲友诀别时作此诗，表现了大义凛然、视死如归的英雄气概。同年九月初七日被清军杀害于杭州弼教坊，年四十四岁。

　　本诗追慕历史上著名的英雄于谦和岳飞，字字句句表明了自己决心以此为榜样，宁死不屈，甘心为国捐躯，葬身西子湖畔。全诗慷慨激昂，气势磅礴，全无半点被俘将死之悲戚，表现了作者杀身成仁、慨然赴死的英雄气概，读之令人扼腕之余，不禁热血沸腾。

　　诗的一开头便直接发问：国破家亡我还能去哪里呢？杭州的西子湖畔就有我学习的榜样。问得直截了当，实实在在，答得是斩钉截铁，正气凛然。在坚持十九年的抗清斗争中，张煌言出生入死，屡败屡起，驰骋江浙，转战千里，不论何种孤危境地，从不言放弃。被捕后，浙江总督赵廷臣奉朝廷之命，许以兵部尚书之职劝张煌言“归顺”，他对此嗤之以鼻。这些也是国难当头自己对“欲何之”的回答。

　　接下来便是高度赞颂于、岳二人的不朽功绩。前者率军抵抗瓦剌进攻，使大明王朝转危为安，其功绩与日月同辉；后者英勇抗金，使南宋保存下长江流域以南的国土，支撑住了南宋的半壁江山。但于谦后以“谋逆”罪被杀，岳飞被诬谋反，以“莫须有”的罪名被害。接下来的两句写作者虽功业无成，难以与二人鼎足而三，但凭借一番赤诚之心，也敢在他们身边借一席葬身之地。作者景仰的两位名臣皆为国而死，这也间接表明了作者赴死的决心。

　　最后两句进一步表达诗人虽死而心志长存之意。“素车东浙路”意为浙东钱塘江的波涛，“素车”，指张着帏盖的白色灵车，枚乘的《七发》中，以此来形容广陵的湖水。据历史记载，伍子胥因劝说吴王伐越而被杀，死后，吴王取其尸“盛以鸱夷革，浮之江中”。鸱夷，即皮制的口袋。传说伍子胥精魂不散，化为怒涛。作者最后发出怒吼：将来的八月浙江潮，岂是仅为伍子胥一人而怒涌？我也必将魂随潮水，永不泯灭。

（郭扬波）

●夏完淳（1631—1647），字存古，松江华亭（今上海市松江区）人。十四岁时，随父及师陈子龙抗清。受鲁王封为中书舍人，参谋吴易军事。易败，仍为抗清奔走。后因陈子龙事被捕入狱被害。有《夏完淳集》。

◇即事三首（录一）

复楚情何极，亡秦气未平。
雄风清角劲，落日大旗明。
缟素酬家国，戈船决死生。
胡笳千古恨，一片月临城。

夏完淳是明末清初的一位少年爱国作家，其短暂而壮丽的一生留下了众多感人至深的诗文，更重要的是他以身报国的英雄壮举、视死如归的民族气节让后人深深缅怀，钦佩不已。夏完淳出身世家，其父夏允彝为江南名士。他又先后师从陈子龙和复社领袖张溥，文章气节深受父与师的影响，矢志忠义，崇尚名节。他天资聪颖，九岁即写出了一部诗集《代乳集》。他从小就胸怀远大抱负，时常与人探讨救国救民的良策。1645年8月，十四岁的夏完淳随其父起义，兵败后夏允彝自溺而亡。完淳继承父亲的遗志，继续追随老师陈子龙和抗清志士吴易从事抗清活动，但均失败。1647年，他被清军逮捕，拒绝清政府的诱降而从容就义，年仅十六岁。这番感天动地的壮举与他十六岁的年龄联系在一起，更让人肃然起敬。

本诗作于顺治三年（1646），这时，其父已兵败殉国，作者一心追随的南明的都城南京已为清军所破，鲁王也逃亡下海，作者投入吴易领导的义军队伍继续参加抗清活动。

本诗以悲壮激越的铿锵誓言表达了与敌人决一死战的壮烈情怀。诗的开头两句便急切、激愤地点明了反清复明的主题。《史记》记载，秦灭楚以后，楚人怨恨甚深，力图恢复，流传着"楚虽三户，亡秦必楚"的话。这里，作者分别用楚、秦代指明、清，意为恢复大明江山的热切之情已到顶点，誓要推翻清朝的不平之气无法平息，作者强烈分明的爱憎之情溢于言表。有情如此，后面的"缟素酬家国，戈船决死生"便来得自然了。"缟素"是指作者的父亲已经以身报国，作者身着白色的丧服，带着国仇与家恨，誓与清兵决一生死。可以看出，作者满怀刻骨铭心的家国之恨，已将个人生死抛诸脑后。

作者年纪虽轻，但面对力量强大的敌人并未有一丝胆怯，反而充满了豪迈之气。"雄风清角劲，落日大旗明"即是以雄壮的景物表现了抗清斗争的壮阔气势：嘹亮而强劲的军号声在风中传扬，残阳如血，威武的军旗在金色的余晖下高高飘扬。据史载，作者受戮之时，立而不跪，神色不变，表现出视死如归的大丈夫气概，令人钦佩不已。

最后两句则以凄清动人又不失开阔的景物表达了亡国之痛与故国之思。悲凉的胡笳声传递出千古长恨，浩茫的月色临照天地，仿佛与诗人同悲。

全诗情景交融，诗人的种种情感在字里行间穿梭驰骋，慷慨激昂处让人血脉偾张，凄楚悲凉时让人潸然泪下，具有极大的艺术感染力。

（郭扬波）

●徐兰（1660？—1730），字芝仙。常熟（今属江苏）人。康熙二十年（1681）前后入京为国子监生。曾为安郡王幕僚，并随之出塞。工诗。有《出塞诗》。

◇出关

凭山俯海古边州，旆影风翻见戍楼。
马后桃花马前雪，出关争得不回头。

徐兰做过清宗室幕僚，康熙三十五年曾随安郡王出居庸关到归化，偏偏这次出征在春天，于是有了"马后桃花马前雪"这一好句，沈德潜评："眼前语便是奇绝语，几于万口流传。此唐人边塞诗未曾写到者。"（《国朝诗别裁集》）

这句好在什么地方呢？好在一个节点（"出关"），两个方向（"马后""马前"）。人们一般说"鞍前马后"，就是身边，没有想到二者有何区别，而作者却将它们分别用来代替来处（即家乡）和去处（即边塞）。又用眼前景"桃花"，代表一切美好的事物，使之成为一个意象；用"雪"来代表前路的一切艰难险阻，使之成为另一个意象。全句形象和对比如此鲜明，句调朗朗上口，让人过目成诵，又是唐宋人笔下所无，如何不佳？顺便说，"马前"在平仄上并不合乎律句的要求，却不妨碍它成为"万口流传"的名句。所以，平仄不是硬道理。

回头看前二句，"凭山俯海古边州，旆影风翻见戍楼"，这就是写居庸关了。再看末句"出关"，这是诗题，"争得不回头"，这就写出"桃花"即家乡的魅力了，一种依依不舍之意见于言外。总之，譬之写字，"马后桃花马前雪"一句是主笔，为余笔之所拱向。其他三句为余笔，它们的朝向都是第三句，所以全诗篇法圆紧，有浑成之美。

（周啸天）

●林则徐（1785—1850），字少穆，福建侯官（今福州）人。嘉庆十六年（1811）进士，选翰林院庶吉士，授编修。累官至湖广总督。道光十八年（1838）被任命为钦差大臣，往广州办理海事，查禁鸦片。鸦片战争爆发后，被撤职，后戍守新疆伊犁。卒赠太子太傅，谥文忠。有《云左山房诗钞》。

◇次韵答陈子茂德培二首（录一）

送我凉州泱日程，自驱薄笨短辕轻。
高谈痛饮同西笑，切愤沉吟似北征。
小丑跳梁谁殄灭？中原揽辔望澄清。
关山万里残宵梦，犹听江东战鼓声。

道光二十一年，时任两广总督的林则徐抗英有功，却遭投降派诬陷，被道光帝革职，"从重发往伊犁，效力赎罪"。一腔报国热忱，换来的却是贬谪万里之罪。然而在流放至新疆的途中，他并不为个人的失意而唏嘘，仍心系国民；意志并没有被磨灭，仍不改初衷。

本诗是作者路过凉州（今甘肃武威）时写给友人陈子茂的答诗，共两首，此选其一。

本诗慨然抒怀，意蕴丰富，首先表达的是友情的深厚与真挚。友人为他送行，竟然一送就是十天，直至送到凉州，真是难以割舍。一路高谈痛饮，甚是畅快，这样的朋友必定与作者志气相投。所以，这样的行程是令人愉悦的，纵然是远谪边塞。作者用了一个"轻"和一个"笑"字传达了这种情绪。驱使着一辆简陋粗笨的小车，行进在荒凉的路途之中，心情本应沉重，作者却感轻快，一方面是因为友情的温暖，另一方面则因为作者胸襟开阔，心系天下，不以个人得失为怀。"西笑"一词出自《新论》"人闻长安乐，则出门西向而笑"，本义是指前往京城是多么愉快，而本诗中的西行却是被贬谪到塞外。作者在这里借用此典故，充满了乐观、豪迈的情怀。

接下来便转入了忧时伤世的悲愤情怀，诗人从杜甫的诗中找到了共鸣。安史之乱中，杜甫由长安逃到凤翔，又由凤翔辗转至家，写下著名的《北征》一诗，叙写了回家途中的经历和看法，表达对国家危急混乱的深切忧愤和自己对时局的看法。而作者当时面临的国事状况是小人当道，这些跳梁小丑造成国家混乱，以致英国侵略者乘机而起。作者对这些误国之徒无比愤恨，但朝廷腐败无能，又有谁能去消灭他们呢？面对如此不堪的时局，作者并没有颓丧，而是慨然一表心志——希望能像东汉的名臣范滂那样，"登车揽辔，慨然有澄清天下之志"（《后汉书·党锢列传》），热诚盼望能够有所作为，使政事清明、国家安稳。作者经历了宦海沉浮、人生变迁，却毫不以之为怀，而是时时牵挂国家兴亡，"先天下之忧而忧"，虽已年近六十，仍然壮心不已。

最后两句是以梦明志。即使被贬塞外，远隔万里关山，但午夜梦回，耳畔依旧是梦中的战鼓声声。表明作者无论是进是退，无论是居庙堂之高还是处江湖之远，都心系国事。这两句诗中其实也隐含着一种无奈与悲愤。纵有登车揽辔的豪情壮志，纵有治国平天下的杰出才能，但如今的命运只能是远离抗敌前线，被放逐边关，而隆隆的战鼓之声，也只能是在梦中听听罢了。

（郭扬波）

●魏源（1794—1857），字默深，湖南邵阳人。道光二年（1822）举人。例纳为中书舍人。道光二十五年成进士。历任东台、兴化等县知县。后补高邮知州。有《古微堂诗文集》《海国图志》等。

◇居庸关三首（录一）

读史筹边二十年，撑胸影子是山川。
梦回汉使旌头外，心在秦时明月先。

魏源的一生亲历了近代中国的剧烈变革。具有强烈爱国情怀的他写下了不少表现抗敌卫国思想的诗篇，本诗即是其中一首。

鸦片战争后，沙俄趁着清政府日益腐败衰落，企图吞并中国的黑龙江地区。面对沙俄虎视眈眈，而清政府腐败无能的状况，作者十分怀念和向往秦皇汉武时能重用边防将领，国威远震西域的强盛景况。这一年，他重游长城，写下了本诗。

登上雄伟的居庸关，作者望着大好河山，回顾自己多年来读书报国的经历，发出了感慨。作者从小喜好读书，尤爱读史书。据《邵阳魏府君事略》记载："十五岁，补县学弟子员。始究心阳明之学，好读史。"和当时的读书人不一样，考取功名对魏源而言并不是读书的目的，经世致用、强国御敌、振兴国运才是其追求。所以，读史书是为了筹划边防之策，在防守古北口的直隶总督杨芳家担任教师时，他就开始研究古今边疆防务和西北地理。"读万卷书，行万里路"，作者喜好游历，足迹几乎踏遍祖国的名山大川，"从此芒鞋踏九州，到处山水呈真面"（《游山吟》）。这么多年来充塞胸中，支撑着作者读书探索的动力正是对祖国壮丽山川的热爱。

对于秦筑长城的功过，历来多有说法，作者对此有着自己的认识，"长城以限华、夷，戎、狄攘诸塞外，……罪在一时，功在万世"（《默觚·治篇三》），肯定了秦长城作为国防工事的重大意义。作者身处内忧外患兼具的清朝末年，对边功卓著、军事力量强大的秦汉时期心存向往，所以借用苏武出使匈奴的典故，有"梦回"之句；又化用王昌龄《出塞》中的"秦时明月汉时关"句子，既是对国防强大的秦汉时期的怀念，暗含对清政府统治下的边防现状的失望与不满，也可看出作者的远大抱负——重振边关雄风、保卫疆土安宁。

本诗以一支健笔写登高临远之感慨，思绪跨越千年，论史抒志，气势充沛，意遒笔劲，表现了崇高的爱国主义精神。

（郭扬波）

───────

●贝青乔（1810—1863），字子木，号无咎，江苏吴县（今苏州）人。道光诸生。曾在奕经军幕抗击英军。后游历京师、浙江、云南、四川等地。有《半行庵诗存》。

◇咄咄吟一百二十首（录一）

阿父雄心老未灰，酒酣犹是梦龙堆。
呼儿一剑亲相付，要灭楼兰颈血回。

鸦片战争爆发后，西方国家的入侵，引起中华民族的极大愤慨与震惊，成为众多爱国诗人心之所系。广大诗人纷纷以诗歌来反映民生疾苦，痛斥侵略，抨击投降，讴歌抵抗，表现了中华民族反对侵略的崇高感情，形成了汹涌澎湃的爱国诗潮。贝青乔就是其中一位独具特色的诗人。他于鸦片战争爆发后，以一介书生投军于将军奕经麾下，参加浙东抵抗英军的斗争，将军中所见所闻记录下来，写成《咄咄吟》两卷，全为七言绝句，共一百二十首，一事一诗，每诗一注，注明本末，诗史互证。以高明的艺术手法描写丰富的现实内容，秉笔直书，慷慨激昂，讽刺犀利，深刻地暴露了军府内幕种种"不可解"之"怪事"，以及军吏的贪黩、庸懦和愚昧。本诗是这一组诗的第三首。

诗后的说明对写作本诗的本末是这样交代的："家大人喜谈

兵，……及英夷滋扰闽、浙，仆尝作杂歌九章以寄慨，家大人见之，谓：'儿有敌忾之志，儿何弗从军也？'仆遂诣军门投效。濒行时，授儿一剑，并作诗相勖，有'不斩楼兰莫便回'之句。"由此可知，本诗是叙写作者在父亲的激励下投笔从戎前夕，父亲与自己送别的场景。本诗并没有以自身为中心，而是以父亲作为对象，形象而生动地塑造了一位对祖国赤胆忠心的老人形象，而从其父的言行中又可感受到作者的一腔报国热情。这正是这首绝句的高妙之处。

这是一位可敬可叹的老人，虽然岁月无情，人老体衰，无力上阵杀敌，但"烈士暮年，壮心不已"，当年那种以身报国的雄心壮志丝毫未减，仍然时刻牵挂着祖国边疆的安危，每每喝醉后，边关就出现在梦境当中。"龙堆"即指白龙堆沙漠，在天山以南的新疆东侧，这里用来代指边疆。

这首七言绝句语言通俗质朴，感情强烈丰沛，气势高亢豪迈。首句开门见山，热情赞颂了父亲不减当年的爱国雄风，二句则从"酒酣"这个细节展示了父亲对国事安危的关切之深。无奈年纪老迈，力难从心，那就把这酬国之志交付于后代，让他们去继续完成自己的梦想与追求。于是，后两句便描绘了父亲对作者的赠剑相嘱的情景。

父亲把未老的"雄心"都凝集在这把宝剑之中，郑重地把宝剑交给儿子，希望儿子带剑从军，勇猛杀敌，驱除侵略者。这壮烈的嘱托既体现了一位父亲对晚辈的殷切希望，也包含作者自己的一腔报国热情。这气壮山河的赠剑送别一幕就上演在一个普通的中国家庭中，我们仿佛看到了中华民族的爱国传统和民族精神是怎样一代代传承下去，永不熄灭的。

（郭扬波）

●陈玉树（1853—1906），字惕庵，江苏盐城人。一生未获一官，但积极抵抗外侮。有《后乐堂诗集》等。

◇乙酉春杂感十首（录一）

鸡陵关外雨萧萧，猘犬狂奔去未遥。
瘴海珠江驰露布，金戈铁马逐天骄。
旌旗日影军容壮，草木风声贼胆摇。
一纸中枢催罢战，也应羞见霍嫖姚。

本诗写于光绪十一年（1885）。要理解本诗的主旨，必须了解本诗的创作背景，即中法战争始末。中法战争开始于1883年12月，结束于1885年4月，这是一场由于法国企图吞并越南，打通从西南进入中国的通道，而引起的战争。战争双方在军事上互有胜负，而老将冯子材指挥的镇南关大捷使清军在中法战争中转败为胜。但军事上的胜利并未赢得政治上的胜利，由于清朝统治者的腐朽、懦弱，最后法国强迫清政府签订了丧权辱国的不平等条约，葬送了胜利果实。当时人称："法国不胜而胜，中国不败而败。"这一意想不到的结果引起了众多爱国人士的无限愤慨，本诗就是作者针对此事件所写的。

本诗以四分之三的篇幅状写我军英武雄壮、击溃敌军的胜利场面，正当读者跟随诗人的笔端沉浸在激动与喜悦当中时，最后两句却道出了不堪的现实结局，令人悲愤不已。

诗的首联便写了法军在雨中仓皇逃窜的情景。"鸡陵关"，即今天的友谊关，位于广西凭祥市中越边境上，关楼两边百余丈，历代为中国南疆边防要隘、战略要地。1885年，清军名将冯子材率军在此痛击法国侵略者，取得举世闻名的镇南关大捷。"猘犬"为疯狗之意，以之比法军，作者对敌人的憎恶之情溢于言表。

中间两联作者以自信豪迈的笔调展现了我军士气之高昂、军容之盛壮：南方战场，频频传来捷报（"露布"意谓军中的捷报），金戈铁马，我军乘胜追击；日照军旗，我军威武雄壮，风声鹤唳，敌军失魂丧胆。这四句刚健雄浑，豪气冲天，充满了胜利的信心与喜悦，读之令人热血沸腾，豪情顿生。

但一曲激动人心的战歌戛然而止，胜利在望之际，中央的一纸休战议和书断送了这大好前途，这样的结局实在是让人无颜面对历史上那些抵抗外敌、保家卫国的英雄。诗中所说的"霍嫖姚"，即是西汉功业彪炳的大将军霍去病，号称"骠骑"或"嫖姚"。当年，少年英雄霍去病率军远涉沙漠，数度追击匈奴，取得前所未有的胜利，基本解除了困扰秦汉多年的匈奴的威胁。他的胜利已经成为一种精神象征，更让后人钦佩的是他将国家安危和建功立业放在第一位的强烈报国精神，他那句著名的"匈奴未灭，何以家为"的豪言壮语更是刻在历朝历代保家卫国将士们的心上。作者用霍去病的典故作为结尾，一是将他的不世功勋与中法战争中中国不败而败的可耻结局作对比，二是叹息当今无此等忠心爱国的英雄人物来挽救国家颓势，表达了其沉痛、悲愤的心情。

（郭扬波）